JN045917
中村颯希
イラスト：ゆき哉
ふつつかな悪女ではございますが
～雛宮蝶鼠とりかえ伝～
2
一迅社ノベルス

人物紹介

黄 玲琳（こう れいりん）

黄家 雛女。美しく慈悲深い。
皆に愛され、「殿下の胡蝶」と呼ばれる。
病弱で伏せりがち。

入れ替わり

朱 慧月（しゅ けいげつ）

朱家 雛女。そばかすだらけで厚化粧。
「雛宮のどぶネズミ」と呼ばれる、嫌われ者。
玲琳を妬む。

詠 尭明（えい ぎょうめい）

美丈夫で文武両道な皇太子。
玲琳とは従兄妹。
幼いころから玲琳を愛する。

辰宇（しんう）

後宮の風紀を取り締まる鷲官長で、
非常な処刑人。皇帝の血を引く。

莉莉（りーりー）

慧月付きの下級女官。
気性が荒く、
興奮すると下町言葉が出る。

黄 冬雪（こう とうせつ）

玲琳付き筆頭女官。
冷静沈着で無表情だが、
玲琳に深い忠誠を誓っている。

黄 絹秀（こう けんしゅう）

皇后。玲琳の伯母。
割り切った考えの持ち主で、
貫禄がある。

朱 雅媚（しゅ がび）

貴妃。
皇后に次ぐ二番目の地位。
穏やかで慈愛深いとされる。

金 清佳（きん せいか）

金家 雛女。
玲琳に次ぐ候補を自認する。

玄 歌吹（げん かすい）

玄家 雛女。
最年長者で何事も卒なくこなす。

藍 芳春（らん ほうしゅん）

藍家 雛女。
最年少者で、詩歌に秀でる。

《相関図》

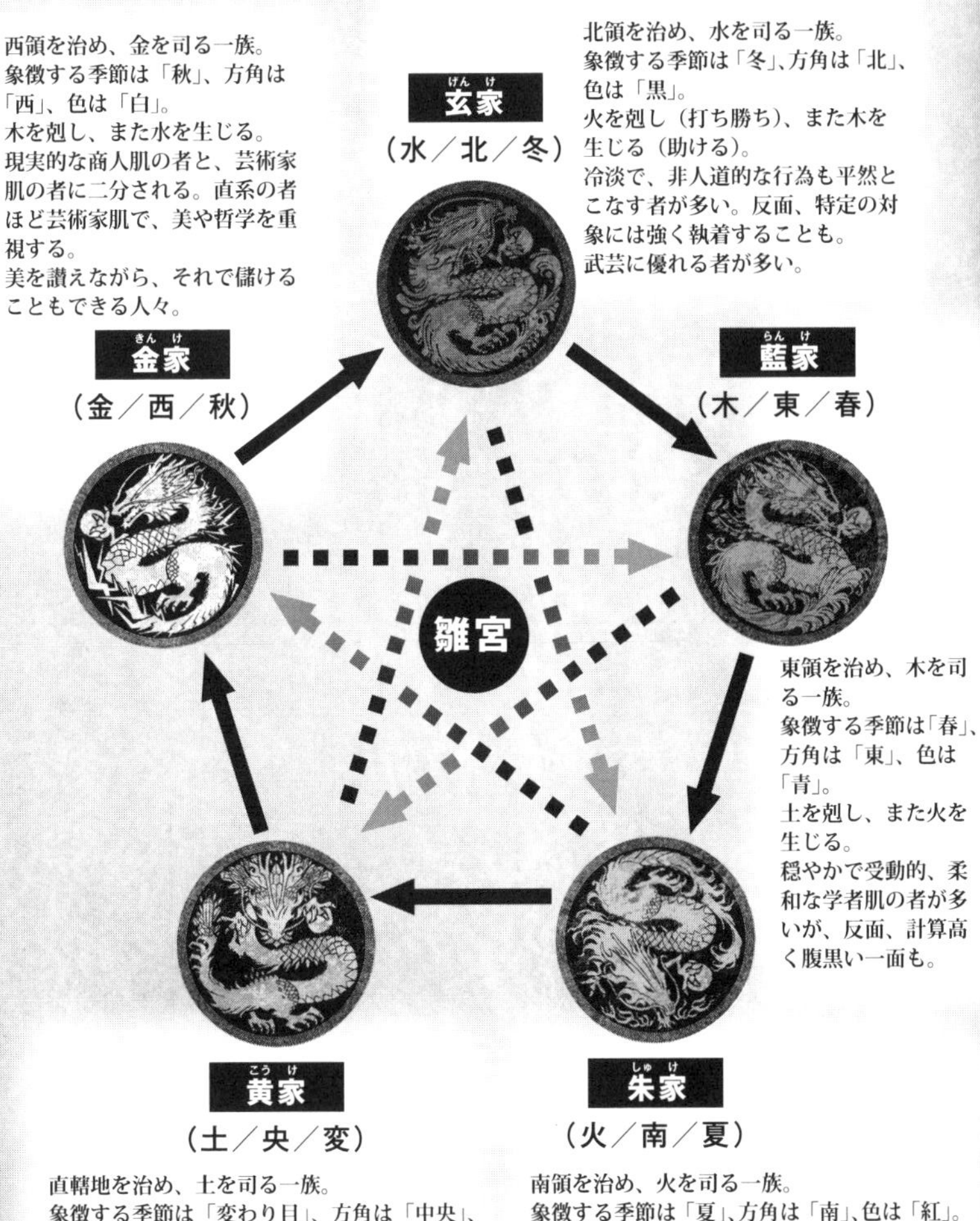

黄家
（土／央／変）

朱家
（火／南／夏）

直轄地を治め、土を司る一族。

象徴する季節は「変わり目」、方角は「中央」、色は「黄」。

水を剋し、また金を生じる。

朴訥で実直、世話好きな者が多い。直系の者ほど開拓心旺盛で、大地のごとく動じない。

どんな天変地異も「おやまあ」でやり過ごせる人々。


南領を治め、火を司る一族。

象徴する季節は「夏」、方角は「南」、色は「紅」。

金を剋し、また土を生じる。

苛烈な性格で、派手好きな者が多い。感情の起伏が激しく、理より情を重んじる。

激しく憎み、激しく愛する人々。

→ 相生
⇢ 相剋
※( ) 内は象徴するもの

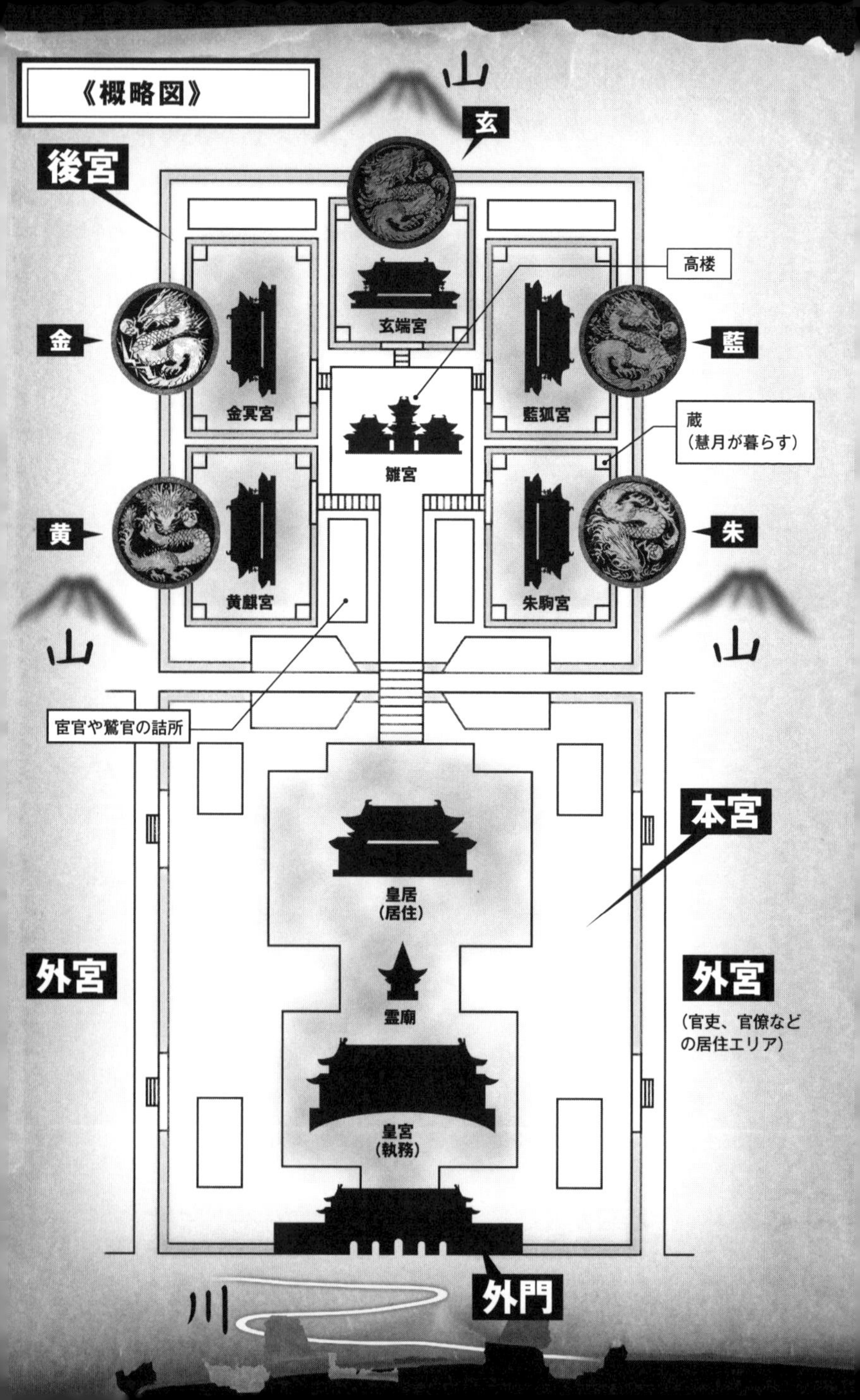
《概略図》
山
玄
後宮
高楼
金
玄端宮
藍
金冥宮
藍狐宮
蔵
（慧月が暮らす）
雛宮
黄
朱
黄麒宮
朱駒宮
山
山
宦官や鷲官の詰所
本宮
皇居
（居住）
外宮
外宮
（官吏、官僚など
の居住エリア）
霊廟
皇宮
（執務）
外門
川

目次

1．慧月、見破られる

もう何刻の間、彼女はこの地獄をさまよったことだろうか。

「はぁ……っ、はぁっ、は、…………！」

慧月は、寝台できつく眉根を寄せたまま、荒い息を吐いた。

熱が、体の中で暴れ回っている。呼吸が苦しく、喉を掻きむしりたいほどだったが、そんな体力もとうに尽きた。彼女にできるのは、途切れ途切れになる意識の合間に、耐えがたい熱と吐き気に侵されることだけだった。

いや――意識のない間も、地獄か。

魂が現を離れると、彼女は今度は、夢の中で苦しむ羽目になった。

そこは、真っ暗な世界だ。蝋燭の明かりひとつない、どこまでも続く闇。

それでいて、べとりとしたその闇が、ぐうと膨らんだり、縮んだりするのだけはわかる。彼女はその中で、小さな手を伸ばして、必死に出口を探していた。

――お母様。お願いです。出してください。出してください！

これは、夢だ。いや、夢であり、現実。慧月が幼かった頃の、ごくありふれた光景だった。

――お願いです。静かにしています。ちゃんと、黙っていますから！

彼女の母は、神経質な女だった。常に劣等感に苛まれ、周囲の目を恐れ、怯えが嵩じると、それを怒りに変え、自分より弱い者をいたぶった。そんな彼女が一番に恐れたのは、一族の人間に馬鹿にされることだった。甘い言葉に騙され身ごもった彼女は、だから、道士崩れの夫と、彼との間に生まれた慧月のことを、なにより嫌った。

人前では、あくまで「田舎暮らしとはいえ家庭を持てて幸せです」と微笑みながら、家の中では、慧月のことを罵り、なにかと理由をつけては閉じ込めたのだ。

――おまえはわたくしの恥だから、隠さねばならないのよ。ああ、その大きな体。可愛げのない顔。いったい誰に似たのだか。

父親は、なにより面倒を嫌った。もとより彼は道士、つまり仙人を目指し、不老不死や怪しげな術の研究をしていた男だ。その精神は高邁であったというより、ただただ世俗になじまず、煩雑な人間関係をすぐに放棄してしまう、怠惰な人物であったのだろう。

だから彼は、ぎすぎすとした妻子を横目に、家から離れることで心の安寧を得た。ほとんど一緒に生活していなかった父と母が、同時に借金をこさえ、首が回らなくなったというのは、なんとも皮肉なことである。

慧月は最初、いたぶられた。けれど母親が金の工面に手いっぱいになると、今度は徹底的に放置された。だから彼女は、無視されることが大嫌いだ。

いや、嫌いというよりは、恐れているのかもしれない。

一人は嫌だ。常に誰かに構われていたい。友も、温かな両親も得られなかった彼女は、だからいつしか、炎と会話するようになった。不思議と、炎の揺れ動くさまを見ていると、そこにまるでなにかが宿っているような、息遣いが感じられるのだ。気付けば慧月は、意のままに炎を操れるようになっており、それが道術だと気付いてからは、父の道術の書を、こっそり紐解くようになった。

好きに操れる道術を手に入れてから、慧月は変わった。怯えるだけだった性格が、攻撃的なものになった。もっともそれは、自分より弱い者を相手にするときに限られたことだったけれど。

誰も自分を救ってなどくれない。救いの手など差し伸べられないのだから、傷付けられる前に、攻撃しなくてはならない。金切り声も、恫喝も、慧月からすればそれは、必要な盾だった。

唯一、朱貴妃が自分を引き取ってくれたとき、彼女はほんの少し、信頼というものを思い出しかけたかもしれない。彼女は、みすぼらしい慧月を罵る代わりに微笑みかけ、道術に眉を顰める代わりに、素晴らしい技術だと褒めてくれたから。

だが、それだけだった。彼女は優しいけれど、本当にただそれだけであった。雛宮に上がるなり、あらゆる嘲笑や嫌がらせに晒された慧月のことを、朱貴妃は困ったように眺めるだけ。

あれができない、どうしたらいいと泣きながら訴えても、細く溜息をついて、「いっそ、道術で黄 玲琳と入れ替われればよかったことですのにね」と嘯くだけだ。

その同じ口で無邪気に黄 玲琳を褒めるのだから、嫌でも気付かされる。彼女は本当は、黄 玲琳のような雛女を求めていたのだと。

慧月は再び傷付いた。いや、一度心を開きかけたぶん、一層、自分を救ってくれる者などいないという念を強くした。

自分を救えるのは、自分だけ。ならば、その救うための力を使って、なにが悪い。

黄 玲琳と入れ替わる、という荒唐無稽な考えは、気付けばすっかり強固なものになっていた。

だいたい、彼女が悪いのだ。あんなに美しく生まれ、素晴らしい縁類と才能に恵まれ。そんな余裕のある人間のくせに、周囲に関心のひとかけらも割こうとしない。嘲笑を向けてくる雛女たちよりも、自分のことを気にも留めない玲琳を、慧月は憎んだ。

これはある種の復讐だ。正当な要求だ。

これでようやく、自分が理不尽にも受けてきた不幸が終わり、輝かしい日々が始まる。

そう思っていたのに、なぜ。

「はぁ……っ、はっ、は……あっ！　……ち、くしょう……っ」

なぜ、こんなに、苦しまなくてはならないのか。

今が何時だかわからない。朝、尭明に「中元節の儀に出られず悲しい」と訴えたときは、たしかにもう少しましな体調だったのに、昼頃から急に、座っていることすらできなくなったのだ。

熱い。苦しい。気持ちが悪い。息が、できない。

涙が滲んだ気がしたが、嗚咽する体力すら、もうなかった。

(わたくしは、死ぬの……？)

がんがんと耳鳴りがする。生温かい闇の中で、一斉におびただしい数の目玉が開き、慧月は声にならない悲鳴を上げた。

迫ってくる。囲まれる。――閉じ込められる。

出口を求めて伸ばしていたはずの腕が、闇に飲み込まれはじめた。

(ああ……)

ほら。わかっていた。

言う通りにしても、足掻いても。「殿下の胡蝶(こちょう)」と体を入れ替えてすら。

誰も、自分を救ってなんか、くれない――。

――ビィ……ンッ！

闇に沈んでゆく慧月の耳を、その時、小さな音がかすった。

――ビィイ……ンッ！

まるで、なにかを弾くような。艶やかで、豊かな音。

――ビィイイ……ンッ！

音は、徐々に高くなってゆく。最初は、「ギャンッ」とでもいうような、低く籠もった音も交ざっていたのが、次第に、澄んだ音が続くようになった。

(これは……なに？)

音に怯えるように、おぞましい闇の瞳が、ひとつ、またひとつと閉じてゆく。

気付けば、闇の色がだいぶ薄れてきていた。

腕もきちんと元通りに、ある。

薄闇となった夢の世界で、慧月は己の腕をまじまじと見つめた。

――こちらへ。

とそのとき、その指先に、きらきらと光が集まるのを感じた。同時に、凛とした声が響く。

――慧月様、どうぞ、こちらへ！

光は、まるで蝶のように、ひらりひらりと宙を舞った。

慧月は目を見開いて光を追う。

その軌跡の先になにがあるか、彼女はもう知っていた。

出口だ。

泥の下からずっと見上げていた、明るい、温かな世界。

「――お目覚めになられたのですね、玲琳様！」

ふっと、女官たちの歓喜の叫びが耳を突き、慧月は瞼を上げた。

ぼんやりとしたまま、目だけを動かして周囲を見回す。

寝台を囲むようにして、涙ぐみながらこちらを見下ろす藤黄たち。つまりここは、黄麒宮の、玲琳の室だ。

慧月は無言で腕を持ち上げ、掌をじっと見つめた。

熱はいまだ高い。息は乱れ、全身が汗ばみ、不快感が体中を蝕んでいる。けれど、

（……生きている）

直前まで見ていた夢を、彼女は反芻していた。暗闇と目玉。そして、弦音と、声。

「ああ、本当によかった！　薬も飲まれないので、これより先はただ玲琳様のご体力次第と薬師にも

言われ、どれだけ気を揉みましたことか！」

「ええ、ええ。あとはもう神に縋るしか、と。そう思ってみれば、朱 慧月の破魔の弓も、存外効果があったのかもしれませぬ」

袖で目元を覆う女官たちの叫びに、思わぬ人名を聞き取った慧月は、思わず息を呑んだ。

「……朱 慧月？」

女官の語る「朱 慧月」とは、つまり黄 玲琳のことだ。

まさか彼女の話が出てくるとは思わなかった。

「ええ。かの雛女は、玲琳様のためにと言って、夜通し破魔の弓を引いているのですわ。大の男でさえ構えるのに苦労する大弓を、延々と」

驚きに硬直する慧月に、女官たちは、中元節の儀であった皇后と「朱 慧月」のやり取りを語って聞かせた。

「彼女が玲琳様の看病を申し出たと聞いて、いったいなにを企んでいるのかと思いましたけれど、実際のところ、彼女はただひたすらに弓を引き続けるだけ。あの姿には、うっかり感心させられるほどでございましたわ」

「ええ。食事すら断って、相性の悪いはずの玄家の弓を鳴らし続けるだなんて。意外な一面を垣間見た思いです」

口々に言い合う女官たちは、すっかり「朱 慧月」に感服したようである。

慧月は、敷き布をぎゅっと掴んだ。

（では本当に、黄 玲琳が、わたくしを救ったというの？）

そのときざわりと胸に押し寄せた感覚を、なんと名付ければよいものか、彼女にはわからなかった。

黄 玲琳が、救った。闇の中で死にかけていた自分を。

誰にも顧みられたことのない、この雛宮のどぶネズミのことを。

（……わたくしは、黄 玲琳を憎んでいるわ）

咄嗟に、彼女は自分に言い聞かせた。

（憎んでいる。大嫌いよ。だから実際に手も下した。憎いの。憎いのよ、彼女のことが……！）

――慧月様。わたくし、あなた様に感謝しております。

だが、その傍から、脳裏にあの美しい話し方が蘇って、慧月はくしゃりと顔を歪めた。

――あなた様こそが、わたくしの、ほうき星なのです。

「わたくしは騙されないわ！」

気付けば、慧月は身を起こし、叫び出していた。

突如大声を上げたことで、女官たちがびくりと肩を揺らす。しかし、それに構えぬほど、慧月は感情を荒らげ、金切り声を上げた。

「よくって、あなたたちも騙されてはいけませんわ。あの女はね、冷血な人間なのよ。自分のことしか考えない、慈愛の心など持ち合わせない、性根の悪い女なの。雛宮一の、悪女なのよ」

鼓動がうるさい。涙が滲む。自分の心なのに、まるで制御できなかった。

黄 玲琳は悪女だ。だって、あんなに美しく、才気に溢れ、恵まれているのに、苦しむ自分に気付いてくれなかった。ひらりと舞って心を奪う胡蝶のことを、恨めしく見上げるどぶネズミが、そこにはいたというのに。

「朱 慧月は、……雛宮の、どぶネズミなのよ」

やがて叫びを収め、顔を覆う。

しん、と静まり返った室内で、女官たちは困惑もあらわに「玲琳様……？」と呟いたが、そこに、椀を手にした筆頭女官・冬雪が現れた。どうやら、薬湯を持ってきたらしい。

「雛女様。少し錯乱しておいでのようにお見受けいたします。鎮静の薬湯をお持ちいたしましたので、お飲みくださいませ」

相も変わらず淡々とした彼女の登場に、ほかの女官たちが、ほっとしたように場を譲る。

慧月もそこでようやく我に返り、内心でほぞを噛んだ。

(しまったわ。感情のままに叫んではいけなかった)

きっと黄 玲琳なら、危篤の床にあったって、恨み言など口にするまいに。

なんとか申し訳なさそうな表情を取り繕い、失言を詫びる。女官たちは安堵したように、次々と「いいえ、それだけの被害を、玲琳様は受けてきたのですもの」と擁護に回った。

「ただ、この薬湯は、朱 慧月が煎じたものでございます。破魔の弓の件もありますし、薬師も一通り毒見して問題ないとのことだったので、お持ちしたのですが。お嫌なら、飲むのはやめますか？」

「いいえ、頂くわ」

冬雪が抑揚のない声で問うたのに対し、慧月は考えるまでもなく、頷く。

玲琳の薬草処方に関する腕前は、身をもって知っているからである。

（ここでも、黄玲琳に助けられようとは）

――つい、眉を寄せてしまうところではあったが。

この体調で黄玲琳の演技をするのも疲れるので、慧月は薬だけを受け取り、女官たちを下がらせようとした。が、冬雪だけは、熱い薬湯を零して火傷でもされてはなりませんと言い張り、その場に居残る。

厄介な忠誠心の高さだこと、と舌打ちをしそうになりながら、慧月は表面上、静かに頷いてそれを受け入れた。まあ、人形のように感情のなさそうな女だから、そばにいられても、さほど邪魔にはならないかもしれない。

しばし、室には、沈黙が落ちた。

「……こたびの熱では、本当に気を揉みました」

やがて、ぽつりと冬雪が口を開く。

慧月は、空になった椀を極力上品に戻しながら、力なく微笑みを返した。

「心配をかけてしまって、申し訳なかったですね、冬雪。こうして起き上がれるようになったのも、あなたの助力のおかげです。ありがとう」

「……いえ」

目を伏せた冬雪の表情は、やはり読みにくい。

ほかの女官のように、もっと素朴にこちらを慕えばよいのに、と慧月は苛々した。

「うなされるあなた様のことを、わたくしはただ見ていることしかできませんでした」

「まあ、いいのよ。それだけで十分」

「ええ。十分でございました」

と、鷹揚（おうよう）に告げたはずの言葉に、思いもかけぬ相槌が返ってきて、慧月は目を見開いた。

「え？」

冬雪は、無表情のまま、受け取った椀を盆に置く。

それから、ゆらりと立ち上がり、

――ダンッ！

激しく、主人（れいりん）のものであるはずの体を、寝台に叩きつけた。

「い……っ！」

「答えろ」

ぞくりと背筋が粟立（あわだ）つような低い声で、問う。

「おまえは、誰だ」

間近に覗き込んできた黒い瞳には、殺意と呼んで差し支えない光が浮かんでいた。

「な、にを、言っているの……？　わたくしは、黄 玲琳――きゃあっ！」

ぎこちなく微笑んで答えれば、髪を鷲掴みにされ、再度激しく寝台に叩きつけられる。

「我が至上のお方の名を騙（かた）るな、偽物め！」

「い、痛い……っ！」

「我が最愛の雛女は、髪が数本抜けた程度で、赤子のように泣き叫ぶ方ではない」

悲鳴交じりの抗議を上げると、冬雪はぎろりとこちらを睨み付けた。

「病の床にあってなお、『ちくしょう』などと口汚く喘ぐ方ではない。他家の雛女を金切り声で貶める方ではない。悪女と言い放ったその口で、その人物からの施しを受けるような方ではない！」

「…………っ、ぐ」

掴んだ髪ごと容赦なく顔を振り向かされ、慧月は痛みに呻く。

玄家の遠縁であるという冬雪は、慣れた手つきで懐から短刀を取り出すと、それを慧月の喉元に突きつけた。

「今一度問う。玲琳様のお体に居座っている――おまえは誰だ」

剥き出しの敵意に、全身の血の気が引く。

ひやり、と、喉元に切っ先の冷たさを感じ、いよいよ恐怖に動けないでいると、冬雪のほうが口元を歪め、わずかに身を引いた。

「聞き方を変えよう。おまえは、朱 慧月だな？」

質問の形を取りながらも、それは実質、断定であった。

「思えば、乞巧節の夜からすでに、おかしかったのだ。玲琳様は、無様に欄干を転がり落ちるような方ではない。朝が来てもだらだら寝過ごしたり、殿下に媚びるような笑みを向けたりする方でも」

「は、放して……」

「時折口調に品のなさを覗かせる方でも、人前で泣く方でも、鍛錬を厭う方でもない。そんな下品で、感情的で、怠惰な女は、この雛宮にただ一人。乞巧節の夜、玲琳様を襲い、玲琳様と同時に気を失っていた、朱 慧月だけ！ おまえが、体を入れ替えたのだな⁉」

「放しなさい！ この体がどうなってもいいと言うの⁉」

慧月は瞳に力を籠め、叫んだ。同時に、燭台に灯されていた炎が膨れ上がり、冬雪の手をめがけて襲い掛かる。

はっとした冬雪は素早く手を離し、後退しながら身構えた。

「道術……！」

「ええ、そうよ」

慧月は痛む頭皮をさすり、口の端を引き上げてみせる。

炎は、いかにも朱家の象徴。正体を自ら告白したようなものだが、今は相手を威圧する武器が必要だった。

「わたくしは、自在に炎を操ることができるし、気を溜めれば他人の体を奪うこともできる。もちろん、この体に、ひどい火傷を負わせることもね。黄 玲琳の魂をこの体に戻してあげられるのは、わたくしだけよ。そして、戻ってきたとき、あなたの主人が全身を焼け爛れさせていて、あなたはいいのかしら？」

強い敵意を滲ませておきながらも、冬雪は、切っ先で玲琳の肌を刻みすらしなかったことを、慧月は見抜いていた。

これだけの忠誠心。黄 玲琳の体を人質にすれば、冬雪の攻撃は封じることができるだろう。

「……ふっ」

だが、慧月は、相手の苛烈さを見誤っていた。

冬雪は低く笑うと、素早く水瓶に走り寄り、その中身を躊躇いもなく慧月にぶちまけたのだ。その冷酷さは、まさに水を司る玄家の血を感じさせるものだった。

「きゃあっ！」

「水剋火。水にやすやす鎮められる炎ごときが、笑止。火傷を負わせる？　させるものか。着火せぬよう、おまえに水を浴びせ続ければよいだけのこと」

「な……っ」

愕然とする慧月のことを、冬雪は再び髪を掴んで立たせ、そのままずるずると室外へと連れ出そうとした。

「立て。本物の玲琳様のところへ案内しろ。体を戻させてから、その目をえぐり取ってやる」

「は、放しなさい！　放して！」

慧月は激しく暴れ、尻もちをつくようにして冬雪の腕から逃れた。

「信じられない。この体は、死の床からようやく起き上がっただけなのよ。そんな状態のところに、水を浴びせるなんて、あなたは主人殺しの罪を犯す気なの!?　ああ、具合が悪い。死んでしまうわ！」

恐怖に呼吸もままならない中、彼女は必死に頭を巡らせていた。

底知れない獰猛さを秘める女だが、冬雪の、この忠誠心の高さだけは本物だ。ならば、そこを攻めるしかない。

だが、冬雪は人形のように冷ややかな表情で振り返るだけだった。

「……いいことを教えてやろう」

開けかけた扉を、後ろ手に閉める。

彼女は、座り込んだままの慧月を、目を細めて見下ろした。

「玄家の血筋の人間はな、幼い頃から、体の構造を叩きこまれる。どの骨は折れやすく、どの骨は治りにくいのか。どう折ればきれいな回復が見込めて、どう折れば、最も痛みを覚えるのか」

「…………っ」

片膝をつき、ゆっくりと顔を寄せてくる冬雪に、慧月は声もなく後ずさった。

「ちまちまと水攻めなどをしていては、たしかに玲琳様のお体に障るし、こちらも手間だ。ひとまず、手の骨を二、三本折ってみようか。なに、玲琳様が戻られるころまでに治しておけば、傷は『なかったことになる』。痛みとは記憶。痛みは、おまえの魂だけが引き受ければよい」

冬雪の声は、露悪性を感じさせるものですらなく、ただ淡々としていた。

「そ、んな、こと……！」

「ああ、それとも虫攻めがいいかな？　毒の少ない、けれど汚らしい虫を古井戸に集めて、そこにおまえを吊るそうか。全身の穴という穴から虫が入り込んでこようが、なに、目と耳だけ守っておけば、あとで取り除ける。おまえが魂消(たまぎ)えた後、わたくしがきれいに体を清めて、玲琳様にお返しすれば、問題はない。数刻で済むから、これが最も、お体へのご負担は少なかろう」

おぞましい光景を想像して、慧月の全身から血の気が引いた。

そんなことをされれば、気がおかしくなってしまう。

「ひ……っ！」

冬雪の目は本気だ。

なにか――なにか相手の心を挫き、関心をそらす必要がある。

危機に接した本能は、そのとき、相手の心の最も柔らかなところを見つけだした。

「あ、……あなたにその資格はあるのかしらね！」

「なんだと」

「わたくしの正体を、七日以上も見抜けなかったくせに！」

勢いのままに叫ぶと、相手ははっと息を呑む。慧月はそれに飛びついた。

「黄 玲琳の第一の忠臣かのように振る舞っているけれど、結局あなたは、わたくしの正体を見抜くこともできなかったじゃない。『朱 慧月』――本物の黄 玲琳に会う機会も与えたのに、あなたはわたくしの命に従い、毒すら与えた。そうでしょう⁉」

「……黙れ」

「あなた、きっとそのときも、こうして彼女を恫喝したのじゃない？　凄んで攻撃したのでしょう、誰より大事なはずの主人を！　だからその罪をわたくしに転嫁して、こうして過剰に攻撃しようとするのだわ。滑稽だこと！」

「黙れ！」

冬雪は吼えるように叫んだが、慧月は怯まなかった。

いや、単純に、怯んでいる場合ではないのだ。相手が見せたこの弱味を、全力で揺さぶりに掛からねば、こちらの魂が殺される。

「これって結局、失態を犯した自分を認めたくないから、過ちを犯させた原因を攻撃して、体裁を取り繕っているにすぎないわ。牢で『朱 慧月』を罵ったときも、今もそう！　敵を攻撃するよりも、哀れな主人に駆け寄って、地に額ずいて詫びでもするのが、女官の本分でしょうに！　なのに、それすら差し置いて、わたくしへの八つ当たりを優先しようというの!?」

「…………！」

吐き捨てるように告げれば、冬雪はとうとうぐっと言葉を詰まらせ、唇を噛んだ。

「覚えていろ……っ」

そうして、くるりと踵を返すと、その場を駆け去っていったのである。

「はあ……、は……っ」

残された慧月は、ぐっしょりと濡れた全身を引き寄せながら、床に蹲った。

いまだ、恐怖に呼吸が乱れる。

（もう……おしまいだわ）

冬雪は、本物の黄 玲琳のところへと向かったのだろう。彼女がいるという射場か、蔵へと。

とにかく、拷問から逃れたい一心であぁ叫んだものの、冬雪が黄 玲琳と再会し、真実が完全に露呈してしまえば、迫りくる事態はより凄惨なことになる。

体さえ人質に取ればこちらのもの、などという考えが、どれだけ甘かったかを、慧月は思い知らされていた。

(女官で、あれだものの。もし、……尭明殿下が、お知りになったら……)

ぞく、と悪寒を覚える。

冬雪と同じ、いや、それ以上に濃い玄家の血を継ぎ、龍気を帯びる彼の逆鱗に触れたなら、慧月は今よりさらに、耐えがたい苦痛に晒されることだろう。

いったいなぜ、彼らをあしらえると自惚れていたのか、己の頬を張りたいような心地になった。

だが、それももう、遅い。

慧月は床に座り込み、己の体をかき抱くように、震える腕を回した。

「結局……同じね」

自嘲が漏れる。口の端を引き上げたつもりだったが、うまくいかなかった。

誰からも愛される女と体を入れ替えても、結局、同じだ。

黄 玲琳は朱 慧月の姿であっても女官たちを感服させ、自分は黄 玲琳の体を手に入れても、たった七日で激しい敵意にさらされる。

冬雪のこちらを蔑みきった視線に、これまでに浴びせられてきた悪意の数々を思い出し、慧月は低く呻いた。

軽蔑。失笑。憎悪。――無視。

全身がだるい。再び、あのべとりとした闇が襲ってくるような心地に、呼気が乱れる。

(救ってなどくれない。誰も、手を……微笑みを、差し伸べなんて……)

――慧月様。

そのとき、闇を祓うような美しい声を思い出して、慧月ははっと目を見開いた。

――わたくし、あなた様に感謝しております。

自分の喉から出たのだとは信じられない、柔らかな声。

――もし慧月様が、なにか生きづらさを感じているのなら、それを解消するお手伝いを……。

いとも自然に、こちらに向かって手を差し伸べてきた、彼女。

そう、自分はすでに、彼女から何度も、救いの手を伸ばされているのではないか。

「どうしてよ……」

ひく、と、喉が震えた。

目が潤み、熱い涙が、頬を伝う。

「どうして、あなたは、……いつも、いつまでも、美しいのよ……っ」

両手に顔を埋めながら、慧月はすすり泣いた。

今、認めよう。

自分は、黄 玲琳を憎んでいるのではない。

憎しみを感じるほどに、強く、激しく、憧れているのだ。

その美しい顔。華奢な手足。耳に心地よい声、穏やかな口調。溢れる才能、そして強さ。

たおやかなだけに見えた黄 玲琳が、その実、想像を凌ぐ努力を重ね、厳しく己を律しているのだということを、慧月は入れ替わって初めて知った。

そう。彼女は魂までもが、しなやかで美しかった。だから、絶え間なく病魔に近寄られても、彼女は居住まいを正し、その鍛えられた魂と知識で、それを撥ね除けてみせる――。

「…………」

だが、そこで慧月は、ふと顔を上げた。

毎回、精神力と薬草知識で、病魔を祓っていた黄 玲琳。そんな気力も知識もない自分が、今回無事に生き永らえたのは、なぜだ。

(それは、黄 玲琳が煎じた薬湯を飲んだから……いいえ、違う。それより以前に、……彼女が、破魔の弓を鳴らしたからだわ)

襲い掛かってくる闇と無数の目玉、おそらくあれは、病魔の姿そのものだった。それが、破魔の弦音を聞いて、退散した。だから自分は、起き上がれるようになったのだ。

慧月は、息を詰め、じっと思考を巡らせた。

(「病」が弦音で癒えるなんて、おかしい。そんなものは、病とは言わない。それは――)

呪い、と言うのだ。

己の発想に、無意識にごくりと喉を鳴らし、彼女は無言で、部屋を見渡した。

いかにも黄家らしい、素朴で温かみのある調度品。どれも丁寧に磨かれ、控えめに部屋を引き立てている。ただ、その中でたった一つ、ほかとは調和しない存在感を放つものがあった。

(この、香炉)

繊細な金細工を惜しみなく施したそれは、金家から見舞いに差し出されたという香炉だ。

透かし彫りからは、心を落ち着ける香がゆったりとたなびいていたが、なぜだか今、その姿を視界に入れるだけで、慧月の心臓が不穏な音を立てた。

「…………」

そろりと立ち上がり、顔を強張らせながら、香炉に近付いてゆく。

見た限り、いかにも華美を好む金家の見舞いにふさわしい、上等の品だ。

だが、なにかがおかしい。

炎を膨らませるときのように気を練ると、香炉の影が、奇妙な形をしているのが見えた。

耳を澄ませると、カサリ、カサリ、と、まるで紙がこすれるような音までもが聞こえる。

（まさか……。なぜ、金家からの贈り物に？）

逸る胸を押さえ、また一歩香炉に近付いたとき、慧月はぎくりとした。

――カサ……ッ！

「ひっ！」

不意に香炉から、乾いた物音とともに小さな影が飛び出してきたからだ。

それは肉体を伴わぬ、まさに「影」で、燭台に照らされた壁をよろりと這い、すぐに室の外へと消えていく。

一連の動きを、慧月は口を押さえ、冷や汗を浮かべたまま見つめていた。

（今、香炉から飛び出した、あの影……）

影は、蜘蛛の形をしていた。

鼓動が、どっと速まる。彼女は、虫の形をした影が、いったいなにを意味するのかを、理解できてしまった。

——蠱毒。

(それも、おそらくは、病で死ぬように呪をかけられた、もの)

道術には、学術的なものから荒唐無稽なものまで幅広くあって、人命を奪ったり、逆に死者を蘇らせたりといった、禁忌とされるものも多く含まれている。中でも蠱毒は、数多の虫の命を奪い、それによって人命まで奪うという点で、禁忌中の禁忌とされている術だった。

先帝が道士を嫌っているとかで、道士の数は年々減り、術も継承されにくくなっているので、この禁忌の術を正確に把握している人間は少なかろう。

蠱毒は単に虫を集め、共食いさせるだけでは完成しないのだ。道術をある程度理解したうえで、適切な呪文を与えなくては、術は作動しない。

そんな状況下、この禁忌の術を把握し、適切な呪文を与えることのできる人間に、慧月はたった一人だけ、心当たりがあった。

——まあ、すごい。道術って、本当にあるのね。

かつて、慧月に優しく微笑みかけ、熱心に話を聞いてくれた人。

——そんなこともできるの？　本当に？　いいえ、全然気持ち悪くなんかないですわ。もっと聞かせてちょうだい。呪文とは、どのようなものなの？

誰からも構われなかった慧月を褒め上げ、有頂天にさせた人。

――まあ、あなたはそんな素晴らしい才能の持ち主なのに、その年で両親を。哀れですこと。

慈悲の心でもって、慧月を自らの後継者に指名したはずの、彼女。

朱 雅媚。

「嘘、でしょう……」

ぽたり、と、ずぶ濡れの毛先から雫が落ちて、頬を伝う。

慧月は呆然と、その場に立ち尽くした。

2. 玲琳、許す

「あなた様が……玲琳様なのですね!?」

蔵の前で跪き、縋るようにして叫んだ冬雪のことを、玲琳はしばし、無言で見つめていた。

いや、厳密に言えば、唇は動かしているのだが、入れ替わりを説明するための言葉は、やはり音にならってくれないのだ。

（話すにしても、いったいどこから伝えればよいものでしょう）

入れ替わってから今まで、あまりにいろいろなことがあった。

慧月に突き飛ばされた乞巧節の夜が、もはや昔の出来事と思えそうなほどに。

獣尋の儀を生き延びて、蔵に追いやられ。愛らしい女官と打ち解け、彼女を追い詰めたという金家の女官を暴くべく宴に出て、けれどそんな女官は実在しないと知り。

さらには、玲琳の体に収まった慧月が病に倒れ、その病魔を祓うために弓を引き、自らも倒れた。

最初はたしかに、入れ替わったことを訴え出ようとしていたはずなのに、目まぐるしい日々を過ごすうちに、玲琳はそれをすっかり忘れてしまっていたようだ。

（ようやく冬雪が真実に気付いてくれたというのに、安堵するどころか……説明に悩んでしまうだな

んて）

自分が思っていた以上に、この暮らしになじみすぎていたことを理解し、玲琳は淡く苦笑した。

そうして、草の寝台からゆっくりと立ち上がった。

地に額を擦りつけた己の女官のもとへ、そろりと近付いていく。疲弊しきった体は鉛のように重く、重心も定まらなかったが、幸か不幸か、そうした状態で歩くことには慣れている。

「冬雪」

名を呼んだだけでびくりと肩を震わせた相手に、玲琳はそっと話しかけた。

「ひとまず、立ってくださいませ。落ち着いて、お話をしましょう」

「いいえ……！　この冬雪、玲琳様と同じ高さで視線を交わすことなど、けっしてできぬ身の上でございます！」

が、冬雪は切羽詰まった様子で譲らない。すでに、目の前の相手が玲琳だと強く確信しているようである。

仕方なく玲琳は、傍らの扉を掴んで体を支えながら、その場に膝立ちになった。

「わかりました。では、わたくしが屈みましょう」

「ああ……」

玲琳が穏やかに微笑みかけると、冬雪は感極まったように首を振り、再び目を潤ませた。

「やはり、これこそが玲琳様……。わたくしは七日もの間、なぜ朱慧月なんかを玲琳様と思い込んでいたのか……！」

「冬雪はいつ、そしてどうやって気付いたのですか？」

「お恥ずかしながら、つい先ほどです。熱に浮かされ、品のない譫言を口にする彼女を見て不審に思い、そこから、蓄積されていた違和感が溢れだしたため、目覚めた本人に直接確認しました」

「まあ。かの方は、素直に事情を話されたのですか？」

驚いた玲琳が尋ねると、冬雪は一拍だけ間を置いて、無表情で頷いた。

「はい。快くお話しいただきました」

（あ、さては脅しましたね）

玲琳はこっそり冷や汗を浮かべた。何事にもとらわれないような佇まいでいて、その実、この女官がかなり苛烈な性格をしていることを、今はもう知っている。

「ですが、玲琳様のお口からも事情をお聞きしとうございます。いったい、御身になにが起こったのでございますか。なぜ、七日の間も、悪女の身に閉じ込められ、不遇の環境に追いやられたままでいらっしゃったのです！」

「そのう……」

はく、と口を動かしてから、玲琳は困って頬に手を当てた。今こそ尻文字を使いこなすべきときだろうか。

（ですが、莉莉の受けるだろう衝撃を思うなら、せめて伝える手段くらいはまともにしたほうがよいと思うのですが……）

冬雪との会話に巻き込まれ、唐突に真実を突き付けられた格好の莉莉が気になり、玲琳はちらりと彼女を一瞥する。そして、そこで目を見開いた。

莉莉がまったく驚く様子を見せず、ただ真剣にこちらの話を聞いていたからである。

「莉莉。あなた……驚かないのですか？」

「あんたが、朱 慧月ではないということに、ですか？」

話しかけられた莉莉は、地に転がったままの燭台を拾い上げ、肩を竦めた。

「まあ、なんて言うのか……そのこと自体は、とうの昔に、薄々察してましたから。黄 玲琳様と入れ替わったのでは、ということも、想像くらいは何度かしました。『殿下の胡蝶』と名高い方が、まさかこんな、ちょっとあれな方だとは思わず、そこは驚きといえば驚きですけど」

「ちょっとあれ」

微妙な形容を、玲琳はなんともいえぬ思いで復唱する。

「ごめんなさい……莉莉はわたくしのことを、至らぬ人間だと不審に思っていながら、奥ゆかしくも、そっとしておいてくださったのですね……」

「いや、そうじゃなくて！」

しょんぼりと告げると、莉莉は慌てたように振り向いた。

「べつに、あんたを不審に思ったわけじゃなくて！　いや、不思議には思ったんだけど、その……、あんたには、ずっと、このままでいてほしくて。尋ねてしまったら、この不思議な縁が、あんたの存在ごと消えちゃう気がして、……だから、聞けなかったんだ」

敬語も忘れ、言い訳をするように小声で呟く莉莉を、玲琳は「まあ」と目を輝かせて見つめた。

「嬉しいです。では、莉莉は、わたくしのことを、存外気に入ってくれていたのですね」

「そ……っ！　いや、そもそも、女官が雛女を気に入るとか気に入らないとかの話じゃないし……！」

「その通りです」

真っ赤になった莉莉を、跪いたままの冬雪が冷ややかに遮る。

「一女官ごときが、玲琳様を『気に入る』だなんておこがましい。だいたい、そのなれなれしい口調はなんです？　恥を知りなさい」

「ま……まあ、まあ。あなたとて、牢ではなかなか威勢のよい口調だったではありませんか」

びくついた莉莉を慌てて玲琳が庇えば、今度は冬雪がはっと息を呑み、それから素早く短刀を取り出した。

「玲琳様のお怒り、誠にごもっともでございます。不遇の環境にあった御身を見抜けなかったばかりか、罵って毒を渡すなど、まさに万死に値する罪。かくなるうえは、文字通りこの節穴の目、まずは抉ってお詫びを――――！」

「待ってください！」

「っていうかなんですか、その短刀を懐から出す慣れた手つき!?」

目にも止まらぬ速さで短刀を取り出した冬雪に、莉莉がぎょっとして叫ぶ。

(冬雪ったら、こんなにせっかちな方だったのですね……)

玲琳もまた、呆気に取られていた。

牢の一件で、冬雪が、高い忠誠心と苛烈な性格を持ち合わせていることを知ったつもりだったが、それを再確認する思いだ。

(けれどきっと、こんなことでもない限り、一生、気付くことはなかったのでしょうね)

なにしろ玲琳は、すっかり冬雪のことを淡々とした人物と思い込み、彼女にとって心地よいだろう距離感を極力侵さないよう、特に気を遣っていたのだから。

本当に、この入れ替わりはなんと多くのものを自分にもたらしてくれたのだろうか。

そう思いながら、玲琳はそっと冬雪の短刀を押さえ、床に置かせた。

「どうか、落ち着いて。冷静になってください。あなたに会話の主導権を握ってもらえないと、わたくしからは、なんの事情もご説明できないのですから」

「それは……？」

冬雪は訝しげに眉を寄せたが、すぐに聡明さを発揮する。

「もしや、朱 慧月が、なんらかの口封じを……？」

彼女は、口をはくはくさせる玲琳を見て、なにごとか閃いたようだった。

「道術……。さては、不都合なこと――真実を説明する際には、声が奪われてしまうのですね？ では、文字で……もしやそれもできない？ それなら、わたくしがする質問に対し、是か非かで頷きを返すことなら……？」

気の利く筆頭女官らしく、玲琳の答えも待たずに、次々と状況を先回りしていく。その後、玲琳にいくつか試しの質問を浴びせ、入れ替わりに直接関係のないことなら答えられると割り出すや、彼女はすぐに問い方を改めた。

「つまり、朱 慧月は、乞巧節の夜に道術を使い、玲琳様と体を入れ替えたのですね。今のわたくしの発言を聞いて、違和感を覚えますか？」

「いいえ」

状況を直接判定させるのではなく、あくまで「冬雪に対して」是か非かを答えさせたのである。

朱 慧月が道術を揮って体を入れ替えたこと。それは玲琳に成り代わり尭明の寵愛を得るためだったこと。「朱 慧月」が日記を盗んだなどというのは、この入れ替わりを露呈させないための嘘であったこと。玲琳と朱 慧月は通信した経験があること。冬雪はわずかな質問で、あっという間にそれらの事実を掴んでいった。

「玲琳様として黄麒宮に君臨していたときの様子から、かの雛女がこの事態に、まるで罪悪感を抱いていないのは確か。おのれ朱 慧月め、鷲官による拷問でもまだ甘い。玄家の伝手をすべて使ってでも、この世で最も苦しい方法でいたぶらねば気が済みませぬ……！」

ぎり、と歯ぎしりしながら不穏な呟きを漏らす筆頭女官に、玲琳は慌てて言い募った。

「待ってください。あのね、わたくしは、今のこの状況に、とても感謝しているのです」

「なんですと？」

「はい？」

莉莉までもが驚いて聞き返すのに、玲琳は、「入れ替わり」や「慧月」の語を出さぬよう、必死に言葉を選びながら、心を込めて伝えた。

「だってわたくし、この七日間、本当に健康でした。人目も気にせず、思う様趣味に没頭して、気の置けない女官と出会って、好きなものを好きなだけ食べて、笑って、怒って。できなかったことにたくさん挑んで、知らないものにたくさん触れたのです」

「……………」

「それはもちろん、かの方に健康面でご迷惑をお掛けしたままにはしておけないですし、それぞれ雛女としての責任もございますし、必ず事態は解消されねばとは、思うのですが。でも、わたくしとしては、この七日間は、まるで……宝物のような日々でした。できるなら大事(おおごと)にせず、思い出を大切にしたまま、体をお返ししたいの」

最後、目を伏せて微笑みながら呟くと、冬雪はしばし押し黙った後、「承知しました」と答えた。

「よかった――」

「我が天女、慈愛深き玲琳様が手を下せないと言うのなら、一層、わたくしめが厳しく処断にあたらねばとの思いを強くいたしました」

「えっ、そちら!?」

ぐっと無表情で拳を握る冬雪に、思わず叫んでしまう。

「もちろんでございます。彼女は、なんとしても、わたくしが殺(や)ります」

まるで譲る気のない女官を見て、玲琳は、少しばかり、意地悪な気持ちを覚えた。

「――どぶネズミ」

「え?」

「と、あなたはわたくしに言ったのですよね。怖いお顔で……ああ、恐ろしかったこと」

「そ……っ、それは、誠に申し訳ございません……っ」

わざとらしく頬に手を当ててみせれば、相手は面白いほどに青褪める。

うっかり本当に楽しくなってしまって、玲琳はつらつらと続けてしまった。

「真っ暗な牢で、あなたが来てくれて、わたくしは本当にほっとしたのに、お名前を呼んだら馴れ馴れしいと怒られましたね。悲しかったこと」

「申し訳ございません！　申し訳ございません！」

「これからは、黄 冬雪様とお呼びしたほうがよいでしょうか」

「どうか今後は『このクズ』とお呼びくださいませ！」

冬雪はもはや、五体投地の勢いで頭を床にこすりつけている。

「やはり、わたくしめは、今すぐにでも自害を――」

やがてなにを思ったか、潤んだ目をぎっと光らせ、再び短刀に手を伸ばしたところで、玲琳はすかさず、それを押し留めた。

「だめです」

にこりと笑ってみせる。

「冬雪。わたくしはね、死ぬことなどよりも、健康に生きることのほうが何倍も難しいと、そう思っているのです」

生命の危機を、何度もぎりぎりのところで躱(かわ)してきた彼女だからこその言葉の重みに、冬雪が今度こそ息を吞んだ。

「贖罪を願うなら――あるいは、贖罪をさせたいと望むのなら。その手段に、安易な死など、選ばないでくださいませ」

真っすぐ、瞳を見つめて紡がれた言葉に、冬雪は黙り込む。

「…………はい」

そして、長い沈黙の後、頷いた。

「承知しました」

ひとまず、朱慧月をすぐにどうこうする気はなくなったようだと、玲琳はほっと胸を撫でおろす。

だが、

「断腸の思いではございますが、かのどぶネズミに手を出すことと、自害することは、いたしませぬ」

「……冬雪。ほかの手段がありそうな口ぶりですね?」

玲琳の笑顔の圧が、少しばかり強まった。冬雪、ともう一度名を呼ぶと、氷の女官とあだ名される彼女は、わずかに視線を逸らした。

「かの雛女の世話は、もういたしません。叶うなら、朱駒宮付きへと転属し、玲琳様のお傍にはべりたく存じます。筆頭女官のわたくしが去ることで、ほかの女官たちが一切かの雛女の世話をしなくなり、餓死するやもしれませんが、それはべつに、わたくしが手を下したということにはなりません」

「……冬雪」

「不安が嵩じるあまり、黄麒宮の雛女の様子がおかしいことなどを、うっかり皇后陛下や皇太子殿下にお話ししてしまうやもしれませんが、それもべつに、ご命令に背いた行為ではございません」

「…………」

頬に手を当て、玲琳は深々と溜息を落とした。

なんと頑固な、と思わないでもないが、冬雪の顔を見てしまえば、もどかしさも苦笑に変わる。

きつく眉根を寄せる筆頭女官の目は、わずかに潤み、鼻先は赤らんでいた。

(まるで、拗ねた子どものよう)

怖かったのだろう、と思う。これほどまでに忠義を尽くす相手の入れ替わりに気付かず、毒薬まで渡して。大切な主人を守るためだったはずの行為が、かえって相手を追い詰めた。なのに、元凶を罰することも、自責の念を表現することも禁止され、それで、心のやり場を失ってしまったのだ。

「……心配を、かけましたね。わたくしは無事です。それに、あなたの忠義は、ひとかけらとて零れることなく、この胸に伝わっていますよ」

「…………」

そっと頬に手を伸ばすと、冬雪の瞳が、いよいよ揺れた。

「……ひどいお怪我です」

冬雪は呟くと、一度ぐっと唇を引き結ぶ。瞬きをして涙を追い払うと、彼女は震える両手で、包帯の巻かれた玲琳の手を取った。

「なんですか、この粗末な包帯は。血が滲み、真っ赤ではありませんか。お召し物とて、袂から破れて、ぼろぼろです。こんなに、おいたわしいご体調なのに、……草の寝台に横たわり、調度品も、明かりの一つもなく、こんな……。こんな――」

「冬雪。大丈夫。わたくしは無事でしたし、幸せでした。本当です」

「申し訳、ございません……っ」

せっかく堪えた涙は、結局、謝罪の言葉とともに溢れだしてしまった。

「玲琳様をこのような目に遭わせ、それだというのに、わたくしはかけらもあなた様の苦境に気付けず……、誠に、申し訳ございません……っ」

「いいえ。ちっとも」

年上の女官の頭を、玲琳はそっと抱き寄せる。

あとで冷静さを取り戻したときに、誇り高い彼女が、他人に涙を見られたことを恥じるに違いないと思ったからだった。

控えめな嗚咽はすぐに収まり、肩の震えも止まる。

それを見守ってからやっと、玲琳は両手で頬を挟み、冬雪の顔を上げさせた。

「わかりました、冬雪。では、このようにいたしましょう」

「え……?」

「かの方と、あなた自身を害することは、禁じます。黄麒宮を辞してはいけませんし、殿下や陛下に真実を告げてもいけません。ただし、それを守れば、あなたの償いは済んだこととします」

すっかりほつれた髪を撫でてやりながら、玲琳は微笑んだ。

「わたくしはこれまで、真実を告げられない状況にありました。だからあなたも、わたくしと同じ目に遭ってくださいませ。それをもって、あなたへの罰とする――こう考えれば、受け入れやすいのではありませんか？」

「そんな……甘すぎます」

「主人と同じ苦境を味わうのですよ。どこが甘いものですか」

信じられない、とばかり緩く首を振った冬雪には、悪戯っぽく人差し指を突きつける。

「さあ。冬雪、あなたは一度黄麒宮へお戻りなさい。黄家の筆頭女官ともあろう者が、いつまでも他家の宮にいてはなりません。かの方への怒りは理解しますが、あなたは黄麒宮で、筆頭女官にふさわしく振る舞わねば」

「ですが――」

「冬雪」

眉を寄せて身を乗り出した冬雪を、玲琳は微笑みで遮った。

「かの方は一命を取り留めたとはいえ、倒れてばかりの雛女に同情だけをしてくれるほど、雛宮（すうぐう）は優しい場所ではございません。四夫人様方や、雛女様方も、ここぞとばかり、黄麒宮に揺さぶりを掛けようとすることでしょう。あなたを信頼するからこそ、あなたには黄麒宮に留まり、皆を守ってもらいたいの」

そうとまで言われては、さすがに反論できるはずもない。

「……はい」

あらゆる逃げ道を塞がれ、代わりに使命感を吹き込まれた冬雪は、眩しい光を見つめるかのように目を細めたが、やがてしっかりと、頷いた。

「承知しました。ご下命とあらば、最善を尽くします」

「よろしくお願いしますね」

ようやく、納得の様子を見せた女官に、玲琳は今度こそ肩の力を抜いた。

冬雪は最後にもう一度だけ深く叩頭すると、名残惜しげに立ち上がる。

ただ、玲琳の傍に佇んだ莉莉を視界に入れると、ぎろりと鋭い眼光を飛ばした。

「……わたくしは泣いてなどおらぬので、くれぐれも余計なことは口にせぬよう」

「はいはい。燭台ひとつの明かりではなにも見えませんので、私はなにも見ていません」

「いい心がけだ。ただし、返事は一回」

「はい」

年若き女官をしっかり脅しつけたうえで、やっと蔵を去ってゆく。だが意外にも莉莉は怯えた様子を見せず、呆れ顔でその背中を見守っていた。

「つたく、いろいろ重すぎるっつーの」

「お騒がせして申し訳ございません……」

「いやいや、むしろよくあの猛獣を、こんなに大人しく引き下がらせてくれましたよ」

すごい剣幕だったんですから、と肩をそびやかしつつ、莉莉が振り返る。

そこで二人はしばし沈黙し、見つめ合った。

「…………」

梨園のどこかで、夏の虫が鳴いている。

やがて口を開いたのは、莉莉のほうだった。

「やっぱりあんたは……黄 玲琳様だったんですね」

呟きながら、主人の姿を、頭からつま先までを目で辿る。疲弊しきってなお、すらりと優美な立ち姿。穏やかな表情。女官を諭す声は慈愛深く、雛女として黄麒宮の形勢を案じる姿には、優しさだけではない厳しさと、聡明さがあった。

顔は「朱 慧月」でも、まったくの別人。

そう、一度気付いてしまえば、手掛かりは最初から、いくつも転がっていたというのに――。

(ずっと、目を逸らしてたんだ)

おそらくは、目の前の女性のことを、「雛女様」としか呼ばなくなったときから、すでに。

莉莉は彼女を大切な主人と思い定め、けれど、いや、だからこそ、いつかやってくるのだろう別れを感じ取って、真実から顔を背けてきた。

「だますような形になってしまって、ごめんなさい」

悄然と謝罪を口にした玲琳に、莉莉は即座に首を振った。

「いいえ。あんた……いや、あなた様が謝るなんて、どうかしています。すべての罪は、あの忌々しい朱 慧月にある。朱駒宮の人間としてお詫び申し上げます」

「莉莉。やめてください」

かしこまった口調で膝を折った莉莉を、玲琳は困り顔で立ち上がらせた。

「どうか、今までのように、遠慮なく接してください。あなたが気さくでいてくれなければ、わたくしはここでの生活を、こんなには楽しめなかったのですから」

「でも……」

「すでに冬雪が知り、あなたが知った。口止めはしたものの、どのみち状況は潮時です。早晩、ここでの暮らしも終わってしまうことでしょう。なのでせめて、それまでは」

声と表情には、ついつい惜しむ色が濃く滲んでしまった。

それは、向かい合う莉莉も同じことだ。猫のような大きな瞳が、切なげに揺れる。

夢のようであった蔵での暮らし。こんな日々がいつまでも続けばいいとは思ったが、相手は雛宮の華、「殿下の胡蝶」とまで称される至上の雛女だ。

それに、女官の正体はわからずじまいだったものの、金家から狙われていたことは事実。敵の多い「朱 慧月」の体にいつまでも留まっているべき理由など、一つもないだろう。

――別れは、近い。

莉莉は唇を噛み締めたが、やがて、物思いを吹っ切るように、強引に口の端を持ち上げてみせた。

「ま、そうですね。正直、『殿下の胡蝶』がこんな芋好きで鍛錬好きの、自重を知らない変人と知ってしまっては、敬意を払おうにも払えないというか」

「まあ、莉莉。あんまりですわ」

玲琳もすぐに意図を悟って、くすくすと楽しげに笑いだす。

だが、口元を覆ったその一瞬、彼女の体がわずかにふらついたのを、莉莉は見逃さなかった。

「ちょっと。なんかあんた……ふらふらしてません？」

「え？　いいえ、そんなことは」

玲琳はすぐに姿勢を正し、何事もなかったかのように微笑む。

だが莉莉は咄嗟に、冬雪が残して行った燭台を掲げ、主人の顔に近づけた。

「ちょっと……！　信じられない、真っ青じゃないか！」

「光の加減ですわ」

「炎の色が乗ってもなお青白く見えるって、どういうことだよ！」

慌てて燭台を放り投げ、肩を支える。蔵まで戻るだけの短い間でも、相手の体がぐらぐらと揺れ出すのに気付き、莉莉は泣きそうになった。

「そりゃそうだよ……ずっと徹夜して、啖呵切って、舞って、薬草を煎じて、大弓を引いて、大けがをして……。気絶した人間が、すぐに平然と起き上がれるはず、ないじゃないか」

「大げさですわ。べつに、大したことはありませんし、どちらかといえば心地よいのですよ。夜空の星々が、目の前で輝いているような感じで」

「それは、目の前がチカチカする、って言うの！」

「体も、弾む心を表現するかのように、ふわふわと揺れて」

「それは眩暈（めまい）！」

一喝して、莉莉は主人の体を草の寝台に横たえた。

「あ……、明日の朝餉に頂くお米を、研いでおかなくては……」

「いいから、寝ろ‼」

性懲りもなく、もぞりと身を起こそうとする相手を、突き飛ばすようにして寝台に押し戻した。

「いい？　その血みどろの手で米なんか研ごうものなら、農耕神に代わって、あたしが天罰を落とすからね⁉　とにかくあんたは、明日の丸一日、この寝台から一歩も動くな」

「ならばせめて、刺繍でも――」

「縫うな！　編むな！　織るな、刻むな、煎じるな！　なにもするな！　寝ろ‼　自重を知らない大馬鹿女め！」

人差し指を突きつけて怒鳴ると、玲琳はしょんぼりと眉尻を下げた。

「莉莉ったら、主人に対して、まるで遠慮がありませんわ……」

「あんたが遠慮するなって言ったんでしょ！」

やけくそになって叫べば、長い睫毛が「あら」と瞬かれる。

「そうでした」

なにが面白いのか、彼女は横たわったまま、再びくすくすと口元を緩めた。

「ふふ、そうでした。……嬉しい」

やはり、相当眠くはあったのだろう。笑みの余韻を残したまま、徐々に瞼が下がっていく。

「莉莉。ありがとう……」

そんな小さな呟きを最後に、とうとう玲琳は眠りに落ちた。

莉莉は目を閉じる主人のことを、しばらく無言で見つめていた。

「……人騒がせな雛女め」

冬雪を筆頭に、他家に評判が伝わるほど過保護な、黄麒宮の女官たちを思い出す。

雛女を目に入れても痛くないほど可愛がる皇后や、溺愛する皇太子のこともだ。玲琳と知り合う前は、なんでまあ一人の女をそこまで持て囃すものかと呆れたものだったが、今となっては、彼らの気持ちがよくわかる。持て囃すというより、純粋に、放っておけないのだ。この、愛らしく、清らかで、なのにとんでもなく無鉄砲で頑固者の彼女のことを。

「せめて明日一日くらいは、のんびり休めりゃいいけど……」

すでに入れ替わりは、破綻してきている。

本当なら、朱 慧月を糾弾しなくてはならない。彼女に連絡を取り、追い詰め、他人の体を奪うなどという悪行をただちに止めさせなくては。

けれど——。

（あの忌々しい女だって、死の淵から生還したばかりだ。しばらくは養生がてら、大人しくしていてくれれば、いいのにな）

せめて、あと一日。いいや、二日でも、三日でも。

この粗末な蔵での、奇妙に充実した生活が続けばいいと、莉莉は願わずにはいられなかった。

3. 幕間

さて、翌朝――中元節の儀から一夜明けた朝のことである。

黄　玲琳危篤の報に揺れた前夜とは異なり、今、雛宮一帯には明るい陽光が差し込み、夏の朝特有の清々しい風が吹き渡っていた。それはそのまま、雛女の生還に沸く黄麒宮の空気である。雛宮の南西に位置するかの宮には、皇太子からの見舞いの品が続々と運び込まれ、昨夜とは打って変わって明るい顔をした藤黄たちが、誇らしげに品々を掲げ歩いていた。

「まったく、まるで皇子でも生まれたかのような大騒ぎですこと」

金冥宮から雛宮に繋がる回廊を渡りながら、前に立つ金　麗雅が不快げに顔を顰める。

清佳と同系統の、華やいだ美貌を誇る淑妃は、相変わらず黄麒宮の雛女が雛宮中の関心を集めているこの状況が、気に食わない様子であった。

「ご冗談を、叔母様。玲琳様が、もしいつの日か殿下の皇子をお産みになったなら、こんな騒ぎでは済まされないはずですわ」

と、淑妃のすぐ後に続く清佳が、白けた声で指摘する。

「ああでも、叔母様は、陛下から伽の褒美は賜っても、皇子ご出産のお祝いは賜ったことがございませんもの。ぴんと来なくても仕方ありませんわね」

円扇の陰で笑ませた唇には、叔母に向けたとは思えぬほど、苛烈な毒が込められていた。

「……まあ、清佳さん。淑妃のわたくしに、ずいぶんな口の利き方ね」

「ご心配なく。わたくしはいずれ、貴妃になりますわ」

笑顔での応酬だが、暑気を吹き飛ばすかのような冷え冷えとした空気である。

淑妃付きと雛女付き、それぞれの白練（しろねり）たちは怯えるように視線を交わし合ったが、それもまた、金冥宮では始終見られる光景であった。この二人は、叔母と姪、後見の淑妃と雛女の間柄でありながら、大層仲が悪いのである。

理由はひとえに、出自だ。清佳の母・清秋（せいしゅう）と麗雅は異母姉妹だが、清秋が正室の娘であるのに対し、麗雅は側室の娘である。そして、正統なる金家の娘ではないくせに、麗雅とその母親は美貌を使って金家で実権を握り、正室の娘であった清秋をいびり倒したのだ。麗雅は清秋を差し置いて、ありとあらゆる贅沢に身を浸し、姉の清秋には身分の低い男を宛がう一方で、己は淑妃に収まった。そのあこぎで、浅ましい在り方が、清佳は大嫌いなのであった。

金家の人間は、芸術家肌で浮世離れした者と、商人気質で俗物的な者とに大きく分かれる。同じ一族なのにこうも相反する気性が現れるのは、二つの血筋が混ざったからだ。

はるか昔、神への供物としての金を扱ってきたときの西領当主は、家名を「白家（はくけ）」と名乗っていた。その魂は穢れなく、何ものにも染まらぬ誇りを持つ人々であったからだ。だが、高潔と美学を重んじる気風は、祭祀を担う神官としてはふさわしかったが、やがて金が貨幣としての性格を強めるのと同期して、次第に民から敬遠されるようになっていった。精神が高邁すぎる、あるいは、現実的でない発想にこだわりすぎるからだ。

たとえば、ある代の白家当主は、「領地の西一帯で白い花を育てれば、秋の光景は目に麗しく、先祖の供養にもなるだろう」と考え、減反をしてまでそれを強行した。だが、農地を奪われた民からすれば、堪ったものではない。

十年後の絶景よりも、目先の糧を求めた民は、大いに不満を募らせ、それに呼応するようにして台頭したのが、傍流の金家だった。彼らは、民の不満を巧みに吸収しつつ、徐々に実権を強め、とうとう西領当主の家名を「金家」と改めさせるほどになったのである。

だがしかし、財に重きを置き、即物的な利ばかりを追求する彼らの統治は、時を重ねるにつれ貧富の差を生んだ。そうして、西領内で伝染病が流行ったときに、金家の高位の者ばかりが薬を独占したのを機に、再び民の不満が爆発し、西領は内戦状態に陥った。奇しくも、そのとき伝染病から貧しい者たちを救ったのは、数十年前に白家当主が植えさせた白い花であった。その根に、伝染病に対する著しい薬効が認められたのである。

実利を得るのは金家、しかし、先を見通すのは白家の血。西領では徐々に、そうした認識が根付いていく。それに伴い、元祖直系はあくまで白家とし、傍流の一族はその家臣として尽くすという、今の「金家」の在り方が定まっていったのだった。世俗に囚われず、美学に沿って長期的判断を下す直系の当主と、現実的な実践を重ねてゆく傍流の家臣。両者は支え合って、金家の繁栄を築いてきたのである。

だが、互いの能力は認めるものの、両者の相性がよいかと言えば、話はまったく別だった。

それどころか、直系の者たちは傍流の家臣たちを俗物と蔑み、家臣たちは直系の者たちを世間知らずと嘲笑う。清佳と麗雅もまたそのご多分に漏れず、互いを嫌い抜いていた。にもかかわらず、麗雅が清佳を雛女に据えたのは、当代の金家一族の娘の中で、やはり清佳以上に美しく、技芸に秀でた女がいなかったからだ。憎い相手でも、己の権威を上げるためならば後見できるほどに、麗雅も麗雅で「金家」の血が濃かったと見える。

「ふっ、貴妃ですって？　皇后の座を目指さぬとは、清佳さんは大層卑屈でいらっしゃること。自身がこの雛宮の主になろうとは、思いすらしないのですね」

挑発してきた麗雅に、清佳は溜息をつきながら、梨園に視線をそらした。

雛宮へと繋がる回廊の梨園は、見事だ。金冥宮からの金子を惜しみなく使い、奇岩や季節の花々で鮮やかに彩られている。脂粉の匂いを振りまく中年女よりかは、五感に快いと言えた。

「演舞でときどき見かけますわねえ、叔母様。己の力量も弁えず、主役を押しのけてしゃしゃり出る舞い手を。そうした三流の舞い手にだけは、わたくし、なりたくないものですわ」

「…………っ」

三流、の言葉は、麗雅が最も嫌うものだ。淑妃とは、皇后、貴妃に次ぐ三番手の立場だと、強く自覚しているだけに。

麗雅はまなじりを吊り上げたが、それでも、この後宮を生き抜いている妃の一人だ。やがては激情を収めると、淑やかな声を取り戻した。もちろんそれには、いよいよ雛宮が近付いてきたからという

理由もある。

「清佳さんは、謙虚ですのねえ。でも、それだけでは、後宮ではやっていけなくてよ。あなたの肩には、金家の女官の、いいえ、金家全体の命運がかかっているのですから」

歩調を落とし、わざわざ隣り合ってまで、麗雅は清佳に囁きかけた。

「病弱な玲琳様が、それでも雛女の頂点の座を保っていられたのは、尭明殿下のご寵愛ゆえ。けれど、昨日の儀で、殿下は朱慧月へと興味を示されたわ。もっとも、あのどぶネズミがそれを機に寵愛を得るなどとは思わないけれど――玲琳様を蹴落とすなら、今が頃合いでしてよ」

「………」

清佳は美しい形の眉を寄せる。

雛宮の門をくぐったとたん、麗雅が楚々とした笑みを浮かべ、「お見舞いの品ですわ。どうぞ、玲琳様に」と藤黄たちに目録を託けるのを、不快な思いで見守った。

麗雅の見舞いの選び方には、いつも拝金主義が滲む。相手の好みや文脈なども考えず、とにかく高級なものを、手当たり次第に送りつけるのだ。

美学のかけらもない、俗っぽい行為。あれでは、誰が寄越してきたものかすら、先方には理解できないだろう。しょせん目録には、「香炉」とか「櫛」としか書かれていないのだから。

うんざりして視線を転じれば、ほかの回廊から、雛女を伴った藍徳妃と玄賢妃が、そして単独の朱貴妃が、それぞれしおらしくやって来るのが見える。

今日は、病から回復した黄玲琳を四夫人と雛女で見舞う、という趣旨の茶会だ。他家の宮にはよほどの事情がない限り足を踏み入れられないため、黄麒宮ではなく雛宮に集まることとなった。見舞いの品を受け取るのも、病床にある玲琳本人ではなく、その後見人である皇后・絹秀である。

(目録付きの「見舞いの品」に、席順まで決まった「お見舞い」、ね。馬鹿らしいこと)

それぞれの家色をまとった女たちが、階位に応じた席に着くのを、清佳は白々とした思いで眺めた。

いったいこの中に何人、心から黄 玲琳の回復を祝っている者がいるものか。見舞いと称しながら、病弱な玲琳をあげつらい、雛女としてふさわしくないとの風評を立てるのが、今日の彼女たちの目的だ。

(玲琳様は、美しい。才能に溢れ、誰からも讃えられ、慕われる。そうであってさえ、これ)

敵が弱ったと見るや、すぐに叩き落とそうとする後宮の女の性に、清佳は吐き気を覚える。

いや、雛女たちはまだいい。玄 歌吹は心配そうに黄麒宮の方角を見ていたし、藍 芳春も、ぴりぴりとした妃たちの空気に委縮するように肩を竦めている。彼女たちがまだ、後宮の闇に染まり切っていない証だ。歌吹も芳春も、こうした殺伐とした集まりにはげんなりしているらしく、視線を送ってみれば、すぐにさりげない目配せが返った。

ただ、結局のところ、彼女たちも、妃たちを諌められはしないのだ。雛女は雛宮の華。けれど、雛はしょせん雛であって、後宮を動かすのは、妃たちである。彼女たちに後見してもらっている以上、雛女が妃に逆らうことなど、できやしないのだ。

――ですが朱貴妃様。喧嘩を売ったのではなく、お話し合いをしたいと申し上げただけでございます。

そのときふと、清佳の脳裏に、ある女の声が蘇った。

——儀式の進行を妨げず、恥を晒さなければ、清佳様とお話を続けてよいということですね。

凛とした眼差しと、夏空のような清々しさをまとった女。背筋を伸ばし、意外なほどの気の強さを見せつけた。それまでの彼女と言えば、常に背を丸めて俯いていたにもかかわらず、だ。

（朱 慧月……）

彼女の舞は美しかった。皇太子や皇后に対してすら物おじせず、黄 玲琳の看病を申し出た姿には、心を打たれた者も多かったはずだ。

かくいう清佳だって、薬を煎じ、弓を引きはじめた彼女のことを、最初こそ偽善者めと眺めていたが、夜になっても響きつづける弦音を聞いて、とうとうその根性に感服せざるをえなかった。

射場には、藤黄の女官のほかに、玄家や藍家からも、偵察の者が来ていたように思う。歌吹や芳春だって、今頃、清佳と同じ、自責の念を抱えていることだろう。

朱 慧月だけは、貴妃に逆らう意志を持ち合わせ、かつ、心からの誠実さで、黄 玲琳の病を祓おうとしたのだと。

今日この場に、朱 慧月の顔は見えない。噂によれば、黄 玲琳の目覚めと同時に、疲弊しきって射場で倒れてしまったからだ。朱 慧月がこうして公式の行事を休むことは多く、そのたびに顰蹙を買っていたものだったが、噂を聞いた今日に限っては、むしろ逆の印象を周囲に与えた。

彼女だけが、黄 玲琳に手を差し伸べた。そして彼女だけが、黄 玲琳を貶めるための催しに、参加しないのだと。

「まあ、ご覧になって。あそこに活けてある、遅咲きの金鳳花の、なんと愛らしいこと。ですが、少し萎れはじめてしまっているようですわね？」

「そうですわねえ。かの愛らしい黄色の花は、あまりに繊細で、摘めばすぐに萎れてしまう。豪奢な翡翠の花瓶に挿されたところで、命を落としてしまうのならば、金鳳花にとっても哀れというほかございませんわ」

雛女たちよりも一段高く設えられた座席に、隣り合って座った金淑妃と藍徳妃は、円扇で口もとを隠しながら、さっそく含みのある世間話に興じている。むろんこれは、病弱な黄家の雛女、玲琳に対する当てこすりだ。最下位の座にある玄賢妃は、こうした議論には加わらず、ただ漫然と梨園を眺めている。四夫人の中で最高位にある朱貴妃もまた、静かに顔を俯けるだけだ。

（ねえ、朱 慧月。どぶネズミのあなたがいたことで、一つだけいいことがあったのを思い出しましたわ）

清佳は憂鬱さに視線を落としながら、胸の内で朱 慧月へと話しかけた。

（泥臭いあなたがいれば、浅ましい女の放つ腐臭は、目立たない）

やがて藤黄女官たちが一斉に跪き、その奥から皇后・絹秀がやってくる。

「皆の者。今日は我が雛女、玲琳のために、足労を掛けたな。礼を言う」

貫禄のある声で告げた彼女が卓に着けば、「見舞い」の始まりだ。

朝露を集めて淹れたという上等な菊花茶を振る舞われながら、清佳は、そっと溜息を落とした。

（やれやれ、こやつらも暇よな）

来客用の上等な菊花茶をぐびりと飲み下しながら、絹秀は内心で嘆息した。

茶や菓子の類は好かない。が、菊花茶は菊花酒と風味が似ているため、まだ救いようがある。

ぐっと濃く淹れて、火酒を垂らして飲めば、それなりに美味しかろうなと思った。日は高いが、酒でも飲まねば、このつまらぬ茶会をどうしのげるかわからない。絹秀は昔から、茶会だの句会だのといった催しが大嫌いであった。茶卓ごしに腹の探り合いなんかをするよりも、病み上がりの玲琳と素振りをしていたほうが、百倍は楽しいだろう。

「それにしても、ご回復なさったとはいえ、中元節の儀にも出られずじまいとは、なんとおいたわしいこと。胡蝶に例えられる玲琳様の舞を見て学べと、わたくし、藍狐宮の者たちにずっと言い聞かせてまいりましたのに」

「わたくしもですわ、藍徳妃様。玲琳様のいない儀は、まるで花のない花園のような寂しさ。うちの清佳は未熟者で、寂しき花園を無事に彩れていたかどうか」

「まあ、金淑妃様。清佳様の艶やかさと言ったら、まさに錦秋の趣でございましたわ。引き換え、うちの芳春ときたら、何事につけても大人しすぎて」

「そんなそんな。芳春様も、まさに春の花のような愛らしさでしたわ。どのような小花であれ、花は花。清佳にせよ、芳春様にせよ、国色天香たる玲琳様には及ばずとも、丈夫に花さえ付けられるのなら、人の目を慰められるということですわねえ」

先ほどから、隣り合った藍徳妃と金淑妃は、にこやかかつ遠回しに、玲琳の虚弱さをあげつらっている。

賛辞と謙遜が多用されているが、要はこれは、「病に倒れる黄 玲琳に比べれば、儀に確実に参加できる金 清佳や藍 芳春のほうが素晴らしい」と言いたいわけだ。

藍徳妃は、雛女の芳春とも共通して、小柄で愛らしい風貌だ。ただし、芳春がおずおずと控えめな態度であるのに対し、徳妃はにこやかでありながら、じわじわと毒を含んだ言葉で相手を蝕む。

そこに、華やかかつ攻撃的な金淑妃が加われば、彼女たちの「口撃」は、この上なく毒々しいものとなった。

「…………」

こうしたとき、玄賢妃はなにも言わない。たいてい頬杖をついて、ぼんやりとしているだけだ。彼女には玄家特有の掴みにくさがあって、金家の芸術家肌とはまた異なる、浮世離れした空気がある。この日もまるで、水に住む魚には、人の話す言葉などわからない、とでも言わんばかりに、揺れる菊花茶の水面を眺めるだけだった。

「中元節の儀は、素晴らしいものでしたわ。参加させていただき、御礼申し上げます」

朱貴妃はといえば、上品な面差しをわずかに笑ませて、当たり障りのない言葉を口にする。悪意を口にすることのない代わりに、強い主張もしない。心優しく奥ゆかしい人、というのが、この美しき貴妃への専らの評価であった。

「玲琳様は、その後いかがお過ごしでしょうか。意識を取り戻したとは、お聞きしているのですが」

なにも話さない玄賢妃を見かねてだろう、玄家の雛女である歌吹が、低い声で切り出す。彼女もまた、玄家の女らしく、淡々とした顔つきと寡黙な雰囲気の持ち主だ。ただ、茫洋としている玄賢妃に比べれば、常識人というか、苦労性のような気配があった。

「ええ。これまで玲琳お姉様は、お倒れになっても、翌日には元気でいらっしゃいました。こたびについては、まだ寝台に臥しているとお聞きし、それほどまでに重症なのかと、心配しております」

ようやく毒のない会話が生まれたことにほっとしたように、芳春がおずおずと言い添える。

小りすのように上目遣いが愛らしい雛女を見て、絹秀はなんとなく、どんぐりを与えたい気持ちに駆られた。黄家の人間は、えてして小さくてかわいい生き物が好きである。

「心配をかけたな。玲琳はすでに復調していると、筆頭女官である冬雪からは聞いておる。だが、女官たちがとにかく過保護なのでなあ。こうなれば徹底的に養生させるべしと、息巻いているようなのだ。玲琳は禁足されているだけだから、あまり案ずるな」

「禁足……」

「されている『だけ』……?」

不穏な言葉に、雛女たちはわずかに顔を引き攣らせたが、納得はしたようだった。黄麒宮の女官たちが玲琳を溺愛、崇拝していることは、つとに有名である。

「まあ、安心いたしましたわ。ですが、病がちな玲琳様のこと、お風邪を召すたびに軟禁されたのでは、雛宮に参じることができなくなってしまいそうですわねえ」

と、せっかく「見舞い」にふさわしい雰囲気だったのに、金淑妃・麗雅が猫なで声で話を戻す。

「雛女とは、やがて妃となって皇帝陛下にお仕えする女ですもの。慈しまれるだけではなく、陛下をお慰めし、子を儲けなければならない。僭越ながら妃の一人としては、心配ですわ。玲琳様にそのようなご体力があるのか」

　彼女は、菊花茶の香りを味わうふりをしながら、意味深に目を細めた。

「陛下も、また皇太子殿下も龍の化身であり、その陽気は極まる。それを受け止める陰（おんな）の側もまた、大層な力を要するものです。かくいうわたくしも、ここ最近は続けざまに陛下の宮に召され、なかなか疲れが取れなくて……。大切な儀の期間だったというのに、困ったものですわねえ」

　婉曲的でありながらも踏み込んだ内容の発言に、妃たちがわずかに身じろいだ。「皇族の殿方は大層『お元気』なので、夜のお相手が大変です」という意味だからだ。実際、美貌と、欲望への素直さを持ち合わせる麗雅は、伽の相手としては皇帝に気に入られているようで、寝所に侍る機会は四夫人の中の誰より多い。これはつまり、玲琳を下世話に値踏みする発言であり、かつ、自身の寵愛を鼻に掛ける発言でもあるわけだった。

「叔母様……」

　この手の話題に慣れていない雛女たちは顔を赤らめているし、清佳に至っては、射殺しそうな視線で麗雅を睨んでいる。派手な容貌からは意外にも見えるが、潔癖な性格でもある彼女からすれば、閨（ねや）事情を白昼堂々口にする麗雅の下品さが、受け入れがたかったのだろう。

　ちなみに絹秀としても、共通の夫はともかくとして、息子の下半身事情を吹聴されるのは、非常に微妙な心境である。

　緊張した空気を前に、絹秀は鼻白んだ。

こんなとき、理想の皇后ならどうするか。それとなく淑妃の発言を諫め、下世話に傾きかけた場の雰囲気を軌道修正するのだろう。だが残念ながら、それは絹秀の流儀ではなかった。

「それは大変だなあ、金淑妃。だが、そうそう、陛下が仰っていたぞ。おまえは相手として申し分ないが、声が大きいのには難儀すると。ああ、手の動きも忙しないらしいな」

空気をごまかすために茶器を取っていた女たちが、いっせいに噎せた。

「は……はっ⁉」

麗雅は敬語も忘れ、すっかり凍り付いている。

「興奮を誘いたいのはわかるのだがなあ、陛下が集中しようとしているのに、大声を上げるのは感心しない。もしや疲れの原因は、おまえ自身にあるのではないか？　陛下も内心では興ざめされているようだ。曲がりなりにも『淑』の字を頂く妃なのだから、自重してはどうだ？」

「な……っ、なな……っ」

低俗に来られたら、それ以上に低俗に。針でちくちく刺すような嫌味には、大蛇を揮ってやり返すのが絹秀だ。予想だにしなかった正面攻撃、その破壊的な威力に、金淑妃は涙目だった。

「ま、真昼間から、なんという、下世話な……っ」

「はあ？　妾は碁の手合わせの話をしただけぞ。おまえもするだろう？　陛下の宮に召されての、手合わせを」

こちらは絹秀にしては珍しく、遠回しな嫌味である。「おまえは知的な遊戯の相手などしたことがないかもしれないが」といった趣旨の。

「ふっ、白昼堂々、なにをいやらしいことを考えておる？　好き者よなあ」

そして次は、比喩も何もない、直接攻撃だ。やはり、こちらのほうが性に合っている。

くっ、と絹秀が喉の奥で笑うと、金淑妃は拳を震わせて捨て台詞を吐いた。

「よくも……皇后でありながら、そのような卑しい口を……」

「金 麗雅」

まだ負け惜しみを言える余力があるようなので、冷ややかに名前を呼ぶ。

周囲の温度を一気に下げるかのような迫力に、金淑妃だけでなく、その場にいた全員が、はっと息を呑んだ。

「妾も陛下と同意見だ。おまえの声は、ときどきひどく、耳に障る」

女性にしては低い声。妃嬪の長にして国家の母、まさに皇后にふさわしい貫禄に、空気がしんと静まり返る。

「本人は他愛のないさえずりをしたつもりでも、その甲高い響きが、弱った者には毒となることもあろう。ここを見舞いの場と心得るなら、さっさとその不快な口をつぐめ。野に放たれたいのか」

「…………っ」

これ以上ない直截的な恫喝に、婉曲的な嫌味にしか慣れていない金淑妃が震えあがる。

皇后・絹秀は、恬淡とした性格の持ち主で、言動は豪放磊落にして気さく、礼儀にもさほどこだわらない。口さがない女たちも放置することが多いため、ある意味では、なにをしても咎めないと思われがちだ。

しかし、やはり彼女は皇后。その権力は圧倒的で、ひとたび彼女の不興を買えば、四夫人の一人として、身ひとつで後宮を追い出されてもおかしくはないのである。

「――淑妃が、とんだ失礼を申し上げました。金家の者として、お詫び申し上げます」

声も出ずにいる麗雅に代わって、青褪めた顔で切り出したのは、雛女の清佳であった。

「発情した鳥獣の叫びは、とかく不快なもの。ですがだからといって、籠から追い出したなら、その騒音で、より多くの者が苦しむこととなりましょう。どうか、妃嬪の長、籠の番人として、至らぬ鳥こそ籠に留め、躾けてくださいますよう」

「ふ」

これはつまり、追放だけはしないでくれ、ただしこの不快な叔母は禁足刑に処してよい、ということだ。執り成すようでありながら、しっかりと麗雅を切り捨てている清佳の態度に、絹秀は喉を鳴らした。

金家の因縁は承知している。あざとい身内を嫌い抜く清佳の潔癖さを、絹秀は気に入っていた。

絹秀は黄 玲琳の後見人だが、後宮全体の長でもある。玲琳をもちろん可愛がってはいるが、同時に皇后として、すべての雛女に目を掛けるのも、絹秀の責務であった。

「金 清佳よ。大胆だなあ。曲がりなりにもおまえの後見である妃を、発情した鳥獣と?」

「ええ。淑妃は、場の主役が誰かを弁えず、前へ前へとせり出る性質をお持ちで。序列も力量も弁えぬ者は、獣と同じでございますわ」

「しっかりした雛女に恵まれたなあ、金淑妃よ。金 清佳の潔さに免じて、こたびは見逃そう」

「……寛大な皇后陛下に、感謝、申し上げます」

歯ぎしりせんばかりの怒りを押し殺して、麗雅が頭を垂れる。

その瞬間、清佳が瞳に勝利の光を閃かせたのを見て、絹秀は片方の眉を上げた。

潔いが、やはり――まだ青い。

活きがよいのは結構なことだが、妃を越えて増長するのなら、それは矯めるべきだった。

攻撃しすぎた金淑妃を慰撫する意味も込めて、絹秀は苦笑し、昔話を披露してやることにした。

「まあ、金淑妃が妾に敬意を払えぬのも、理解できぬではない。雛宮時代、妾が立后すると予想した者など、誰一人いなかったはずだからな」

「まあ……」

「そうなのですか……？」

思いがけぬ話に、妃たちの雛宮時代を知らなかった雛女たちが目を瞬かせる。

控えめながら、しっかりと居住まいを正して話を聞こうとする彼女たちに、絹秀は笑みを深めた。

「そうとも。妾は、刺繍であれ詩歌であれ、女の嗜みと言われるものにはてんで興味が示せなくてなあ。それでなくても、雛宮では最年長の雛女だ。年増で可愛げもない、女としての資質を磨くでもない妾は、どちらかと言えば鼻つまみ者の部類であった」

正確を期すなら、絹秀はけっして落伍者扱いされていたわけではないのだ。一度目を通すだけで五経を諳んじ、碁を打てば宰相をも打ち負かし、馬や剣を器用に操る彼女は、諸方面で天与の才を褒められた。ただ、その才能が、いかにも雛女らしいものではなかった、というだけであって。

聡明であったが、彼女が詠めば詩は檄文となり、舞踊も巧みではあったが、彼女が舞えば、貴人というより鬼神の迫力、錫杖が棍棒に見えるというのが、当時の評判であった。

本人も黄家も早くからそのことは理解しており、本当なら、絹秀の妹である静秀（せいしゅう）が雛女となるはずだった。ところが、入内（じゅだい）の直前になって、彼女が大恋愛の末駆け落ちを仕掛けたため、末姫を溺愛する黄家は入内を見送って静秀の結婚を許し、代わりに絹秀を送り込んだわけである。当時、女性初の官吏になるつもりでいた絹秀は、すっかりふてくされて、儀も茶会もすっぽかすのが常の、問題児であった。

「懐かしいなあ。玄賢妃と、梨園（にわ）で居合いや組手をするのが、唯一の気晴らしで……。我らが組めば、当時の鷲官長（しゅうかんちょう）とて震えあがったものよ。なあ、傲雪（ごうせつ）？」

「……さようでございますな」

名を呼ばれると、玄賢妃はこの場で初めて口元を綻ばせ、声を出した。

「園丁には、どうか梨園の木々を倒さないでくれと、よく泣かれたものでした」

「ははっ」

絹秀が笑う。雛女たちは、思いがけない妃たちの過去に驚き、まじまじと顔を見合わせていた。

「陛下は、淑やかな女を好まれる。必然、妾と傲雪で、賢妃の座を争っていたようなものだった。当時、雛宮で最も輝いていたのは、朱貴妃だったなあ。その顔（かんばせ）は羞花閉月の麗しさ。慈愛深く、徳に高く、奥ゆかしい。『殿下の芙蓉』と、雛宮中から称えられていたっけ」

「身の程としても、時としても、過ぎたお話です。お恥ずかしい限りですわ」

絹秀が懐かしそうに目を細めれば、朱貴妃は恥じらうように俯く。

その品のある姿と、庇護欲をくすぐる佇まいを見て、雛女たちはふいに理解した。

なるほど、つまり、前世代では、朱貴妃のほうが黄 玲琳のような地位にあったのかと。

寵愛深き朱家の雛女と、鼻つまみ者の黄家の雛女。それが、今世代となっては、まったく反転しているようなのが、因果の妙を感じるところである。

「過分なものか。おまえの執り成しがなければ、妾は雛宮に残れていたかも、怪しかったろうて」

絹秀もまた、しみじみと朱貴妃を見つめる。いつまでも美しい、「雛宮の芙蓉」。繊細で、控えめ
――けれど、ときおり朱家の情の強さを覗かせる、雛宮で一番親しかった女のことを。

「……我らの雛宮時代から、もう何年、経っているのかな」

ぽつりと呟いて、絹秀は茶器を引き寄せる。菊花茶から立ち上る芳香を味わいながら、彼女はあの懐かしい日々に、一瞬思いをはせた。


「んもう、絹秀様ったら。そんな場所でなにをなさっているのです」

たとえばある夏の日、絹秀は雛宮の屋根によじ登り、そこで日干しになっていた。

陽光がさんさんと降り注ぐ、昼の盛りである。そうでなくても、瓦の照り返しは眩しいほどだというのに、その上で寝転がるなど、暑いことこのうえないし、それ以前に危険だった。

「陽の気を浴びすぎると、人はたちまち頭痛やめまいを覚えて、起き上がれなくなる。ここで四半刻昼寝をすれば、体調を崩して、明日の乞巧節（たなばた）の儀を休めぬものかと思ってなあ……」

「そんな理由で、危険行為を働くのはおよしなさいませ」

絹秀がのんびりと答えれば、雛宮の欄干から身を乗り出した雛女――朱雅媚は、その美しい眉を寄せる。日頃は、優しく垂れた目が印象的な、穏やかな少女であったが、このときばかりはまなじりを決し、厳しい口調で非難を述べた。

「朱駒宮の回廊から、雛宮の屋根上に絹秀様を見つけたとき、わたくしがどれだけ肝を冷やしたとお思いですか。転落はもちろんのこと、この暑さの中で寝ていては、命を落とすやもしれませんのよ」

「暑さ寒さごときで、黄家の人間が死ぬものか。鍛錬の足りぬ軟弱者のおまえとは違うのだ」

「絹秀様はそうでも、藤黄たちは、今頃肝を冷やして、体調を崩しておりましょう。かわいそうに、先ほどから青褪めて絹秀様を捜していますのよ。さあ、こちらへ」

いつまでも瓦のうえに寝そべっている絹秀のことを、襦裙を引っ張ってまで叱ってくるので、仕方なく昼寝を諦める。武官のような身軽な動きで、ひらりと欄干に舞い降りると、絹秀は「おまえに妾の気持ちがわかるものか」と恨みがましく肩を竦めた。

「針を持てばすなわち布上に絶景を刺す、と言われるおまえは、刺繍の腕前を競う乞巧節が楽しみであろうよ。だが、短刀より細い刃物など持ったことのない妾は、どうすれば？　藤黄たちめ、妾が懸命に用意した絹を見て、『こんなものを殿下に見せるくらいなら、舌を噛みきったほうがまし』と恨みがましく三日も泣き続けるのだぞ」

「いったいどんな刺繍を施したら、藤黄たちが泣くと言うのです？」

雅媚は呆れた様子で尋ねたが、絹秀が懐をまさぐって差し出してきたものを見て、絶句した。

しわくちゃに引き攣れた絹の上に、縄と見まごう太い紐が、格子状に糊付けされていたからだ。

「……これは？」

「天地太極図を直線的構図で示してみた。黒の紐が陰、白の紐が陽だ」

「……お尋ねしたいことは多々ありますが、なぜ刺繍に紐を用いましたの？」

「こまこま縫うのは性に合わん。糸を太くすれば面積が稼げると思い、最終的に紐に落ち着いた」

荒縄にしなかったことを褒めてほしい、と真顔で告げた絹秀に、雅媚はこめかみを押さえた。

「結局縫うどころか、貼り付けられているではありませんか。針の要素はどこへ消えたのです」

「馬鹿め。こんな太い紐、針穴に通るわけがなかろう。自明の理ではないか」

なぜだか馬鹿呼ばわりされる始末だったが、雅媚はその場で噴き出してしまった。絹秀の声にまったく悪意がなく、清々しかったせいかもしれない。

「ですが絹秀様。本当のあなた様が諸芸に秀でていることは承知しておりますが、先日の舞に続き、乞巧節の刺繍でも失態を見せるとなれば、ほかの雛女たちに侮られましょう。このままでは、いよいよ賢妃の座が確定してしまいますわ。悔しくはないのですか？」

「まったく」

苦笑まじりで問われたが、絹秀の答えはあっけらかんとしていた。

「妾は、官吏になりたかったのだ。民を守り、土地を育てたかった。四夫人などと言葉は飾っても、しょせんは側女。その中の序列を競ったところで、意味などなかろう。天下の母たる皇后ならやってもいいが、まあ、皇后の座には、おまえがいるしな」

なんのてらいもなく、他家の雛女を皇后と認める絹秀に、雅媚は困ったように微笑んだ。

「わたくしが皇后となれるかどうかなど、殿下と、現皇后陛下にしかわからぬことですが……絹秀様が最下位の座なのは、わたくしが嫌ですわ」

そう言って、折り目正しく着こなした衣の合わせから、丁寧に畳まれた絹を取り出す。

開けば、そこには豪奢な麒麟の図案が刺繍されていた。

「黄家の好む、麒麟の図案を刺しました。明日には、こちらを掲げなさいませ。そうすれば、口さがない麗雅様も、強かな芳林（ほうりん）様も、少しは大人しくしてくださるでしょう」

雅媚の優しげな瞳には、純粋な労りと、強い意思の色とが浮かんでいた。

「恐れ多くも、殿下はわたくしを寵愛してくださっている。もし幸運に恵まれ、わたくしが皇后となることがあったなら、その右腕となる貴妃の座には、あなた様がいてほしいですわ。嘘がなく、真っすぐな絹秀様がいたなら、心の弱いわたくしには、どんなに支えとなることか」

この美貌の朱家の娘は、雛女の中では最も年若い。控えめな佇まいも相まって、他家の雛女たちから侮られることもあった。

そんな中、孤高を保ち、それでいて事物を寛容に受け流す絹秀のことを、雅媚は慕っていたのである。

天女のように清らかな瞳で、真っすぐにこちらを見つめてくる雅媚に、絹秀はくすりと笑みを漏らした。

「心が弱い？　冗談を」

雅媚の刺した絹を受け取り、その丁寧な糸目をそっと指でなぞる。

「刺繍には人柄が表れる。おまえの刺繍は、品がありながらも、色遣いが大胆だ。糸は重ねれば重ねるほど布がごわつくというのに、何色も重ねて縫っている。繊細に見えるが、実際には何度も針で硬い布を穿ってみせる、執念と根性の持ち主ということだな」

「まあ。なんだか、ひどい言われようです」

「だが当たっているだろう？　おまえは、一見繊細優美だが、その実執念深く、一度決めたことは、なんとしてもやり通す苛烈な女だ」

絹秀はひらりと絹を翻してみせると、口の端を持ち上げた。

「だが、そこが気に入っている。妾の妹とそっくりだ」

「妹君……静秀様と？　かの方は、虫も殺さぬ、たおやかで繊細な姫君とお聞きしておりますが」

「ああ、すぐ泣く。そのくせ、びっくりするほど頑固だ。そっくりだろう？」

愉快そうに笑う絹秀に、雅媚は嘆息する。どんな表情を浮かべていいか、わからなかったからだ。

「……わたくしへの評価はどうあれ、刺繍をお役立ていただけるなら、なによりですわ」

「いいや、これは使わん。あいにく素行が悪すぎて、突然こんな精緻な刺繍を披露しても、怪しまれるのが関の山だ。だいいち、あんな男に見せてやるのは、もったいない。これは妾の手巾にする」

思いのほか丁寧な手つきで絹を畳み、悪戯っぽく口づけを落とす絹秀に、雅媚は呆れた。

「『あんな男』……未来の天子様に対して、なんということを仰るのです。殿下は、文武に秀で、寡黙ながらも雛女たちを大切に慈しむ、心優しきお方ですわ」

「残念ながら、慈しまれて喜ぶ黄家ではないのだ。妾は、慈しむことをしたい」

悪びれもせず答え、絹秀は「そうだ」と手を叩いた。

「だが、受け取る以上、おまえへの礼は弾まねばな。なにがいい？　刀か槍か、ああ、弓なんてどうだ？」

「なぜ武器しか選択肢がないのです……。敵意の表れですか？」

「馬鹿め。武器を授けることの意味がわからないのか？　たとえすぐに駆けつけられぬほど離れてしまっても、おまえを想い、自分の代わりにこの武器でもって、守り続けてみせる――こんな最上の友情表現、ほかになかろうが」

無茶苦茶な論理をしれっと振りかざす絹秀を、雅媚は「はいはい」と雑にあしらった。

「さようでございますか。では、気が向いたらくださいませ。武器の礼など、べつに、今日でなくても構いませんので。来週でも、来年でも、来世でも結構です」

「ほら。やっぱりおまえ、気が強いではないか」

ぶすっとした絹秀が指摘すれば、雅媚は「まあ」と目を瞬かせる。

それから同時に噴き出して、夏の日差しのもと、いつまでも笑い続ける――そんな穏やかな日々も、あったのだ。

皇后には、優美にして慈愛深き朱 雅媚を。貴妃には闊達（かったつ）で華やかな金 麗雅を。淑妃には藍 芳林、徳妃には玄 傲雪、そして最下位の賢妃に、妃としての栄華を望まない黄 絹秀を。五人の未来の序列は、誰の目にも明らかで、それがかえって雛宮に平和をもたらした。

だが、ある日——ちょうど夏から秋へと季節が渡ろうとするそのとき。

予想だにしない出来事が、雛宮を揺るがした。

「伝染病、でございますか……？」

鷲官から不穏な一報を受けたのは、五人の雛女たちが豊穣の儀についての打ち合わせを始めようと、雛宮の一室に集まっていたときのことであった。

なんでも、当時皇太子であった弦耀（げんよう）が、水害被災地の慰問に訪れた際、そこで病を得たというのである。

都に戻って三日ほどしてから突然嘔吐を繰り返すようになり、今では血の便を流している。顔面は蒼白で、ひどい腹痛に眠ることもできないでいると。

「最初は、穢れた水に当たったものかと見られましたが、それにしては症状が苛烈にすぎる。薬師の煎じた薬も、とてもではないがお飲みになれる状況ではなく、今は御身の体力を頼りに、毒の気を出し切る努力を重ねているところでございます。どうか雛女たちは、それぞれの宮にて禁足を」

鷲官によれば、最初に嘔吐の看護をした小姓が、昨日から同じ症状に苦しんでいるらしい。伝染する病の恐れがあるとして、雛女たちには、宮での自粛を言い渡されたのである。毒の気は、なにを介したものかわからない。皇太子の肌に触れた者、または同じ空気を吸った者、数口内に飲食を共にした者は、発病の恐れもあるため、安静にせよというのだ。

「そ、そんな……！」

「わたくし、つい数日前、ともに梨園（にわ）を散策したばかりですわ」

女たちは震えあがった。精悍な美貌の皇太子が、血便を流してうなされているというだけでも恐ろしいのに、それが我が身に降りかかることまでありえるというのだから。

日頃、しおらしく「殿下に人生のすべてを捧げます」とはにかんでいたことなど忘れたように、麗雅、芳林は我先にと宮へ戻って布団をかぶった。傲雪は女官たちを遠ざけて一人玄端宮の蔵に籠もることを決め、雅媚もまた、皇太子のいる本宮に思わしげな視線を向けたものの、女官たちに促されて朱駒宮へと引き返しはじめた。

しかし、である。

「絹秀様……？」

「鷲官よ」

絹秀だけは、厳しい顔でその場に踏みとどまると、傍らの鷲官に尋ねた。

「殿下の体力だけを頼りに、毒の気を出し切ろうとしていると言ったな。なぜ、強引にでも薬を飲ませないのだ」

「それは、その、……殿下が悶え、暴れますゆえ、うまく薬を含ませられず」

「武官が幾人もいて、なぜ優男一人を取り押さえることができぬ。本当は、殿下の血や、毒の気に触れるのが恐ろしいのだろう？」

ずばりと核心をつかれて、鷲官は黙り込んだ。そしてその沈黙こそが答えだった。

絹秀は不快げに溜息を落とすと、踵を返した。ただし黄麒宮に向かってではない。皇太子のいる、本宮に向かってである。

「絹秀様！　なにをなさるおつもりです！」

「看病をなさるおつもりさ。当然だろう？」

　驚いて呼び止める雅媚に向かって、絹秀はこともなげに振り返った。

「臣下にも女にも見捨てられた哀れな男を、文字通り尻拭いしてやるのさ」

「ですが、そのようなことをしては、絹秀様のお体が――」

「妾の気合いと根性が、たかだか排泄物に負けるとでも？」

　言い募る雅媚に、肩を竦めて応じる。それから彼女は、ふいに、すっと目を細めた。

「夫を最後まで守り切るのが、妻の本分だ。側女として男を慰める意思はないが、夫のために命を捨てる覚悟なら、ある。雛女となったのだから、当然だろう？」

　淡々とした言葉に、その場に残っていた誰もが息を呑んだ。

　雛女とは雛宮の華。皇太子の心を慰める、麗しき女たち――。そんな一般的な理解とは異なり、絹秀の言う「雛女(つま)」とは、なんと重みを帯びた役目であるのか。

　まるで自室に戻るかのような自然さで、まっすぐに本宮へと向かう絹秀の背中を、皆が無言で見守った。

　そしてそこから一週間、絹秀は本宮に泊まり込んで皇太子の世話をした。

　気合いと根性、などと言っておきながら、彼女の行動は慎重で、また丁寧でもあった。皇太子の世話をする小姓の中で、身内に病人や子ども、高齢者がいる者を聞き出すと、彼らが宮を離れることを許した。いたずらに長時間張り付かせるのではなく、側仕えの者にも十分な食事と睡眠を命じ、自らもそれに則り看病を続ける。執拗に手を洗い、自ら皇太子を取り押さえて薬を飲ませては、煮沸と洗濯を繰り返した。

そうした的確な看護のおかげで、皇太子は全身の水と血を失うことを免れ、なんとか回復へと漕ぎつけたのである。

その数カ月後、前皇帝が譲位の意を固めたことで、皇太子は帝位を引き継ぎ、雛女たちをそれぞれ后妃に任じた。四夫人の序列は、上から朱 雅媚、金 麗雅、藍 芳林、玄 傲雪。そして、皇后の座には、絹秀を配した。

立后の儀に際し、皇帝よりなされた、「天下の母として適任である」という説明に、誰もが頷かざるをえなかった――。

ふわり。

立ち上った菊花茶の香気が薄く宙に溶けてしまってから、絹秀は自分がぼんやりとしていることに気付き、目を瞬かせた。

「――まあ、なんだ。つまり、後宮の女たちの序列など、いつ、どうひっくり返るかもわからぬ、儚いものだ。今は下位にある者は上位を敬わねばならぬが、上位の者もまた、下位を侮ってはならぬ。身分はどうあれ、互いへの敬意が重要ということだな」

そう話を締めくくって、絹秀は茶を含んだ。

擁護され、体裁を保たれた形の金淑妃がほっと息を吐き、おもねるような相槌を寄越す。

「仰るとおりでございます。あ、いえ、皇后陛下の地位だけは不動でございますわね。なにしろ、尭明殿下のような、立派な皇子をお産みになったのは、わたくしたちの中でも皇后陛下だけなのですもの――」

がしゃんっ！

だが、その瞬間、絹秀が茶器を床に投げ捨てたので、金淑妃はびくりと肩を揺らした。

「おおっと。手が滑ってしまった」

見事なほどの棒読みである。

「だがこの見舞いの日、割れ茶碗とは、縁起が悪いなあ。せっかく集まってもらったのに悪いが、今日は散会としようか」

「え……っ」

予想外の早さで茶会を終えようとする絹秀に、女たちは動揺する。

「あ、あの……、わたくしの発言が、なにか――」

「そうだ、雛女たちよ。見舞いの品の礼を用意した。別室に反物を並べてあるので、好きな柄を持っていくとよい。これからも玲琳をよろしく頼むぞ」

麗雅がぎこちない笑みでお伺いを立てたが、絹秀はそれに耳を貸すことなく、さっさと雛女たちを追い出してしまった。

ついで、呆然としている金淑妃自身や、藍徳妃のことも、「なにをしている」と眉の動きひとつで、追い払う。

玄賢妃は無言で目礼を寄越して室を立ち去り、朱貴妃だけがその場に残った。

美貌の貴妃は、優雅な仕草で茶器を卓の奥へと寄せると、立ち上がった。

「……わたくしのためでございますか？」

淑やかな声が、静かに問う。

だが、女官たちに新しい茶を持たせた絹秀は、視線も合わせず、短く聞き返すだけだった。

「なんのことだ」

菊花茶の芳香を味わう皇后を、朱貴妃はじっと見つめる。

やがて、控えめな笑みを浮かべると、そっと目を伏せた。

「いいえ、なんでも」

なぜだか、少しだけ右足を引きずるようにして、朱貴妃は室を出ていった。

「……あなた様は、そういう方でございますね」

小さく、低く、そう呟きながら。


「皇后陛下は、いったいなにを、ああもお怒りなのだろうか」

別室へと向かうべく、連れ立って回廊を進む三人の雛女の内、玄歌吹が眉を寄せた。

「見え透いた媚びとはいえ、金淑妃様は、陛下を称賛しただけだろうに」

「歌吹様、本気で言っていらっしゃるの？」

円扇をくるくると弄びながら、不機嫌そうに答えたのは清佳である。

「死産とはいえ、朱貴妃様も皇子を儲けられたのよ。保身のために、それを無視して陛下におもねろうなど、失礼極まりないわ。まったく、醜いにもほどがある」

彼女はとにかく、敵を弱者と見るや攻撃し、強者と見るや擦り寄りに行く麗雅の在り方が、厭わしくてならないようである。

徐々に上がってきた気温に負けぬほど、かっかと怒気を散らす清佳の横で、藍家の芳春がおずおずと言い添えた。

「ですが、朱貴妃様への非礼を、なぜ陛下がそこまでお怒りになるのでしょう。玲琳様の侮辱に対しては、言葉で威圧するだけでしたのに、朱貴妃様へのそれに対しては、茶器まで投げられましたのよ。陛下と朱貴妃様は、いつもそこまで親しくていらっしゃるようには、見えませんのに……」

小声ながら、指摘はもっともである。

清佳は、「皇后として、妃嬪間の序列を乱す行為が許せなかったのだ」と片付けようとしたが、たしかに一理あると思い直し、円扇を指で叩いた。

「そうですわねえ……。たしかに、朱貴妃様のことを、元は雛女の筆頭だったと立ててはいらっしゃるけれど、特段に仲良くしていらっしゃるようにも、見えませんわね」

「それどころか、朱貴妃様が死産なさったとき、ほかの妃たちはいち早く見舞いに来たが、陛下は見舞品すら寄越さなかったと聞いたことがあるぞ」

歌吹が思い出したように告げるのを聞き、清佳はふんと鼻を鳴らした。

「まあ、うちの淑妃様に限って言えば、『お見舞い』を口実に、傷に塩を塗り込もうとする、悪意に満ち溢れた訪問をしたに違いありませんから、そんなものはしないほうがまし、というご判断かもしれませんけれど」

清佳はとにかく、美しいものが好きだ。

皇后・絹秀には、玲琳のような、繊細さと強靭さが隣り合わせるような美の妙はないけれど、まるでどこまでも続く地平のような、畏敬の念をくすぐる圧倒感がある。浅ましく卑劣な金淑妃よりも、彼女はよほど、皇后に肩入れをしたくなるのであった。

だが、別室にずらりと並ぶ、色違いの反物を見て、彼女はふいに、語気を弱めた。

「あるいは……」

美を競い、教養を競い、寵を競い。始終比べられ、褒美の品にまでなにかと差を付けられる彼女たち。こうして、まったく同じ等級のものが、公平に与えられる機会など、少ない。

雛女であってさえ、そうなのだ。妃となり、伽の頻度や、皇子出産の有無までしきりと比べられて、女はいつしか、平静を失ってゆくのだろう。

「元は仲がよくても、諍いの渦に呑まれていったのかもしれませんわね。すっかり心を離れてしまった相手に見せた、最後の友情が、茶器を割ることだったのかもしれませんわ」

押し黙った女たちの間をすり抜け、反物をそっとなぞる。上等な絹に、精緻な柄が織り込まれたそれは、至上の美しさであった。

「――あ。この白色のものは、わたくしのということで」

清佳もまた、雛宮で一年、強かに生き抜いてきた女だ。

振り返ったときには、その華やかな美貌には、抜け目のない笑みが浮かんでいた。

室を去り際、雅媚が残した小さな呟きを、絹秀はいつまでも反芻していた。

――あなた様は、そういう方でございますね。

「おまえには、どういう人間に、見えているものかなあ」

頬杖をつき、茶器の縁をなぞりながら、自嘲する。

問うておきながら、答えはもうわかっていた。

冷酷。

公平を旨とし、序列を乱す女を罰することはしても、傷付いた女に手を差し伸べることまではしない。そうしたところだろう。

(あのとき、おまえを慰めにいけばよかったというのか、雅媚よ?)

滅多にしないことだが、絹秀は過去を思い返し、唇を歪めた。

脳裏をよぎるのは、凍えそうな冬の日のことだ。絹秀が尭明を産み落とす、たった一週間前の日。

同時期に妊娠し、絹秀より一月あとに出産を予定していた朱貴妃は、期日よりもずいぶん早く産気づき、結局、皇子は死産した。

朱駒宮は薄墨の垂れ幕で覆われ、あらゆる宮から悔やみの声と、見舞いの品が届けられる中、絹秀は一度とて、彼女に話しかけにはいかなかった。

だって、どの面を下げて、会いに行けると言うのだろう。雅媚は経過も不良だったが、絹秀は安産間違いなしと判じられていた。雅媚はあらゆる努力を尽くして皇子を授かったと言われるが、絹秀はさして望みもしないのに、すんなりと皇子を授かった。なにより、雅媚の皇子は死に、絹秀の腹の子は、生きている。

　絹秀がどんな労わりを向けたところで、それは毒にしかならないだろう。

刃物の鋭さなら目に見えるが、絹秀自身という名の毒が、どれほど深く相手を蝕むかは計れない。

傷つけることを恐れた絹秀は、とにかく雅媚から距離を取った。

陰では皇子の葬儀を手厚く行い、朱駒宮に薪を届け、腕の良い料理人を抱えさせ、と手を尽くしたが、そこに自分の名が見え隠れしないよう、細心の注意を払った。

　しかしその間にも、失意の朱貴妃の体調が回復することはなく、やがて、床から起き上がれないほどとなる。そんななか、絹秀は出産の日を迎えた。

　朱駒宮の暗い寝室で、向かいの黄麒宮から響く元気な産声と、女官や宦官（かんがん）たちの喝采を聞いたのだろう雅媚を思うと、自身の慶事であるのに、とてもやりきれぬ思いであった。

「ああ、誠におめでとうございます。殿下がお生まれになった際、都中に龍気が轟いたのが、この不才の身でも感じ取れましたわ。きっと殿下は、周囲のあらゆる陽の気を、その身にお集めになって、この世に現れたのでございますねえ」

　貼り付けた笑みを浮かべた金淑妃が祝いを述べにやって来たのは、産後三日目のことだった。

　いまだ貴妃の座に未練を残す彼女は、絹秀が産んだ皇子に向かって妬ましそうに目を細め、それから、わざとらしく首を傾げて続けたのだ。

「朱貴妃様は残念でございましたが、大輪の花は間引かれた花の犠牲の上に咲き、王者とは幾多の屍の上に玉座を敷くもの。きっと、尭明殿下のお体には、死した皇子様から頂いた天命も備わっているでしょうから、朱貴妃様は尭明殿下を、我が子として可愛がればよいですわね」

その言葉に、絹秀は目の前が赤くなるほどの怒りを覚えた。

金淑妃は、強い龍気を持つ尭明が、朱貴妃の子の天運を奪い取ったと言っているのだ。

絹秀の慶事に水を差すつもりで口にした嫌味だろうが、自身が侮辱されたからというより、その無神経さに、純粋に腹が立った。

「まさかおまえ……そうした言葉を、朱貴妃には言わなかったろうな」

「なぜお怒りになるのです？　龍気に恵まれた尊き皇子と、そんな皇子に恵まれた皇后陛下を、讃えただけですわ。称賛こそ惜しみなく口にしなくては」

つまり、朱貴妃にももちろん、この手の嫌味を告げたということだ。

麗雅は円扇で口元を隠し、微笑む。怒りのあまり、絹秀は祭壇に飾られたへその緒で、この女の首を絞めてやろうかと立ち上がりかけたが、相手が続けた言葉に、考えを改めた。

「ですが、朱貴妃様ったら、お心が狭いのですわねえ。わたくしが殿下の龍気を讃えたら、今にも皇后陛下を呪いそうな形相で怒っていましたわ。そうそう、皇后陛下だけがお見舞いに来ていない事実も、わたくしが教えて差し上げたのですが、そうしたら朱貴妃様ったら、お怒りのあまり、枕を床に叩きつけましてよ」

あんな朱貴妃は初めて見た、と肩をそびやかしてみせる金淑妃を、まじまじと見つめる。

おそらく彼女は、絹秀と雅媚の仲を引き裂いてやったと、そう突きつけたつもりなのだろう。失意の雅媚を追い詰め、その原因を絹秀になすりつけてやったと。

だが——。

（枕を、叩きつけた？　ずっと床にあった雅媚が、身を起こし、腕を振り上げたと？）

その瞬間、朱 雅媚に本当に必要なものはなんだったのかを、絹秀は悟った。

怒りの矛先だったのだ。

十月近くも身に宿した子の死を、情の深い朱家の女が受け入れられるはずもない。必要だったのは慰撫ではなく、それに縋(すが)って立ち上がれるほどの、強い憎しみ。激しく心を燃やさせ、体中に熱を行き渡らせる、恨みの炎だった——。

「そう、朱貴妃様はね、あの美しいお顔を歪めて、陛下を罵っていましたわ。事情は理解するとはいえ、不敬なことでございますわねえ」

「……そうか」

すやすやと眠る皇太子を包み込む、鮮やかな手巾を、絹秀は見つめる。出産の際、いきむたびに握りしめたそれは、すっかり皺が寄ってしまっていた。

（針を持つのだ、雅媚）

あの輝かしい夏の日、何度も、硬い布地を穿ちつづけたのだろう友に、内心で話しかける。

（恨みでも、憎しみでも。なにを燃やしてでも、その手を休めてはならぬ）

たとえ皺が寄ろうと、絹に泥が散ろうと、糸目を重ねてゆかぬことには、どんな柄とて現れてはくれないのだから。

（妾を、刺すがいい）

まだ毒を吐き続けている金淑妃の言葉を聞き流すと、絹秀は女官に命じて、彼女を室から追い出した。


「――なあ、雅媚よ。恨みの図案は、まだ刺し終わらぬか？」

徐々に温度を失いはじめた菊花茶を見つめながら、絹秀はひとりごちる。

あれから、二十年が経った。

最初は、怪我人がいずれ添え木や杖を手放すように、朱貴妃が恨みを手放していくことを期待したものだったが、最近ではむしろ、時を重ねるにつれ、恨みは深まるばかりなのではないかと、そんなことを思う。

絹秀の子である尭明は、見目麗しく、文武に長けた精悍な若者に育った。彼が立派に皇太子としての責務をこなし、周囲が彼を褒めそやすほど、自身の皇子を失ったという事実は、一層強く朱貴妃の胸を苦しめるのだろう。

いっそその胸倉を掴み上げ、本音を引き出してみたいとすら思うが――子を儲け、皇后としての地位を確固たるものにして以来、二人の間には、絹秀ですら踏み越えるのを躊躇うほど、冷ややかな距離が横たわっている。

重い溜息を落としてから、やがて彼女は立ち上がった。

せっかく茶会から解放されたのだ。可愛がっている雛女の顔でも見に行かねばならない。

いくら冬雪が軟禁しているとはいえ、病み上がりにこそ無茶を重ねるのが、あの無謀で愛らしい黄玲琳なのだから。

「まったく。そんなことだから、いつまでたっても健康になれないのだぞ、玲琳」

ここにいぬ姪の姿を思い浮かべながら、唇を綻ばせる。

病弱な、絹秀の姪。雛女に指名したときには、そのあまりの体の弱さに、黄家からさえ不安の声が上がったほどだが、絹秀が「玲琳はこれでよいのだ」と周囲を抑え込んだ。

そう。

彼女は、これでよいのだ。

(それにしたって、最近は様子が少しおかしいようだが――)

ふと、胸に靄のような凝った感覚を抱き、絹秀は顔を顰める。

慣れぬ物思いのせいかと思ったが、少し歩いて、どうもそれとも違うようだと気付いた。

胸の痛みは、まるで水面に落とした墨のように、不穏な渦を描きながら、たちまち体中に広がってゆく。

脂汗が滲み、すう、と血が足のほうに下がるのがわかった。呼吸が乱れる。

「ぐ……っ」

胸が、痛い。

目を見開き、胸を両手で掻きむしったまま、絹秀はその場に崩れ落ちた。

「皇后陛下⁉」

「絹秀様⁉」

側に控えていた藤黄たちが、ぎょっとして駆け寄ってくる。

日頃泰然としている彼女たちの、狼狽しきった叫び声を遠くに聞きながら、絹秀は緩やかに気を失った。

カサ……——。

意識を手放す直前、蜘蛛の足音が、鼓膜を揺らした気がした。

4．玲琳、目覚める

見えない手に意識を救い上げられるようにして、玲琳はふっと目を覚ました。

横たわったままの頬に、くり抜き窓から降り注ぐ陽光を浴びながら、癖で、ぼんやりと周囲を観察する。

今は？　昼だ。日の高さを見るに、おそらくはもう巳の刻近く。

なぜ寝ているのだったか？　射場で倒れたからだ。いいや、その直後の夜中に一度目覚めて、冬雪の訪問を受けたのだった。

（そうそう、そうでした。ひとまず宥めて、わたくしはゆっくりと休ませていただいて……ああ、早朝には起きるつもりだったのに、すっかり寝過ごし――）

いいや。

蔵の隅に生えている細竹を視界に入れて、玲琳は驚きに目を瞠った。

この数日で観察した限り、あの竹は、一日に一尺ほど伸びるのだ。つい一昨日刈ったばかりで、その後伸びたとしても、床から二尺ほどしかないはずなのに、すでに子どもの背丈ほど伸びている。

「え……、え……っ？」

少なくとも、最後に見てから、二日ほど経っている。つまり、玲琳は丸一日寝ていたわけで、今日は中元節の翌日なのではなく、翌々日なのだ。

「なんと……！」

玲琳は思わず寝台から跳ね起き、両手で口を押さえた。

ああ、今起こした身も、持ち上げた腕も、もうちっとも痺れないし、重くない。いったいなんという回復力なのだろうか。

（け、健康って、こういうことですのね⁉　体力を使い果たして倒れたはずなのに、一昼夜連続して眠りつづける体力がまだ残っているだなんて、なんと素晴らしい）

虚弱体質代表の玲琳に言わせてもらえば、体力がなさすぎると、切れ目なく眠りつづけることすら難しいのだ。こうして、飲み食いもせずにぐっすりと眠り、その間に自力ですっかり回復してしまうなど、まったく、奇跡のようだと思った。

しかも、身を起こしたとたん、お腹がぐう、と切なげな音を立てる。

その耳慣れない音を聞いて、玲琳は一瞬、歓喜の声を上げかけた。

（お腹が……空いている……！）

意識を取り戻してすぐに食欲が湧くだなんて、これまたなんと頼りがいのある体だろう。惚れ惚れする思いで、己の、というか朱慧月の腹を擦ってしまった。

「お、お腹が、空きましたのね⁉　ふふ……ふふふっ！　いやですわもう、芋がいいんですの？　芋がいいんでしょう？　この、このっ」

眩暈も吐き気もなく、全身に気力が漲って最高の気分だ。掌はいまだ痛むが、そんなのはなんでもない。緩む頬に難儀しながら照れていると、ふいにすぐ後ろで、「うぅ……」と冬眠を邪魔された獣のごときうめき声が上がった。

振り返ってみればそれは、なんと莉莉である。

彼女は、玲琳が横になっていた草の寝台に頭だけ載せ、行き倒れた人のようにうずくまっていたのであった。

「り、莉莉？　大丈夫ですか⁉」

「…………ぅう」

すると莉莉は、恨めしげに瞼を持ち上げる。よろよろとした動作で起き上がると、青褪めた顔のまま、「目が覚めたんですね。よかったです」とだけ呟いた。ぱちりとした愛らしい目が特徴だったはずなのに、今やその下には、くっきりと隈が浮かんでいる。

「ど、どうしたんです？」

「どうも、こうも……」

心配になって尋ねると、莉莉は遠い目になって、次の瞬間にはがくりと両手に顔を埋めた。

「あの冬雪とかいう名前の暑苦しい筆頭女官、どうにかしてくださいよ……」

「と、冬雪がなにか？」

どきりとして問う玲琳に、莉莉が語るにはこうだった。

玲琳が気絶した後、莉莉は即座に汗を拭い、洗濯や翌朝の食事の準備まで済ませて、隣の寝台に潜ろうとした。自身も弦鳴らしに付き合って疲れきっていたし、なにより、万が一玲琳の容体に変化があったとき、すぐに対応できるよう、体力を蓄えておかねばならないからだ。

ところが、莉莉がうとうとしはじめた、わずか四半刻後。ぴったり閉ざしたはずの蔵の扉を、そっと開ける者がある。

差し込んだ月明かりで目を覚ました莉莉は、浮かび上がる影の正体を見てぎょっとした。

なんとそれは、包帯と綿、そして酒と着替えを抱えた冬雪だったのである。

黄麒宮に戻ったはずでは、と問い質せば、戻るには戻ったが、玲琳様のお怪我が気になって、とても職務に当たれないと答える。利き手が使えないせいで止血の仕方が甘いようだ、きちんと消毒したのかも気になっている、万が一化膿でもしたらと思うと気が気でないので、どうか手当てだけさせてほしい――そうまくし立てる冬雪に、莉莉は圧倒された。

言われてみれば、傷は洗ったし、鷲官からもらった止血用の布も巻いたものの、それで万全かと聞かれれば自信はない。仕方なく、莉莉は眠い目を擦って、「手当てが終わったら、今度こそ帰ってくださいね」と、冬雪を蔵に引き入れたのである。

「眠りを妨げられてしまったのですね。それは、大変なご迷惑を……」

「いいや、迷惑はここからです」

手当てだけ、という約束だったはずの冬雪は、しかし、蔵の中に踏み入るや、そのあまりのみすぼらしさに絶句した。

そして、こんな境遇に追いやった朱 慧月と己自身に改めて憎しみと懺悔を吼えると、凄まじい勢いで手当てを済ませ、風のようにその場を立ち去ったのである。

　ようやく黄麒宮に帰ってくれたかと思えば、彼女はすぐに引き返してきた。今度は、上等な、そして大量の調度品を担いで、だ。

「……一人で？」

「ええ、そこは心底さすがと思うんですが、ほかの女官たちには知られないように、全部一人で運び込んできたんですよ」

　そうして莉莉は、蔵の隅に配置された箪笥や姿見、机や椅子や鏡台などを指差し、溜息をついた。

「で、もちろん私も、模様替えに付き合わされたわけです」

「ご、ごめんなさい、わたくしだけ寝ていて」

「いや、さらなる迷惑はこの後です」

　謝る玲琳に、莉莉は据わった目で続けた。

　夜通し模様替えに付き合わされ、疲弊しきった莉莉の機嫌は、この時点で最低だった。

　冬雪なる筆頭女官は、玲琳以外には高飛車かつ頑固で、まるで言うことを聞かない。

　続きは明日にしてくれと言っても、「こんな状況に玲琳様を置いてはおけない」の一点張り。黄麒宮筆頭女官の本分を果たすように言われたはずだと指摘しても、「この時分は本来就寝中のはずなので、いわば非番であり、その過ごし方は自由である」と開き直る。

「いい加減にしろよ！　そもそも、黄麒宮の人間が、朱駒宮を訪れること自体が掟破りなんだ！　あんた、大切な雛女様に迷惑を掛けたいのかよ！」

他家の立入禁止という掟を持ち出すと、あるいは単に玲琳に嫌われたくないと思っただけかもしれないが、ようやく冬雪は引き下がった。それで一刻ほどは平穏、というか睡眠時間を確保できたのだが、明け方頃、どうも外が騒がしい。

いったい何事かと蔵を出てみれば、そこには、土嚢を積み終え、横で鉛丹の塗料を攪拌している冬雪の姿があったのである。

「なにをしているんです!?」

「って聞きましたよ、あたしも。するとあの筆頭女官殿は、こともなげに、壁をずらしましたと言うんです」

「はい?」

「各宮の敷地は、それぞれの家の貴色が塗られた壁まで。この蔵の横にある、もともとの壁――藍家との境ですけど、そこの鉛丹はすでに剥げているので、これは境壁とは言えない。よって、今鉛丹を塗ったこの壁こそが朱駒宮の境壁であり、それよりこちらの蔵は、朱家にも藍家にも属さぬ、雛宮と同じ公共空間であると、彼女はそう言うんですよ」

無茶苦茶な論理に、玲琳は唸った。

どうやら冬雪は、公共空間であるならば自由に行き来ができると、それを主張するためだけに、壁ひとつを動かしてしまったらしい。

「なんとあっぱれな体力および根性でしょう……さすがは冬雪です」

「いや、感心するとこかよ!?」

とにかくそれで、「公共空間」となったこの蔵に、それ以降冬雪は遠慮なく立ち入るようになった。四半刻もせずに様子を見に来ては、「玲琳様のご体調はその後いかがか」「手の傷の替え布を」「目覚めたときの水浴みにはこちらの清水を」「お気に入りの調味料です」「お召し物です」「髪飾りです」と、そのたびに寝ている莉莉を叩き起こすのである。

幸いにも、昨日は雛宮で黄　玲琳の見舞いを目的とした茶会があったために――もちろん莉莉たちは呼ばれていなかったが――、その準備を手伝うべく、朝からは冬雪も来なくなった。

彼女は「なぜ偽物の見舞いのために、わたくしが玲琳様を放置せねばならぬのか」と文句を言っていたが、莉莉としては、この日初めて、倒れてくれた慧月に感謝をしたほどである。

「まあそれで、ようやく午後からは昼寝でもできるかなと思ってたんですけど……」

ところが莉莉の目算はさらに狂った。

なんと、冬雪が蔵を「公共空間」にしてしまったせいで、鷲官長や宦官、金家の清佳までもが様子を見に来るようになってしまったのだ。さらには、玄家や藍家からも、それとなく様子伺いの女官が差し向けられてきたという。

「そんなにたくさんの方が……!?」

「ええ。なんだか知らないんですが、見舞いの茶会に出なかったことで、かえって『朱　慧月』の株が上がったか、心配されたかしたみたいで」

見舞いの茶会で、清佳たちがなにを思ったかを、莉莉は知らない。

ただひとつわかることがあるとすればそれは、相次ぐ客を一人で捌くのは、とんでもない体力を要するということだけだった。誰もかれもが、蔵に見舞いに来たことを噂されぬよう、時間をずらして一人ずつやって来るものだから、やたらと時間が掛かったのだ。

ただ、夕方にかけて、だんだんと天気が悪くなっていったからか、夜にはようやく来客も途切れた。

そこでようやく溜まっていた家事を済ませ、夜更けに寝台に倒れ込み、今に至るのだと言う。

「ちなみに、それぞれ『べつに、朱 慧月のことなんて心配していないし、似合わぬ無茶をして倒れたという悪女を見物してやろうと思っただけだけれど、手ぶらで来るのも体裁が悪いし』と言い訳しながら持ってこられたものが、あちらです」

寝不足でふらふらしながら、蔵の一角を指差す莉莉に、玲琳はたまらず声を掛けた。

「莉莉、迷惑をかけてしまって本当に申し訳ありませんでした。あとはわたくしが整理し、礼状を書きますので、莉莉は横になっていてくださいい。蒸した手ぬぐいでも用意しましょうか？」

「いやなに怪我人が看病しようとしてるの!? 言っとくけど、あんたのその手、筆頭女官殿の見立てでは全治一カ月だからね？ あんたは今日、なにもせずに寝とくのが仕事だから！」

が、即座に、すごい形相で莉莉本人に窘(たしな)められる。

（……解せません）

誰からも心配されない身分と体を手に入れたと思っていたのに、なぜ結局、以前と同じように、人に心配されまくられているのだろう。玲琳は世の無情を噛み締めた。

「とりあえず、莉莉が冬雪の暴走を防いでくれたおかげで、大事にならずに済んでいるのだということは理解いたしました。本当にありがとうございます」

複雑な思いを持て余しながらも、そこはきちんと礼を述べねばと居住まいを正すと、莉莉はばつが悪そうに口元を歪める。

「いえ。それはだって、あたしのほうこそ、ことが公になったら、朱家の一員として無事ではいられませんから。保身のためです」

「そんなことは……」

ないでしょう、と言えないのがつらいところだ。

慧月への手出しや、真実の口外は禁じたものの、冬雪は入れ替わりを実行した朱 慧月のことを、相当強く憎んでいるようだった。彼女が、たとえば命令違反とならぬ範囲で、皇后や尭明に真相を匂わせでもすれば、事態はたちまち大事になり、下手を打てば朱家断絶だってありえるだろう。

「正直、皆さま、こんなにも愛が重……もとい、愛情深い方々とは思ってもみませんでした。わたくしの手落ちです」

玲琳は遠い目になって溜息を落とした。

「当初はわたくし、ことが露見しても、黄家の人間ならば『はっはっは、困ったさんだね』の苦笑ひとつで済ませるものと思っていましたのに……」

「どんだけ根性据わった認識なんですかね、黄家の方々は？」

莉莉はもはや溜息を通りこし、乾いた笑いを浮かべている。

申し訳なさに、玲琳は思わず甕から水を汲み、「どうぞ、莉莉」と差し出してしまった。

「いや、怪我人がなんの真似です？」

「あまりに乾いた笑みを浮かべているので、せめて口元を潤おしてはどうかと……」

「今乾ききっているのは口じゃなくて魂だと気付いて!?」

莉莉は素早く突っ込みを入れたが、小さく礼を述べると、湯のみを受け取った。

お互い、これまでろくに食事も取っていない。莉莉も水を飲んだ途端空腹を思い出したらしく、自然と、昼餉を取る流れとなった。もっとも、玲琳も莉莉も「ここは私が」と譲らなかったため、結局、見舞いの品にあった菓子で済ませることになったのだが。

玲琳と莉莉は、寝台脇の空間に、冬雪が持ち込んだ卓を置き、仲良く向かい合って座った。

「こちらは、鷲官長から賜った月餅です。うわ……すごく甘いですね。ふふ、意外に鷲官長って、甘いもの好きだったりするんですかね。それとも、不慣れに選んでくださったんでしょうか」

「いえいえ、きっとこれは、鷲官たち御用達のお菓子に違いありませんわ。具もぎっしりと詰まっていて、とても腹持ちがよさそうですし、香辛料も利いていて血行にもばっちり。これを食せばいくらでも戦えそうですもの」

「甘くなりかけた雰囲気、一瞬で蒸発しましたね」

二人の掛け合いは息ぴったりなものの、内容まで噛み合っているとは限らない。

それでも、和やかに食事を進めていたのだったが、卓に残ったあるものを目にしたとき、ふと玲琳の手が止まった。視線の先にあるのは、艶やかな葡萄だ。

大陸中の美食が集まると言われる詠国でも、こんなに立派な葡萄はなかなかお目にかかれない。豊穣の秋を司る金家からの品であると、一目でわかった。

「こちらは、金 清佳様が御自らお持ちになったものです」

莉莉は葡萄を指し示すと、表情に悩んだ様子で、付け加えた。

「もしよければ、私が毒見します」

「……いいえ。果物に毒を仕込むのは、難しいですもの」

だが玲琳は緩く首を振る。

房から一粒を摘むと、丁寧に皮を剥き、口にした。香り高い果汁と、ほのかな酸味が広がる。高貴な味わいは、金 清佳その人を思い起こさせた。

「簪(かんざし)の件に、清佳様は関わっていないと思うのです」

葡萄をゆっくりと飲み下してから、玲琳は告げた。

「こうした場面で、清佳様はきらびやかな金細工ではなく、怪我人にも食べやすい果物を、ご自身の手で贈ってくださる。相手のことを思い、品を選んでくださった証拠ですわ。そんな方が、女官を幾人も介して手を下すとは思えません。彼女は、気に入った相手には自ら果物を贈り、気に入らない相手には自ら水を浴びせに行く。そういう方だと思うのです」

「……まあ、言われてみれば、そうですね」

中元節の儀での清佳を思い出したのか、莉莉は曖昧に頷いた。

たしかに、皇太子の前で堂々と「床にお座りになったら?」と言い放つ人物が、搦(から)め手(て)を使ってくるとは考えにくい。

「では、あたしを脅した白練(しろねり)は、独断で動いていたということでしょうか。錫杖の糸を切った女官のように、勝手に主人の意思を忖度して、動いたと？」

「それほどまでに忠誠心の高い女官であれば、清佳様が把握していないはずはないと思うのです。金家の起こりからして、淑妃様と清佳様は、少々不仲でいらっしゃる。もしかしたら、淑妃様が、清佳様を飛び越して指示なさったのか、あるいは……」

あるいは、と呟いたきり、玲琳は眉を寄せた。

なにかが、引っ掛かる。合理主義の金家が、朱家の下級女官を利用して黄家に媚びる――その構図は筋が通っているのに、清佳の性格を思うと、いまひとつしっくりこないのだ。

けれど、代わりに思い付く真相があるわけでもなく、行き場のない違和感だけが、じわりと胸に広がるかのようだった。

「ごめんなさい、莉莉。落とし前を付けるだなんて大見得を切ったくせに、簪の件、すぐには解決ができそうにありません」

「いや、いいですよ！　っていうか、あたしはもう、このまま流してくれたっていいくらいなんですから。金家がいまだにあんたを害そうとしているなら問題ですけど、向こうが接触してこないなら、もうそれでいいです」

莉莉は慌てたように両手を突き出したが、玲琳はむう、と唇を尖らせた。

「ですが、やはりすっきりしませんわ。わたくしの一等大切な、可愛い女官を追い詰められたまま、なにも『お返し』をしないだなんて」

「だ、だから、そういうこっ恥ずかしい言葉を、白昼堂々口にするなっていうの！」

「それに、瓜についたアブラムシを放っておくと、いずれ梨園全体に被害が広がりそうで、それも見逃せないと言いますか……」

「あんたにとって、あたしって瓜なの？」

思わず顔を引き攣らせた莉莉に、玲琳は「まあ」と目を見開く。

「言葉選びを間違えましたわ。瓜というよりも、芋です。わたくしの一等大好きな芋ですわ。どうか機嫌を損ねないでください」

「それが擁護になっているとでも……？」

莉莉がとうとう遠い目になる。

とそのとき、蔵の扉を叩く音がして、二人ははっと顔を見合わせた。

「冬雪でしょうか？」

「いや、あの叩き方は違いますすね」

「……なにやら短時間でものすごく訓練されていませんか、莉莉？」

ぼそっとした玲琳の指摘をよそに、莉莉が慎重に扉を開けると、そこにいたのはなんと、鷲官長辰宇であった。

「目が覚めたか」

彼はすっかり勝手知ったる様子で、蔵の中へと踏み入ってくる。手には見舞いの品なのか、軟膏壺が握られていた。

「武官が愛用する、筋肉をほぐすための軟膏だ。効能は玄家お墨付きなので、安心して使うといい」

「それはその……ありがとうございます」

先ほどまで莉莉が座っていた席に辰宇を座らせ、玲琳はおずおずと軟膏を受け取る。

ここ数日、やけに接近してくる鷲官長のことが、少々不思議であった。

(鷲官長様は冷酷な仕事人という噂を聞いたことがありますし……もしや、この入れ替わりのことを察して、事情を検めに来たのでしょうか)

入れ替わり当初なら、事情を訴え出て事態の解決を願ったかもしれないが、このままでは大事になると確信した今となっては、辰宇に入れ替わりを知られるのは避けたい。

傍らの莉莉も緊張で身を固くしているのを察し、玲琳は気を引き締めた。

「……体調は、その後どうだ」

「お陰様で、順調に回復に向かっております。なにしろわたくし、生まれたときから、すごく、ものすごく頑丈ですので。ええ」

さりげなく、自分は病弱な黄 玲琳ではないと印象付けてみせる。

辰宇は「そうか」と頷くと、ぽつりと呟いた。

「……心配した」

「えっ」

「男でも難儀する強弓を、夜まで引き続ける女があるかと、正気を疑った」

(……もしや、頭を心配されているという意味でしょうか)

玲琳は息を凝らし、辰宇の動向を見守った。

「美しい射形だった。言いそびれていたが、舞も見事だった」

「はい」

「だが」

唐突な賛辞に、玲琳はぱちぱちと目を瞬かせた。

「それは、恐悦至極に、存じます……？」

もしやこれは、相手を懐柔して一気に真相に踏み込もうという、高度な交渉術なのだろうか。

だが、辰宇はその形の整った眉を顰めると、「なにやら」と片手で口元を覆った。

「おまえを前にすると、なにから話していいかわからなくなる感覚に襲われる。これはなんだ」

「………？　なんでしょう。精神障害の一種でしょうか……」

脈絡のない体調相談に、玲琳としてもどう構えてよいかわからなくなる。

薬草知識に明るい人間として、詳しく相談に乗ったほうがよいかと一瞬悩んだが、ちらりと視線をやった先の莉莉が、なんとも言えない表情で顔を引き攣らせていたので、玲琳は考えを取り下げた。

今はあまり、鷲官長と話さないほうがいいだろう。なにからぼろが出るかわからないのだから。

しばし気まずい沈黙が蔵に落ちたが、やがて、辰宇が再び口を開いた。

「朱 慧月」

「はい」

「最近のおまえは、やけに気になる」

（やはりここで気合いの一閃ですか⁉）

一気に核心に迫ってきた発言に、玲琳はこっそり冷や汗を滲ませた。

「き、気になる、でございますか？　雛宮の守護者、鷲官長様に気にかけていただけるなんて、なんという僥倖（ぎょうこう）でございましょう――」

「人はこれほど突然、姿勢が変わるものだろうか。拍すら取れなかった人間が、曲に合わせ、遊びまで持たせた動きを披露できるものだろうか。玄家以外の雛女が、ある日突然弓を手にして、それを鳴らせるものだろうか」

辰宇の青い瞳が、真っすぐに玲琳を射抜く。

氷のよう、と形容されがちな切れ長の瞳には、今、未知の生き物を前にした少年のような、邪気のない熱心さが宿っていた。

「そして、突然、美しくなれるものだろうか」

そのあまりの視線の強さに、玲琳は思わず黙り込んだ。

「ええと……」

どうごまかすか。そればかりが頭を巡る。

「俺に、なにか隠していることはないか。朱　慧月」

ここは、堅物と評判の鷲官長が、女性を口説くような発言をしたことをからかってみせる、というのが上策だろうか。だが、なんだか辰宇ならば「思ったことを言っただけだが」と真顔で受け流されそうで、玲琳は顔を引き攣らせた。

（な、なにか、それっぽく、鷲官長様にお伝えしておくとか……）

だが、作り話を披露するというのも良心が痛むし、なにせうまく嘘をつける自信もない。

(沈黙は金、といったあたりでしょうか)

辰宇の性格は真っすぐというか実直というか、飾り気がないぶん、駆け引きなどもしなそうに見える。下手に腹芸を仕掛けるよりも、この正面攻撃のような質問を、黙ってやり過ごすのが得策かと思われた。

「…………」

視線を逸らして沈黙を保っていると、辰宇がひとつ溜息を落とす。

「どうも、人が変わりすぎている。中元節の儀では、金 清佳殿とやり合っていたな。以前は、彼女と親密に交流もあって、親友のようだったのに、最近ではそうした様子もまったく見られない」

(そんなの引き継いでいませんわ、慧月様!)

玲琳は内心で嘆きの声を上げながら、慌てて辰宇に話を合わせた。

「い、いいえ、そんなことはございません! 実はそちらのお見舞いの果物も、清佳様から頂戴したものなのです。親密なお付き合いは、実は相変わらずなのですわ。ええ」

「いや、そうでもなかったか」

だがそこで、辰宇はいけしゃあしゃあと訂正した。

「金 清佳殿はあちこちでおまえの陰口を叩いていたし、おまえはおまえで、彼女をしょっちゅう睨みつけていたっけ。親友ではなく、犬猿の仲だったな。言い間違えてしまった」

「…………」

嵌められた。

（鷲官長様……ものすごく、腹芸、なさいますね⁉）

玲琳はだらだらと冷や汗を浮かべた。

視界の隅に、莉莉が両手で顔を覆って項垂れているのが見える。

すっかり硬直してしまった玲琳に、辰宇は身を乗り出した。

「そうだ、以前は、俺のこの顔が好きだったようだな。儀式のたびによく視線を感じたものだ。一度目が合ったときには、媚びた笑みを浮かべて見つめ返してきたこともあったか」

「…………っ」

至近距離から覗き込まれ、玲琳は焦った。

（これは、嘘？　それとも、真？）

先ほどと同じく引っ掛けなのだとしたら、毅然とした態度を見せるべきだし、もし真実ならば、媚びた態度を演じるべきだ。

「そう、おまえの視線は、いつも物欲しげだった。なのに今、その瞳は、この距離でもちっとも揺らがない――」

「わ、わたくし、急用を思い出しました！」

いいや、もう、口先だけではとうてい切り抜けられない。

とうとう指先が髪に触れようとしているのを悟り、玲琳はぱっと立ち上がる。

椅子代わりにしていた木箱を蹴り倒す勢いで、蔵の外へと出ようとしたが、辰宇に腕を引かれ、思わず体勢を崩した。

「きゃ――」

床に身を叩きつけそうになるが、ぐいと腰の下に手を入れられ、抱き起こされる。

そのまま体を反転させられ、気が付けば、辰宇の腕の中に閉じ込められるような格好になっていた。

「………っ、あの」

咄嗟に、胸と胸の間に手を差し入れるが、どれだけ押しのけても、鋼のような体はびくともしない。

彼は、初めて見る虫を観察でもするかのように、しげしげと玲琳のことを見下ろした。

「顔はたしかに朱 慧月なのだが。……いや、顔つきが違うな?」

(ち、近いです！)

顔を寄せる仕草はあくまで無造作で、そこには、こちらを脅してやろうだとか、誘惑してやろうだとかの意図は見えない。気になるから、じっくり見たい――ただそれだけの、まるで少年のような純粋な興味を感じる。

ただし、こちらを抱き留める腕の強さは、もちろん大人の男のそれだ。

さして力を込めているようにも見えないのに、完全にこちらを拘束しおおせる鷲官長の力に、鼓動が一気に高まった。

「答えろ、朱 慧月。おまえは、何者だ」

すっと通った鼻が、薄い唇が。

このままでは触れてしまいそうなほどに、近い――。

「ごめんあそばせ！」

――ゴッ……！

鈍い音が響くとともに、わずかに拘束が緩む。

辰宇の顎に向かって頭突きを決めた玲琳は、じんじんと疼く額を押さえながら、じりっと後ろに退いた。

「申し訳ございません。あの、羽虫が……」

あまりにも雑な言い訳を口にしそうになったが、ふいに思い至る。

この状況は、かえって辰宇を遠ざける格好の主張になりえるのではないかと。

「鷲官長様。これは、雛女と鷲官長の適切な距離とは思えませんわ。どうぞ、お下がりくださいませ」

心臓をばくばくさせながら、極力毅然と言い切る。

辰宇は、抱きしめていたことに今さら気付いたとでも言うように、己の腕を不思議そうに見つめていたが、その主張に異議はないのか、一歩、後ろに下がった。

「――これは、失敬」

一気に大きく開いた距離。玲琳はほっと胸を撫でおろした。

「鷲官長様。どうぞ冷静になって考えてもみてくださいい。お化粧ひとつ、装いひとつで、女とはいくらでも印象を変える生き物です。そうした、なんでもない変化の理由を、野暮に問い質すというのが、鷲官長たる方の本分でしょうか。いいえ、もっと優先すべきことがあるはずですわ」

「優先すべきこととは？」

素朴な表情で首を傾げられ、焦る。

まさかそう返されるとは思わなかったのだが、優先すること、優先すること、と必死に頭を働かせているうち、ふと玲琳の脳をかすめるものがあった。

「……そうですわ。ぜひ、鷲官長様にお聞きしたいことがあったのでした」

「なんだと？」

「金家に、雅容（がよう）という名の上級女官がいないというのは、本当でしょうか」

白練の女官について、鷲官長の辰宇からなら、情報を得られるのではないかと思ったのである。

意表を突かれたらしい辰宇は、怪訝そうに眉を寄せたが、思考を巡らせるように顎を撫でた。

「たしか、いないはずだ。金家の女官たちは、清佳殿のこだわりが強いためによく入れ替えがあるから、そこを調べないことには確たることは言えないが」

「でしたら、三日ほど前に、朱家の者に簪を盗まれたと申し出た女官はいませんでしたか？」

「ああ、儀式中に言い争っていたことか？　それならいない。一月ほど前には、たしかに簪が盗まれたという申し出があったと記憶しているが」

辰宇は、莉莉をちらりと見やりながら、こう付け加えた。

「それも、紛失したか盗まれたかも定かではない内容だ。朱家の者を加害者と目する内容ではなかったはずだ」

「さようでございますか……」

「金家は調度品のすべてが上等だからか、しばしば横領や盗難が発生し、敏感になっているところはあるようだ。その一月前も、白練の衣が盗まれたと騒いでいたしな」

さりげなく補足された情報に、玲琳ははっと顔を上げた。

「白練の衣が？」

「ああ。なんだ、それがどうした？」

「いえ。……鷲官長様は、よくそのような申し出一つ一つをご記憶でいらっしゃるなと」

微笑んでごまかせば、辰宇は眉間に皺を寄せて、ふいと視線を逸らす。

「それが仕事なのでな」

（あ……なんだか、冬雪に似ています）

黄麒宮の筆頭女官も、褒められるたび不機嫌そうに黙り込んだもので、それもあって玲琳は彼女を気難しい人間と思い込んでいたのだが、もしかしてこうした反応は、照れ屋で口下手な玄家の血がもたらしたものだったのかもしれない。

玲琳が思わず口元を綻ばせると、辰宇はむっとした表情になった。

「なんだ」

「いえ。鷲官長様が、なにやら愛らしく見えましたもので」

「…………!?」

相手が愕然とする。

どうやら相手のペースを崩したようだと察知し、玲琳はすかさず会話を打ち切ることにした。

「さて。それでは、大変申し訳ございませんが、いまだ体調が優れませんもので、今しばし横になりとうございます。御前を失礼しても？」

「……おい」

「軟膏、大切に使わせていただきますね。誠にありがとうございます」

「おい。先ほどの問いへの答えをまだもらっていないぞ」

意外に食い下がってくる辰宇に、玲琳はにこりと笑みを浮かべた。

「なにが起こったか、なにかを隠していないか。確信が持てないというのはつまり、その事実が確定していないということでございます」

「なん――」

「確定していない事実に気を揉むなどというのは、体力がもったいないだけの行為でございますわ」

いかにも彼女らしい主張で、問いを退けると、玲琳はさっさと草の寝台に横たわってしまった。

「特に今は、わたくし、体力が底を尽きかけているのでございます。お見苦しい姿を晒す無礼、なにとぞご容赦くださいませ」

言外に、さっさと出て行けと意味を込める。

辰宇はしばらく、背を向けた玲琳を未練がましく見つめていたが、やがて立ち上がり、踵を返した。

「……まあ、いい。今日はそれで見逃そう。どうも、油を売っている場合ではなさそうだからな」

追及の手が緩んだことにほっとしつつも、続いた言葉を不思議に思い、寝台から首を上げる。

「なにか事件でも起こったのですか？」

「起こった、というより」

扉をくぐろうとした辰宇が、言葉に悩むように眉を寄せる。

彼は、その青い瞳をわずかに細めると、扉の先に広がる空を見つめた。

「これから起こるかもしれない。どうも、後宮内の空気が、奇妙だ」

「奇妙、ですか？」

玲琳は寝台から身を起こし、扉の外に向かって目を凝らしてみたが、そこにあるのはすっきりと晴れた空ばかり。降り注ぐ陽光は堂々としており、奇妙と言われるべき要素は見当たらなかった。

ときおり風がそよぐほかは物音もしない、静かな夏の昼下がり。そう見えたのだが、辰宇の目には異なるように映るらしい。

「緊張しているというか……おかしな雰囲気だ。陽気が極まって、突然土砂降りになるような、危うい晴れ方というのか」

じっと空を見上げ、五感を研ぎ澄ますようにして辰宇は呟く。

神秘的な碧眼とあいまって、その姿はたしかに、どんな獲物をも見逃さないという鷲を思い起こさせた。

「鷲官長様は、そうしたことを感じ取る力をお持ちですの……？」

「さて、どうだろう」

玲琳が尋ねれば、辰宇はふと口元を綻ばせる。

彼は顔だけで振り向きながら、意味ありげな一瞥を寄越した。

「少なくとも、鷲は、獲物と見定めた対象は決して逃さないものだ。覚えておけよ」

その正体を、見破ってみせる――。

彼の青い瞳が、そう告げている。

玲琳はうっすらと冷や汗を浮かべたまま、立ち去る辰宇を見送った。

やがて、完全に足音が遠ざかったのを確認し、そっと胸を撫でおろす。

莉莉がこちらを凝視しているのに気付くと、へらりと笑ってみせた。

「ひとまず、難局を逃れました……ね？」

「いやいやいやいや」

が、莉莉は口の端を引き攣らせるだけである。

「あんた、びっくりするくらい、ほいほい人のことたらし込みますね？」

「え？」

「『確定していない事実に気を揉むなんて体力が云々』っていうのは、『自分で見極めて、確たる事実にしてから、体力の限り追及しに来い』ってことでしょ!?　なんでわざわざ挑発すんの!?」

「ええっ!?」

あんまりな言い草に玲琳がぎょっとしていると、莉莉はそれ以上に、怖いものでも見るような視線を玲琳に向けた。

「鷲官長って、たしか最下級妃だったら下賜も可能なんですよ。ええ……？　ちょっとやめてください。ただでさえ複雑な状況を、これ以上複雑にしないでくれます……？」

「莉莉はもうちょっと平易な言葉でお話をしてくれます……？」

こめかみのあたりを押さえ、ぶつぶつと呟く女官に、玲琳は困惑顔だ。

そしてそれ以上に気にかかる情報に意識を取られ、表情を曇らせた。

（金 雅容という女官は実在しない。莉莉を簪の盗人だとして訴えた女官もまたいない。そして、白練の衣が盗まれていた……）

これらの意味することは、なんだろうか。

（誰かが金家の女官を装って、「朱 慧月」への嫌がらせを指示した、と考えるのが妥当ですよね）

だが、いったいなんのために。

たしかに、雛女への嫌がらせや殺傷は悪行だが、あの状況下、「朱 慧月」への嫌がらせ程度なら、おそらく罪に問われることはなかっただろう。わざわざ他家を装って、責任逃れをするほどでもないように思われる。

（ということは、「朱 慧月」のことを本来攻撃してはならない人物が、犯人だということでしょうか）

どうにもきな臭い。

と、玲琳が考えに沈んでいたそのとき、蔵の外から大量の足音と、叫び声が聞こえた。

「出てきなさい、莉莉！　貴妃様に断りの一言もなく、朱駒宮の壁を動かすとはいったい何事です！　先ほどから、他家の方が幾人もこの場に出入りしていると知って、貴妃様はお怒りですわよ！」

内容から察するに、朱駒宮の女官たちである。

起こるべくして起こった騒ぎに、莉莉と玲琳はげんなりと顔を見合わせた。

「……ここはわたくしが」

「主人を、それも全治一カ月の怪我人をいきなり突き出す女官がいますか。だいたい、あんたが寝ている間に起こったことなんですから、あんたはじっとしていてください。というか、横になっていてくださいよ」

そうして勇ましくも、さっさと扉の外に出て行ってしまったので、玲琳は莉莉の頼れる背中に見惚れながら、素直に言葉に甘えることにした。

ただし、体を横たえるのではなく、蔵の奥に一本だけ立ててあった蝋燭（ろうそく）に、火を灯す。

揺れる炎を見つめながら、心の内で、慧月に呼び掛けた。

（慧月様、聞こえますか）

玲琳には道術など使えない。今すぐ相手と話したいと思ったなら、その人物の下を訪ねるしかできない身の上だが、体調的にも、環境的にも、とうてい黄麒宮を訪れることはできなかった。

そして、会えるのを待っていては、なにか取り返しがつかないことが起きてしまう――そんな予感を抱いたのである。

（炎術を、どうか使ってくださいませ。お話ししたいことがあるのです）

どうも玲琳は、今自分が、複雑な敵意にさらされている心地がする。反感だとか、嫉妬だとか、慧月が見せるようなそんな可愛らしいものでなく、もっと冷徹で、計算高く、根深い悪意。

それに、慧月自身が今どんな状況にあるのかも、気にかかる。

少なくとも冬雪に正体を知られてしまった以上、彼女が黄麒宮でこれまで通りに振る舞うのは難しいだろう。この計画性も打ち合わせもない入れ替わりを貫くのは、もう限界のように思われた。

(慧月様も、不安に思われているのではありませんか。自分の手を離れて大事になっていく事態を前に、途方に暮れているのではありませんか)

たしか慧月は玲琳より一つ年上のはずだったが、玲琳から見る彼女というのは、まるで癇癪を起こした子どものようだった。寂しがり屋で、甘えん坊で、——でも本当は、そんなに悪い人間ではない。

だって玲琳は知っているのだ。咳やくしゃみがうるさい風邪など、実は大したことがなくて、静かに罹患し、ゆっくりと内臓を冒していくような病こそ、もっとも厄介なのだと。

外では、女官たちと莉莉の応酬が続いている。

だが、それを意識的に耳から追い払い、玲琳はじっと炎を見つめた。

(わたくしを、呼んでくださいませ)

『——黄 玲琳』

果たして、願いは叶えられた。

『……わたくしを、……助けて』

炎の中に、弱々しく声を上げる慧月の姿が現れたのである。

「慧月様! まあ、すごい! 本当に繋がりましたわ! わたくしたち、なんと気が合うのでしょう」

『……あなた、なんでそんなにいつも楽しそうなの?』

ぼそっと呟く相手は、髪も乱れ、乏しい光源でもそれとわかるほどに、やつれきっている。

心配になった玲琳は眉を寄せ、声を潜めた。

「慧月様……。大丈夫でございますか？　まだ、熱が下がらないのでしょうか。わたくしのお渡しした薬湯は、すべて飲まれました？」

『……飲んだわよ。十番と二十一番の粉薬も、定期的に吸っている。百七番の薬も、薬湯と同じ匂いがしたから、さっき、湯で飲み下した。……すごく、楽になったわ』

「まあ、匂いを手掛かりにご自身で？　素晴らしいですわ、慧月様。きっと薬草を扱う才能がおありですのね」

玲琳が感心して告げると、慧月はそれこそ、熱い湯を含んでしまったときのように、顔を歪める。

「慧月様……？」

『――でも、もうおしまいだわ』

炎の向こうで、彼女は髪ごと掴むようにして、頭を抱えた。

『冬雪に、知られてしまった。恐ろしい女だわ。昨日の朝一番にこの室に来たと思ったら、「死にたくなければこの室から一歩も出るな」と言い放ったのよ』

どうやら冬雪は、慧月を室に閉じ込めることにしたらしい。早速世話を放棄しているではないかと嘆息したくなるが、おそらく、冬雪の性格上、顔を見れば殺したくなってしまうということなのだろう。彼女なりの、これが最大の譲歩なのだ。

だが、それを解さぬ慧月は、恐怖に目を見開いたまま続けた。

『それ以降、誰もこの室に近寄ろうとしないの。あの女は、わたくしが自主的に、忌祓(いみばら)いのため閉じこもっていることにしたと言っていたけど、きっと嘘よ。今頃、方々に真相を言いふらしているのだわ。皇后陛下も、尭明殿下も、きっと、お、恐ろしい形相で、わたくしを処刑しようと……っ』

関節が白くなるほど力を込めた手は、ぶるぶると震えている。

焦燥を隠さない慧月の前で、玲琳は首を傾げた。

「事態が完全に露見する前に、入れ替わりを解消すればよいのではございませんか？」

『それで済むわけがないでしょう！』

返事は叫びのようだった。

『彼らは、けっしてわたくしを許しはしない。今はあなたの体にいるから、冬雪たちも強くは手出しができないのよ。元の、そのみじめな体に戻れば、その時こそ一巻の終わり。わたくしなんてたちまち、この世で最もむごたらしい方法で殺されてしまうわ！』

どうやら恐怖のあまり、想像と現実を混同しているようである。

（……冬雪はどれだけ慧月様を脅したのでしょう）

玲琳は一瞬遠い目になりかけたが、すぐに気を引き締めた。

とにかく、処刑を恐れるあまり、慧月は玲琳の体に居座り、ついでに言えば室に閉じこもり続けているというわけだ。

「冬雪にはわたくしが言って聞かせますので、ご安心ください。慧月様。怖い怖いと言って、閉じこもっているだけではなにも解決しません。入れ替わりはやがて解消されねばならないし、問題はひとつひとつ解消してゆかねば。このままわたくしの体に収まっていても、よい結果にならないということは、もうおわかりでいらっしゃいますでしょう？」

『いやよ……っ、いや！』

慧月は幼い子どものようにいやいやと首を振った。

強情、というよりは、強い恐怖と、絶望を感じさせる仕草だった。

『わたくしは……もうおしまいなのよ。もう、どうしたらいいのかわからない。皆がわたくしを責めるわ。わたくしはいたぶられ、殺される。誰からも、見限られて……っ』

「落ち着いてくださいませ。誰からも見限られるだなんて、悲しいことを仰らないで。少なくともわたくしは、一緒にこの問題を解決する用意がございます。わたくしが信用ならないなら、後見の朱貴妃様を頼ってもよいでしょう。救いの手は、きっとどこかしらにはございますわ」

『ふ……、貴妃様……ね』

だがそこで慧月は、唐突に動きを止める。目を伏せ、くつくつと笑いはじめた。

『ふ……あはは。本当に、滑稽だこと。わたくしは、やはり、最初から独りだったのだわ。最初から……みじめで、誰からも、いいように、扱われ……』

呟きは、徐々に緩み、そして途切れる。

「慧月様……？」

『――わたくしの願いはね』

心配で身を乗り出した玲琳を遮るようにして、やがて慧月は、口を開いた。

『乞巧節での、わたくしの願いはね。本当に、あの瞬間、叫んだとおりのことだったのだと思うわ』

――忌々しい女、消えるがいいわ……！

かつて、玲琳に向かって叫んだ言葉。

だが、慧月は今になって思うのだ。あれは本当は、自分に向かって叫んでいたのではないかと。

『わたくしは、いつだってみじめだった。誰かの都合に振り回されて、怯えて、機嫌を伺って。道術を知ってからは、人を従わせる術を覚えたように思ったけど、そうするとますます、それなしには見向きもされない自分を知るようで、虚しかった』

振り向いてほしくて。

構って、慰めて、見守ってほしくて、大声で叫んでいたけれど、本当はそれも、ひどく惨めで。黄玲琳に成り代わりたいと願ったのは、きっと、憎しみではなく、あまりに強い憧れのためだった。

わたくしにちょうだい。どうか代わって。こんな、誰からも見向きもされない、忌々しい自分の体など、いらない――。

『わたくし……消えてしまいたかったの』

とうとう、ぼろりと、涙が目から零れ落ちた。

『恥ずかしかったの。みじめだったの。それで、あなたになりたかったの。誰からも愛される、胡蝶のようなあなたに』

でも、と、彼女は震える声で続けた。

『でも無理だった。わたくしはやはり、みじめなままだった。どうしてかしら、黄玲琳。わたくしは今、入れ替わる前よりも、もっと、自分が嫌いで仕方ない』

そう、彼女は、今こそみじめだった。

すでに崩れ始めている足元。結局中身が伴わなくては、黄 玲琳の体にいてすら愛されないと、頭では理解しているくせに、みっともなく、まるで砦に籠もるようにこの体に閉じこもっている。

その醜悪さを理解してなお動けない――そんな自分を、慧月は心の底から嫌悪した。

彼女はぼろぼろと涙を流してから、やがて、きつく両目を閉じた。

『ねえ、黄 玲琳。あなたは……わたくしを殺してもいいわ』

果たしてそれで、償いになるのかはわからないけれど。

炎の両側に、沈黙が満ちる。

やがてそれを破ったのは、頬に手を当て嘆息した玲琳だった。

「極端なお方ですね」

『なに……？』

「それはつまり、『ごめんなさい』ということでございましょう？」

絶句した慧月に、玲琳は淡く苦笑を浮かべた。

「まったく悪びれないと思ったら、謝罪を通りこして、いきなり死を選ぶと仰るのですもの。慧月様は、本当に、感情の起伏の激しいお方でございますね」

そして、唇に笑みを残したまま、彼女はまっすぐに、炎越しの慧月を見つめた。

「そして、鮮やかなお方。まるで炎のように。まさしく、火を司る朱家の雛女君でございますね」

『な……──』

「わたくし、慧月様の、その喜怒哀楽がはっきりしたところが、好きです。思うがまま声を荒らげ、怒りに駆られ、涙し、落ち込む。その苛烈さは、見ていて心地よいほど」

心からの本音だった。

玲琳は慧月の、その愚直とも言える感情的な有り様を、好ましく思うのだ。

疲れ切って感情を手放していた玲琳にとって、慧月はまさしく、輝くほうき星か、力強く揺れる炎のよう。どちらも切ないほど己の身を焦がし、ちかちかと眩しい光を放っている。

触れれば火傷を負ってしまうと、そうわかってはいても、思わず手を伸ばさずにいられないほどに、玲琳もまたその輝きに魅入られていたのだ。

『な、にを……なにを言うのよ。ねえ、わかっているの？　わたくしはね、雛宮のどぶネズミと呼ばれてきた女なのよ』

慧月が、目を見開いたまま首を振る。顔には、信じられないという文字が読み取れるようだった。

『冬雪にも言われたわ。下品で、感情的で、怠惰。悔しいけど、その通りよ。そんな女を好ましく思う人間なんて、いるはずがないじゃないの！』

「いるはずがないと言われましても、ここにいるのですが……」

なぜか焦りを滲ませて叫ぶ慧月のことを、玲琳は困惑して見返した。

「思うのですが、なぜ慧月様はそんなに、ご自身への評価が厳しいのです？　慧月様にも素敵な点が、たくさんありますでしょう？」

『ないわよ、そんなもの！』

「そうでしょうか」

吐き捨てるように告げる相手に、真顔で向き合う。

「ですが、まず、道術が使えますでしょう？」

『……それは』

そうだけど、と言いよどんだところに、玲琳は指を折り数えはじめた。

「入れ替わりなどという大それたことを現実にする、実行力もあります。もしかしたら計画性のなさと裏表かもしれませんが、度胸も。あとは、痛々しいほどの感情の強さも」

『嫌味なの？』

「それから、根性も」

玲琳はここが重要、とばかりに、炎に向かって身を乗り出した。

「慧月様。その体、さぞおつらかったでしょう。もしかしたら、いっそ早く命を手放してしまいたいと思うほどの苦痛に、苛まれたのではございませんか？　それでもあなた様は、その体で戦い続けた」

慧月が困惑に眉を寄せる。そんなの、あくまで「ちやほやされたい」という願望を叶えるためのことだし、後半は、入れ替わりを解消する体力もなく、半ば惰性でそうなっていただけだ。

だが、玲琳はそんな彼女に、穏やかに微笑んでみせるのだった。

「身体の苦痛を措いてでも、あなた様は願いを優先した。それほど強く、なにかを願い、そして意地でもそれを譲らなかった。わたくしはそうした態度を、『根性がある』と言うのだと思います」

慧月が目を見開く。やがて唇を噛み締め、徐々に瞳を潤ませはじめた。

『わかっているの？　わたくしは、あなたを、……死に追いやろうとしたのよ』

「ふふ。でも、できなかったではありませんか。結局あなた様がなさったのは、わたくしに健康な体を貸し、幸せにしてくれただけ」

玲琳はふと悪戯っぽく目を細め、つんと顎を上げてみせた。

「ざまをご覧なさいませ。慧月様なんて……慧月様なんてね、ええと、しょせん、人を不幸にする才能なんてないのですわ」

『……なんの真似？』

「悪女の真似でございます。どうでしょう、悔しさをばねに元気が出たりはしませんか？」

『……へたくそにも程があるわ』

声は震え、顔は、もはや泣き笑いのようになっていた。

『黄 玲琳』

再び、涙が頬を滑る。

『ごめんなさい』

それにつられるように、言葉はぽろりと喉から零れ落ちた。

『本当に……悪かったわ』

「いいえ。わたくしとしては、むしろ病を九日分、肩代わりしていただいたようなものですから。こちらこそ、その体で慧月様にご迷惑をおかけしてしまい、申し訳なかったですね」

玲琳がばつが悪そうに告げると、慧月は泣きながらかぶりを振った。

『違うの』

「え？」

『おそらく……この九日間の病すらも、わたくしが原因なの』

どういうことかと首を傾げる玲琳を前に、慧月は手の甲で涙を拭い、居住まいを正した。

『聞いてちょうだい。この入れ替わりも、この病も。仕組んだのは――朱貴妃様なのよ』

「え……？」

告げられた言葉が咄嗟には理解できず、無意識に口元を押さえる。

呆然とした玲琳に、慧月はどこから説明したものか悩んだようだった。

何度か口を開閉し、やがてゆっくりと切り出す。

『蠱毒（こどく）、という呪術を知っていて？』

「え……？　ええ。名前だけですが。虫さんを壺の中で共食いさせて得る毒ですよね」

曖昧に頷いた玲琳に、慧月は、なにかを堪（こら）えるような表情を浮かべた。

『そうよ。でも、虫をただ共食いさせるだけでは、まじない程度の効果しかないの。道術を解し、正しい儀式と呪文を与えてようやく、蠱毒は蠱毒としての威力を得る。そして……わたくしは、その蠱毒によって、これほど苦しめられたのよ』

「どういうことです……？」

『わたくしは、薬湯によってというより、破魔の弦音によって回復したの。つまりこの病は、実際の病ではなく、呪いということよ。そしてその呪いは、入れ替わりの直後に贈られた香炉に付与されていた。金家の清佳様からと言われていた品よ。でも本当は、金家からのものではないとわたくしは思う。だって、その蠱毒の術は、わたくしと、あと一人しか知らないはずの「型」をしていたから』

蠱毒は毒であると同時に、術だ。影の形、大きさ、匂い、そうしたところに、どうしても術者の癖が出る。書物を紐解き、独学で身に付けた慧月の蠱毒には、慧月しか知りえぬ特徴があった。そして、先ほど香炉から出てきた影は、まさにその特徴を帯びていたのだという。

(簪と、同じですわ……)

話を聞きながら、玲琳は思った。

これは、白練の簪と一緒だ。誰かが金家の仕業を装い、朱 慧月を追い詰めようとしている。それとも、黄 玲琳を、だろうか。

そして、その「誰か」の正体こそ。

玲琳は、かすれ声で呟いた。

「その、『あと一人』というのが……」

『朱 雅媚(がび)』

ついためらってしまった言葉の先を、慧月はきっぱりと続けた。

『貴妃様よ。彼女が、かつてわたくしから聞き出した蠱毒の術を、用いた』

吐き捨てるような声に、困惑して眉を寄せる。

慧月は確信しているようだったが、優しげに微笑む朱貴妃が、こうした陰謀を目論むということが、すぐには受け入れられなかったのだ。

(朱貴妃様が？　あの、お優しいと評判の。彼女が、金家の差し金を装い、わたくしを呪い殺そうとした……？)

偶然、同時期に、同じやり口で、入れ替わった二人に攻撃が向けられるなどということはないだろう。とするなら、簪も——自分への嫌がらせも、朱貴妃の差し金と考えるのが妥当なのではないか。

(でも……他家のわたくしにならともかく、自身が後見する、雛女（けいげつ）様のことも……？)

朱貴妃の狙いがわからない。

玲琳は困惑しながら、実は同様のやり口で、「朱 慧月」も害を加えられようとしていたことを告げると、慧月は黙り込んだ。

『……だとしたら』

それから、苦い、苦い声で切り出した。

『彼女は、わたくしとあなたを、同時に始末したかったということでしょうね』

「そんな……」

『実を言えば、この入れ替わりの発想を、最初にわたくしに吹き込んだのは、彼女なのよ』

言葉を失う玲琳に、慧月は自嘲を浮かべる。

朱貴妃は、いかにも冗談のようにさりげなく、けれど、慧月が最も心を弱らせた瞬間を狙うようにして、たびたび入れ替わりを「忠告」してきたのだと、唇を歪めて告白した。

（忠告――）

玲琳は、中元節の儀のときの朱貴妃を思い出してみる。たしかにあのとき、彼女は「忠告」の建前のもとに、こちらの動きを封じようとした。

いかにも相手のためであるような形をした命令に、うっすら、彼女の人となりが透けて見えるかのようだった。

『貴妃様は、いつだって動かないわ。彼女はいつも、見ているだけ。入れ替わりだって、もちろん、わたくしが選択し、実行したにすぎない。けれど……けれどね、ああ、言い訳にしか聞こえないでしょうけど――』

「わかります。貴妃様は、周囲が『自ら』そう動くように、仕向けるのがお得意ということですね」

途中、もどかしそうに言葉を詰まらせた慧月に、玲琳は力強く請け合った。

そうだ。思えば、不思議なことは多くあったのだ。

慈愛深いと評判なのに、あっさり獣尋（じゅうじん）の儀で雛女を見捨ててみせた彼女。無罪となった朱 慧月を、母親代わりの後見人として保護するどころか、追放することを選んだ。

様子が変わったと噂になっても、真相を確かめるための女官ひとり寄越さない。では、忌に一切触れたくないと願うような事なかれ主義なのかと思えば、中元節の儀では、礼を欠いた相手を大声で非難する。その行動は、いつもちぐはぐとしていた。

（ですが、もし、最初から入れ替わった事実を理解していたというのなら、納得できます）

おそらく彼女は、朱 慧月となった玲琳のことを殺そうとしていたのだ。だから、獣尋の儀で庇わなかった。生き延びてしまった後は、心身共に凄惨な環境に追いやろうとし、様子が変わったと聞いても興味を示さなかったのだ。玲琳と金 清佳が接近することを阻止したかったから、中元節の儀には出なくてよいと言い続けたし、会話が始まれば、大声を上げて遮った。あるいはそれは、変装姿である白練の女官と口調を変え、莉莉に正体を気取らせないための策だったのかもしれない。

『たぶん、入れ替わってしまえば、お互いすぐに死んでしまうと踏んだのでしょうね。あなたは獣尋の儀で処刑される。そしてわたくしは、虚弱な体質と、蟲毒によって命を落とす……はずだった』

「ですが、なぜそんなことを？　他家のわたくしはともかく、なぜ慧月様のことまで――」

『おまけよ。口封じ』

身を乗り出す玲琳を、慧月は吐き捨てるように遮った。

『貴妃様は、あなたを、獣尋の儀で殺せればそれでよかったのよ。わたくしは、そのついでに死のうがどうでもよかった――ただそれだけのことよ』

胸元を押さえる拳は、無意識にだろう、関節が白く浮き上がるほどに、強く握られていた。

『道術が使えて、死なれても惜しくない……だから、彼女はわたくしを、雛女に選んだのよ』

声に滲む絶望と怒りに、玲琳は呆然としたまま呟いた。

「ですが……なぜ、わたくしを？　なぜ朱貴妃様は、そうまでしてわたくしを狙うのです？」

『あなたが有能だからよ』

「え？」

聞き返す玲琳に、慧月は覚悟を決めるように、短く息を吐き出した。

『貴妃様の目的はね、おそらく――』

――ドンドンドンッ！

だがそこで、蔵の扉が乱暴に叩かれる。

玲琳ははっとして、急いで扉を振り返った。

「ご、ごめんなさい、莉莉！　女官たちとのお話し合いが難航しているのですか？　申し訳ないのですが、あと少しだけ――」

「そんなことではありません！　大変です！」

だが、扉の隙間から顔をのぞかせた莉莉は、焦った表情で言葉を遮ってくる。

続く彼女の叫びに、玲琳は目を見開いた。

「尭明殿下がお越しです！　急ぎ、お支度を！」

「……はい？」

思わぬ――そして、今この状況下なるべくなら会いたくない人物の訪問である。

玲琳がばっと炎を振り向くと、慧月もまた、恐怖に引き攣った顔でこちらを見返してきた。

『い……入れ替わりのことを、お知りになったのかも……っ』

玲琳とて「どうしましょう」と叫びたかったのだが、くっきりと絶望に染まった相手の顔を見て、ここは縋（すが）っている場合ではないと思い直す。

取り乱す代わりに冷や汗を隠し、彼女は極力、慧月が安心できるように頷いてみせた。

「……大丈夫です。きっとまだご存じではないでしょう。殿下のご性格なら、真実を知った場合には、わたくしのところではなく、真っ先に慧月様のところに向かって拷問から始めるでしょうし」

『脅しなの!?』

が、結果として、一層相手を怯えさせてしまったらしい。

慧月ががくがく震えはじめるのを見て、玲琳は慌てて、そして素早く囁いた。

「と、とにかく、ここはわたくしがなんとかします。大丈夫、わたくしが慧月様として振る舞えばよいのです。わたくし、ふつつかながら、精いっぱい悪女を演じてみせますから！」

『失礼なうえに、余計に不安が募る言葉ね!?』

「とにかく、一度消しますね！　後で必ずご連絡しますので、その際は炎術をお願いいたします……！」

小声で会話を打ち切り、火を吹き消したのと、蔵の扉が大きく開かれたのは、同時のことだった。

矢のように陽光が差し込み、それとともに、背の高い男の影をくっきりと浮き上がらせる。

「――朱 慧月。起きているか」

相変わらず精悍な美貌をした尭明の姿を、目を細めて見つめながら、彼がこちらを「朱 慧月」と呼んだことに、玲琳はひとまず胸を撫でおろした。

「は、はい。起きております」

頷いてしまってから、いやいや、ここでは毅然と「寝ています」とでも告げて、来訪を遠慮してもらえばよかったのではないかと思い至る。

「あの、ですが、そのう、寝て……はいないのですが、臥せってはおりますので、誠に恐縮ながら、お時間を改めていただくなど、いかがでしょう。そのう、殿下をもてなすにふさわしいご用意もございませんし」

「供は置いてきた。これは非公式な訪問であって、もてなしは必要ない」

「いえあの、……そうです！　わたくしは出血しているわけですし、そのような不吉な場所に、人を招き入れる時点で心苦しいと言いますか」

「ほう？　辰宇や金 清佳、黄家の女官の出入りは許すのに、俺は受け付けないと？」

うっと言葉を詰まらせた玲琳に、尭明はわずかに片方の眉を上げてみせた。

「おまえが目を覚ましたことは、辰宇から聞いたのだ。あいつは、頻繁にここに足を運んでいるようだな」

どうやら彼は、鷲官長から報告を受け、様子を見に来たらしい。冬雪が頻繁に蔵に出入りしていたことで辰宇たちが引き寄せられ、その彼の報告によって尭明までもやって来るとは、もはや客が客を呼んでいる状態である。

王者らしい堂々たる足取りで、とうとう蔵の中へと踏み入ってきた尭明に、玲琳は焦って言葉をひねり出した。

「ですが、ですが、わたくし、このように見苦しい姿でございますので！」

「ふん、気にするものか。それを言うなら、この蔵自体が粗末極まりない。草の寝床に横たわるなど、それでもおまえは雛女なのか？」

「う、それは返す言葉もございい――」

咄嗟に相槌を打とうとしたところを、なんとか踏みとどまる。

感じ悪く接しなくては。

「ございます」

「なんだ？　言いたいことがあると？」

「そ、そうです。莉莉とわたくしで手を掛けてまいりましたこの蔵を、悪しざまに仰るのはいかがなものか、などと、ですね、思いまして！」

尭明が立ち去るつもりがない以上、せめて慧月らしく振る舞わなくては、と思うのだが、尭明に対して口答えなどしたことのなかった玲琳に、すらすらと言葉が紡げるはずもない。

しどろもどろに、

「特に、この草の寝床は、横たわった際に体にぴたりと沿うよう、部位によって編み方と硬さを変えた、こだわりの品でございまして……」

などと続けてから、これでは啖呵ではなく、寝床自慢にしかなっていないではないかと玲琳は気付いた。

（悪女らしい言動って、どのようなものですっけ……！）

慌てて、これまでの慧月が尭明に対して取っていた言動を思い出してみるが、あまりこれといった手本が浮かばない。つくづく、これまでの自分は周囲をまるで見ていなかったのだと思い知らされた。

一人静かに焦る玲琳をよそに、尭明は一度、蔵の扉へと引き返す。

目の合った莉莉に「これを持て」と、扉脇のなにかを指し示し、一方では、鈴なりになっている朱家の女官たちに、退出を指示した。

「皇太子と雛女の会話である。側仕えの女官以外は退がれ。もっとも、ここは朱家の敷地ではないようだから、それ以前の問題かもしれないが」

「は……っ」

女官たちは、憧れの皇太子の前で怒りを露にするわけにもいかず、楚々とした表情を取り繕って命に従う。尭明が背を向けた途端、ぎろりとこちらを睨んできたが、玲琳としてはそんな彼女たちに、手を伸ばしてついて行きたい心持ちであった。

（お願いでございます！　わたくしも連れて行ってくださいませ……！）

だが、無情にも、蔵には尭明と玲琳、あとは莉莉だけが残される。

しんと静まり返った場で、尭明は会話の糸口を探しあぐねるように蔵の中を見回し、やがて、眉を寄せたまま口を開いた。

「……じめじめとした場所だ」

「べ、べつにじめじめとなどしておりません。最高の場所ですわ」

「暗いし、汚い」

「お言葉を返すようでございますが、草を燻すなどして、衛生には気を遣っております」

「女官も一人しかいない」

「最高の女官が一人いれば十分でございますもの」

ひとまずすべてに反論してみるが――最後のは心からの本音とはいえ――、こんな感じで大丈夫なのだろうか。

会話の行方が見えず、どきどきする玲琳の前で、尭明は意外な言葉を漏らした。

「……こんな場所では、養生できまい」

「は？」

きょとんとしていると、尭明は舌打ちせんばかりの顔になって、繰り返した。

「こんな場所にいたのでは、治る傷も治るまいと言っている」

そして、莉莉に視線で合図を送った。

見れば、彼女はいつの間にか、大ぶりな水桶を手にしている。

よいしょ、と重そうに水を運び入れる女官を見ながら、尭明は告げた。

「本宮の最奥、紫龍泉（しりゅうせん）で汲み、祈祷まで済ませた水だ。傷を清めるのに使うといい。……おまえが掌の肌を痛めるほどに破魔の弓を引いたことは、辰宇から聞いている」

「え……っ」

つまり、見舞いに来てくれたということか。

見舞い自体もそうだが、紫龍泉の言葉に玲琳はさらに驚いた。

紫龍泉は、いくつもの森と滝の奥に隠れた小さな泉で、その水は鏡のように澄んで真実を映し、肌を清めればたちまち傷を癒やすと言うが、それゆえに厳重に管理され、皇太子といえども年に数回しか取水を許されない。それを、病弱な「黄 玲琳」ではなく、悪女と罵って憚らない「朱 慧月」相手に、まさか尭明が持ってくるとは思わなかったのである。

（いえまあ……しょせん、ただの水ではございますけれど……）

ちなみに、本来呪いの類をあまり信じない玲琳は、泉の威光をありがたがるというより、透明で清潔な水だなと冷静な評価しかしてこなかったのだが。

驚いて尭明のことをまじまじと見つめていると、相手はばつが悪そうに視線を逸らした。

「勘違いするな。玲琳の見舞いに持っていくつもりだったのだが、伝染病を懸念し、玲琳自身が今は室に籠もっているらしくてな。せっかく汲んだ水をふいにするのも勿体ないと、持ってきただけだ」

「はあ」

「とはいえ、俺自らが汲んだ水だ。……なんだ、いらないのか」

「えっ、いえ、そんなことは……」

咄嗟に両手を振って答えてから、しまったとほぞを噛む。

（ああ！　今、「いらないですよ、あっかんべー」とでも言えばよかった！）

悪女的行動を取る機会をひとつ逃してしまったと悔やんだ玲琳だったが、皇太子がわざわざ汲んできた貴重な霊水を前に、歓喜するでもなく、微妙なお土産のように扱ってしまっている時点で十分異様な行動だということに、彼女は気付いていなかった。

「おい」

思っていたのと違う反応に、尭明が口元を歪める。

雛女とは、皇太子の寵を競うために集められた女たち。通常であれば、尭明が直々に声をかけに来ただけで、喜びに頬を染めるものなのに。

しかも、相手は朱　慧月だ。いつも瞳に卑屈な色を浮かべ、未練がましく尭明を追いかけていた彼女。たまたま視線が合っただけで、ぱっと顔全体に喜色を走らせ、勝ち誇ったような表情になっていたというのに、今のこの素っ気ない反応はなんなのか。

（やはり、持って来るのではなかったか）

少なくとも、玲琳に渡すものと同様に、祈禱まで済ませてやる必要はなかった気もする。

実際のところ、つい先ほどまで、この水をいっそ梨園(にわ)にでも撒いてやろうかと思わないでもなかったのだが、辰宇たちが続々と蔵に赴いていると聞いて、衝動的に桶を手に取ったのだ。

「そんなことは、ない……いえ、ある……」

しかし、彼女が顔の前にかざした手を見て、尭明は言葉を飲み込んだ。つい最近巻き直したと見える白い布が、早くも血を滲ませていたからだ。

見れば、粗末な袖――どうやら、弓を引くために破ったらしい――から覗く腕は、赤く腫れあがり、わずかに震えてすらいた。

聞いていた以上に痛々しい症状に、尭明は顔色を変える。

剣呑な表情でつかつかと近付くと、

「あの……？」

「見せろ」

強引に、その腕を取った。

「あ……っ」

わずかな抵抗を見せる相手を軽く躱し、布をほどく。そうして現れた肌を前に、絶句した。

掌は、ずるりとすべての皮膚が剥け、赤い肉を覗かせていたのだから。

「なんだこれは！」

「ええと……擦り傷？　ということに分類上はなりますでしょうか」

「その域を越しているだろう！」

のんびりと相槌を打つ相手を叱り飛ばす。

「痛まないとでも言うのか？」

「いえまあ、痛みはするのですけれども……」

血相を変える尭明相手に、朱 慧月の顔をした女はおずおずと答えた。それからなぜか、ふと唇を綻ばせ、愛おしげに己の掌を見つめる。

「……そうですね。痛みます、ものすごく」

「なぜそこで笑う」

普通ならそこは、泣くか呻くところではないのか。

相手の考えが一向に読めず、尭明は眉を寄せた。こんなことは、初めてだ。

「最近のおまえは、奇妙だな」

「そっ、うでしょうか!?　いえ、そんなことは」

急に動揺した様子の相手をよそに、尭明は桶を取り寄せ、奪った布のきれいな部分を水に浸した。

十分に染み込ませ、それをそっと、血の滲む掌に巻きつける。

驚いたようにこちらを見返す女を、尭明もまた、じっと見つめた。

「……玲琳の熱は、弦音が聞こえると同時に、退きはじめたと聞いた。だから――」

「はい……？」

「だから、その点では……おまえに感謝している」

喉から言葉を追い出すようにして、彼は告げた。

「それから、反省も。これまでの行いが行いだったとはいえ、おまえの誠意を疑い、罵った。その態度は不誠実だったと思う。……すまなかった」

尭明らしい、きっぱりとした謝罪に、彼女は静かに微笑んだ。

「いいえ」

美女を見慣れている尭明ですら、ふと視線を奪われるほどの、穏やかで、美しい笑みだった。

「わたくしがしたくてしたことを、殿下から感謝されたり、詫びられたりする道理はございません」

揺るぎない、まるで大地のような佇まいに、知らず、息を呑む。

尭明は呼吸も忘れたまま、目の前の雛女をまじまじと見つめた。

（こんな……女だっただろうか）

いまだ血を滲ませる傷すらも静かに受け入れ、淡く微笑んでいる。

卑しい目つき、と思っていた瞳は、いつの間にか陽光のようなきらめきを宿し、高慢そうに歪んでいたはずの唇は、ごく自然に、緩く持ち上がっていた。

「おまえ……」

「はい？」

視線を上げた拍子に、耳からはらりと髪が一筋零れ落ちる。女官に襲われてなお「枝毛を切られた」と言い張った、あの髪だ。いったいどんな手入れをしているのか、髪は傷むどころか、しっとりと艶を帯びていた。

気が付けば、指がまるで吸い寄せられるように、こぼれた髪へと伸ばされてゆく。

「ずいぶん、変わったのだな――」

「ああっと、大変です雛女様！　貴重な霊水が布から垂れて、殿下のお召し物にぃ！」

が、まさにその指先が髪に触れようとしたその瞬間、莉莉の慌ただしい声が響き渡った。

尭明は、はっと身を引く。

（はっ！　悪女的言動！）

同時に、尭明の意図を掴みかねて硬直していた玲琳もまた、それで我に返った。

ちらりと見れば、莉莉は視線だけで、

（入れ替わりの露見、ダメ、絶対！）

と訴えている。玲琳は気を引き締め、顎を上げた。

「……と、あたかも殊勝に聞こえる発言は実は嘘で、本音を申しますと、かの方は少しくらい、わたくしに感謝してしかるべきだと思っております」

「なんだと？」

あからさまに不機嫌になった尭明を見て、玲琳は内心で大きく頷く。やはり彼には、「黄 玲琳」を軽んじるないし貶めるというのが最も効きそうだ——それだけ大切に想われているのかと思えば、面映ゆくはあれど。

「だいたい、殿下はかの方に対して過保護なのです。雛宮の主として、公平を心掛け、かの方と距離を取ったほうがよいのではございませんか？　少なくとも、自身の前でだけ優しく微笑み、ほかの雛女にはこんなに冷ややかに接するものなのかと、かの方が知れば、さぞ心を痛めると思いますよ」

ついでとばかり、尭明の行き過ぎた愛情のことも、それとなく釘を刺しておく。この重い想いを、これまでは知らずに過ごしてきたが、放置していては、玲琳に戻ったあと苦労しそうである。

苦言を呈した「朱 慧月」に、尭明は不快そうに顔を歪めた。

「それが俺なりの公平だ。胡蝶とどぶネズミに対して、等しく微笑みを向けていたら、それこそが不公平というものだろう」

「その呼称は、なんとかならぬものでしょうか。だいたい、ネズミさんというのは、蔑称にふさわしくないほど愛らしくございませんか？　さらに言えば、蝶さんと蛾さんは紙一重ではございませんか？」

「玲琳を蛾呼ばわりする気か？」

せっかく親密になりかけたのが一転、剣呑な空気になる。だが、これでよいのだ。

ここでもう一押し、と玲琳が身を乗り出した、しかしその瞬間である。

開け放たれていた扉から素早く踏み入ってくる者があり、会話が中断された。

「——失礼いたします。殿下、急ぎお越しを」

なんと、辰宇である。

さきほどとは打って変わって、厳しい表情をしていた。

「黄麒宮で、異変が」

「どうした、玲琳の身になにか？」

「…………！」

黄麒宮の語に、さては慧月の身に何かが起こったかと、玲琳もまた身構える。

だが、辰宇は躊躇(ためら)いがちにこちらへ一瞥を寄越すと、やがて意を決したように顔を上げ、思わぬ内容を告げた。

「いえ。皇后陛下が、お倒れです」

言葉の意味を飲み込むのに、一瞬かかった。

「え……？」

「なんだと？」

「黄玲琳殿が苦しめられていたのと、同じ症状のようです。なんでも昨日の見舞い会の後、突然体調を崩され、今では水も飲めぬほど、高熱にうなされていらっしゃると。陛下ご本人は平気だと仰っていたため、知る者も限定されていたようです。しかし、先ほどとうとう意識を失ったとか。もはや伏せてはおけぬと判断した女官より、報告がありました」

説明を受けた尭明が、顔色を変える。

「伝染病か？」

だとするなら、雛宮の主として、即座に指揮を執らねばならない緊急事態である。

だが、そこに、玲琳はぽつりと呟く。

「いいえ――きっと、呪いです」

不穏な響きに、その場にいた三人が一斉に振り向いたが、彼女はそれに気付かぬほど、思考に没頭していた。

(慧月様の病は、ただの病ではなく、蠱毒による呪いでした。慧月様がかつて貴妃様に教えた、蠱毒の呪い。破魔の弓で祓えたと思っていたけれど……もし、その呪いが、単に慧月様の身を離れただけだったとしたら？　そうして、その蠱毒の呪いが、今、伯母様に降りかかっているのだとしたら)

不意に、香炉を抜け出て、かさりと移動する毒虫の姿が脳裏に浮かぶ。

命を蝕む蠱毒の呪いが、黄麒宮の最奥、絹秀の居室に向かったのだとしたら――。

――貴妃様の目的はね。

途切れてしまった慧月の声が蘇る。彼女はこう続けたかったのではなかろうか。

皇后陛下の暗殺よ、と。

(慧月様は、わたくしのことを有能と仰った……)

無意識に唇を押さえながら、玲琳は思考を巡らせる。

有能とは、芸事の巧みさというよりも、問題解決能力の高さを評価する言葉だ。そして、病がちで倒れてばかりの玲琳が、もし黄麒宮でなんらかの問題解決に貢献できているとしたら、それは、宮内の衛生環境改善に尽きた。

黄麒宮の梨園の多くを薬草畑に変えたのも、害虫を集めてはネズミの餌にしてきたのも、絹秀を数々の鍛錬に巻き込んだのも、すべて自分だ。もしかしたら、鍛錬で夜ごとに鳴らす弦の音が、知らず呪を祓っていたこともあったかもしれない。知らぬうちに、玲琳は防波堤となり、皇后の身を守っていたのだ。

(きっと、わたくしがいては、蠱毒は発動しないか、発動しても軽微で済んでしまうと思われたのでしょう。だから、朱貴妃様は、わたくしを取り除いてしまいたかった)

玲琳が朱 慧月の体に入ってさえしまえば、あとは勝手に処刑されてくれる。黄 玲琳の体には、抵抗する知識を持たぬ慧月を収めておけばいい——それが、朱貴妃の描いた筋書きだったのだ。

(そこまで手をかけてでも、朱貴妃様は、伯母様の命を奪おうとしている……!)

執念深い悪意に、ぞくりと背筋が粟立った。

絹秀は武技にも秀でており、生半可な刺客ならあっさりと撃退してしまう。けれど、相手が呪い、それも命を蝕む恐ろしい呪いなら、話は別だ。刀や拳といった正攻法では、とても撥ね除けられないのだから。

(呪いに対抗できる策を、急ぎ考えなくては……っ)

じりじりと、心臓が焦燥の炎で焼かれるかのようだった。

「おい、朱 慧月。なぜ、呪いなどと言う?」

訝しげに眉を寄せた尭明に、玲琳はぱっと顔を上げる。

「伝染病とは、呼気や体液を介してうつるもの。同じ室で世話をしてくれた女官ではなく、室の離れた皇后陛下が真っ先に罹患するというのは考えにくいからでございます」

そして、焦りを滲ませたまま、尭明の袖に縋り付いた。

「さらに言えばこのたび、黄家の雛女の症状には、薬湯以上に、破魔の弦音が効いたのではございませんか。それこそ、これが通常の病ではなく、呪いであることの証左です。お願いでございます、わたくしに今一度、破魔の弓をお貸しくださいませ」

「なにを言っている。また弓を引くつもりか⁉」

「当たり前でございます。破魔の弓で、病魔を祓うのです」

玲琳にとって、絹秀とは伯母であると同時に、この雛宮において母とも慕う存在なのだ。

黄家の女らしく、常に泰然とし、低い声で闊達に笑い、目を細めて子どもたちを可愛がる絹秀のことを、玲琳は大層慕っていたし、そんな彼女を失うだなんて、想像もしたくなかった。

「皇后陛下に万一のことがあっては、わたくしは生きた心地もいたしません。後生でございます。破魔の弓を」

「だめだ」

だが、尭明の返答は取り付く島もなかった。

「おまえは、休んでいろ」

その視線は、痛々しく布の巻かれた掌を掠めていたが、頭に血が上った玲琳はそれに気付けない。

「なぜでございます！」

彼女は珍しく、感情を露にして叫んだ。

「呪いなどないとお思いですか⁉　わたくしも正直、呪いや迷信の類は信じておりませんでしたが、今は違います。この世に呪いはあるし、奇跡も起こるのです。わたくしにも、奇跡を起こす力をお分けくださいませ」

おそらくこれまでの玲琳だったら、尭明にだめだと言われたら、あっさりと引き下がっていたかもしれない。大事な人が呪いに苦しんでも、心を痛めこそすれ、取り乱しはしなかっただろう。

だが、今は違う。母とも慕う相手を失うかもしれないという事実が恐ろしかったし、どんな手でも打たねば気が済まぬほど、心が急いた。呪いを信じたし、奇跡を祈った。感情が、揺れるのだ。まるで炎のように。

けれどそれこそが、生きているということなのだと、彼女は思った。

「お願いでございます」

「何度も言わせるな。破魔の弓は貸せない」

「なぜでございます！　わたくしのことをまだお疑いで？　どうすれば信じていただけるのです！」

詰め寄られて、尭明は咄嗟に口を開く。

だが、

（すでに疑ってなどいないと、言うのか？）

言葉が音を得る寸前に、彼は思いとどまった。

（おまえの誠意をすでに知っていると。ただ傷が心配なだけだと。だが、それでは――）

それではまるで、彼女に心を許しているようではないか。

知らず、拳に力が入る。

心の内側に入れた女は、玲琳だけ。

そんな大切な少女を差し置いてまで、この女の見舞いに出向き、挙げ句、好意を囁くような行為をしかけていた自分が、信じられなかった。それはまさに、玲琳への裏切りではないか。

「――おまえを信用する日など、来ない」

なので尭明は、厳しい声で言い放った。

はっと瞳に傷心の色を浮かべた相手から、視線を逸らす。

「幾度となく甘言を紡ぎ、媚びてきたおまえのことを、一度誠意を見せられたというくらいで、なぜ全面的に信じることができよう」

ただ、と、彼は思った。

目の前の女は確実に、変わりはじめている。まるで、芋虫が蛹を抜け出て、蝶になるくらいに、大きく、鮮やかに。それを見届けたなら、いずれ自分とて、彼女から悪女の汚名を外し、微笑みかけることがあるかもしれない、と。

「分を弁えろ。今のおまえは、神器を扱うに値しない。ただ、母上の病を祓いたいと申し出たことは、覚えておこう。いずれ――」

「ならばもう、結構でございます」

だが、執り成すような言葉は、相手の低い声によって遮られてしまった。

視線を戻せば、目の前の女は、真っすぐにこちらを見つめている。

その射抜くような力強さに、思わず息を呑んだ。

「獣尋の儀でも、中元節の儀でも、今も。わたくしは殿下に、話を聞いてほしい、信じてほしいと、そう申し上げてまいりました。ですが、三度とも、殿下は叶えてくださらなかった。ならばもう、結構でございます」

声は淡々としているのに、言いようのない凄みを帯びている。

彼女は顎を上げると、きっぱりと言い放った。

「もうわたくしは、殿下に許可を願い出ることも、ご相談差し上げることもいたしません。好きにさせていただきます。罰は、ご随意に」

そうして、身ひとつ――水に濡れた布さえそのままで、さっさと蔵を出て行こうとするではないか。

「おい、なにをしに行くつもりだ」

「ご報告はしませんと申し上げました」

伸ばした腕も、ひらりと躱される。

尭明はむっとして、相手の前に回り込もうとした。が、足元の桶を蹴り飛ばしそうなことに気付いて、咄嗟に視線をやる。

そうして――

「…………!?」

水面に一瞬映ったものを見て、大きく目を見開いた。

「待ってください！　どこに行こうっていうんですか、雛女様！」

「殿下。朱 慧月をあのまま行かせてよいのですか」

女官が慌てて追いかけてゆき、辰宇が声を潜めて尋ねてきても、尭明はまだ身動きが取れずにいた。

硬直したまま口も開かぬ尭明に業を煮やしたか、辰宇が口早に告げる。

「ひとまず、あの雛女が暴走して弓を強奪などせぬよう、破魔の弓は鷲官所で厳重に管理します。皇后陛下のご症状は、病である可能性も、もちろん残っております。殿下は、どうぞ皇太子として、各署へのご指示を」

「……ああ」

皇太子が短く頷いたのを見届けて、辰宇はその場を走り去ってゆく。

それを見送りもせず、尭明はその場に、立ち尽くした。

(早く、動かねば)

各宮への通達に、黄麒宮の封鎖。医官の招集に、原因究明部隊の選抜。不安をあおる噂が民に流れぬよう、風評への対策も。彼がすべき仕事が、波打つように頭に押し寄せる。剛毅な母が病床に臥したことによる動揺もまた、大きかった。後宮の長にして国家の母、黄 絹秀は、いつだって大地のごとく揺るぎないと疑わなかったのに、そんな彼女が、起き上がれもしないなど。

全身に焦燥が広がり、衝動のままに駆け出したくなる。

一方では、たった今目にした光景、そこから得た閃きが、体の中心で重苦しく渦を巻き、彼の足をその場に縫い留めた。

(……今)

朱 慧月が桶の横を通り過ぎていった、その瞬間。

真実を映すという紫龍泉の水面を横切ったのは、黄玲琳の姿だった。

（見間違いか……？）

いや、だが、扉の間から差し込む陽光のおかげで、水面にはくっきりと像が結んでいた。そして、日々愛でてきたあの繊細な美貌を、一瞬とはいえ尭明が見間違えるはずもない。

では、もしや。

——お願いでございます。少しの間でいい、わたくしの話をお聞きくださいませ。

不意に、獣尋の儀のときのやり取りが蘇った。

刑を前に命乞いをするでもなく、背筋を伸ばしてそう訴え出た彼女。

——名君との呼び声高く、優しきお従兄様なら……。

玲琳しか使わぬはずの呼称を、いとも自然に口に出していた、彼女。

獣を前にしてもたじろがず、凛と前を向いていた立ち姿。女官に襲われても、口調ひとつ乱さず、おっとりとしていた。そう、小首を傾げて頬に手を当てる、あの仕草。

蝶のように軽やかだった舞。肌が破れても弓を引き続ける芯の強さ。なにより、媚びも怯えも含ませず、真っすぐにこちらを射抜く、あの瞳。

（いつからだ……？）

どくりと、鼓動が跳ねる。

無意識に口元を覆った片手が、震えていた。

——この世に呪いはあるし、奇跡も起こるのです。

（いつから、入れ替わった……!?）

入れ替わった。そうとしか思えなかった。だって、あの乞巧節の夜を境に、黄 玲琳の顔をした女は急に尭明にしなだれかかり、大げさに涙し、病身のつらさを声高に訴えるようになったのだから。

そして、朱 慧月の体に、玲琳の魂が収まっていたのだとして。

（俺は彼女に、なんと言った……!?）

尭明は、全身から血の気が引くような心地を覚えた。

自分は彼女に、なにをしたか。

牢に追いやり、獣と同じ檻に入れ、悪女と罵ったのだ。

不遇を託つ彼女に手も差し伸べず、女官に襲われても、彼女が「問題ない」と言い張ればそれを放置した。華麗な舞を見せた彼女にろくな褒賞も授けず、無理を重ねた結果、体を傷付け倒れた相手にすら、今、再び、信用できぬと言い放った。

なにより、その正体を、見抜けなかった。

──わたくしは殿下に、話を聞いてほしい、信じてほしいと、そう申し上げてまいりました。

時折、奇妙に口をはくはくと動かしていた姿を思い出す。もしやあれは、口封じの術かなにかを掛けられていたのではないか。そんな術があるのかとも思うが、体が入れ替わるほどのことが実際に起きるのだから、なんら不思議ではない。

──ですが、三度とも、殿下は叶えてくださらなかった。ならばもう、結構でございます。

冷ややかと言っていい声が、心臓に氷の刃のように突き刺さる。

（俺は……）

愛らしく、清らかで、相手を切望する心を尭明に初めて教えてくれた、大切な少女。

人を責めることなど思いつきもしない彼女だからこそ、尭明が自身に課した公正の旨を措いてでも、あらゆる敵意を取り除き、守りたいと願った。

だというのに、結果、自分が一番、彼女を傷付けていたなど――。

「…………っ」

心臓が握りつぶされたような感覚すら抱き、尭明は青褪めた顔で扉を振り返った。

「待ってくれ……」

いつも快活で、堂々たる態度を誇ると言われる皇太子が、この時ばかりは、唇を震わせる。

彼は、勢いよく駆け出した。

「待ってくれ――玲琳！」

桶を蹴飛ばすようにしながら、扉を抜け、吼える。

だが、彼女――尭明が愛した胡蝶の姿はすでになく、そこには、端然と整えられた、楽園のような梨園が広がるだけだ。

真昼を過ぎ、ほんのわずか傾きだした陽光が、焦がさんばかりに草木を照らす。

長い一日はまだまだ終わらないと、そう告げているかのようだった。

5. 玲琳、乗り込む

さて、黄麒宮である。

日頃は悠々と開かれている門も、今はぴたりと扉が閉ざされ、その上部には榊の葉と、「封」と朱で書かれた紙が掲げられている。これは、この宮内に穢れや病が存在するため、外に門を開けないという意味だ。

息を乱して走ってきた玲琳は、朱文字を見つめて唇を引き結んだ。

これが「忌」の文字に変わる前に、行動を起こさなくてはならない。

「ちょ、……っと、待って、くださいよ……！」

玲琳が一歩足を踏み出したそのとき、背後から途切れがちな声が掛かった。

肩で息をしている莉莉である。

「なんで、あんた、そんな、足、速いんです……!?　朱慧月は、歩くのすら、鈍重だったのに！」

「腕の振り方と足裏の付け方にこつがあるのです」

玲琳は乱れた髪をさっととまとめると、莉莉を振り返った。

「ちょうどいいところに来てくれました。莉莉。大変申し訳ないのですが、ここに屈んでくれます？」

「いやです！　絶対ろくでもないこと考えてるでしょ！」

「ろくなことです。塀をちょっぴり越えたいだけです」

「そういうのがろくでもないことって言うんだよ！　不法侵入だぞ!?」

莉莉がつい口調を乱すと、玲琳は緩く首を振った。

「いいえ。だって、ここはもともと――」

わたくしの場所ですもの、と、続けようとした言葉は、しかし、はくはくと吐息となって消える。

玲琳は眉を寄せると、

「かの方に、一刻も早くお会いしなくては」

と呟いた。

「かの方って……、朱慧月って、ことですよね。会って……どうするんです？」

莉莉がごくりと喉を鳴らすと、玲琳は振り返り、にこりと微笑んだ。

「わたくしが今のわたくしでなくなっても、莉莉。また、会いに行ってよいですか？」

「いやです……！」

莉莉は咄嗟に、叫んでしまった。

「あたし……あんたに主人でいてほしい。あんたに……このまま、戻らないでいてほしい！」

感情のままに言い放ってしまってから、彼女ははっと口を押さえた。いつものように、生意気な軽口でごまかそうとして――しかし、思い直して、目の前の雛女を見つめる。

「あんたは……あたしにとって、初めての主人なんです」

猫のような大きな瞳は、わずかに、潤んでしまった。

「初めてなんです。敵わないって思ったのも、すごいって思ったのも。ほっておけないって……心から、自分の意志で、この人に仕えたいって思う相手に、出会ったのも」

「莉莉……」

「『朱 慧月』にとってなら、あたしは唯一の女官でしょ？　あの蔵で、二人でわいわいやって、過ごせるでしょ？　でも、あんたが『黄 玲琳』に戻ってしまったら……黄麒宮には、あたしくらいの女官は、いくらでもいる。ううん、それ以前に、朱家のあたしは、あの女のとばっちりで、一家まるごと殺されちゃうかもしれない」

きゅっと眉根を寄せれば、朱 慧月の顔をした女――玲琳は、きっぱりと告げた。

「そんなことは、させません。絶対に」

そのあまりの力強さに、莉莉が思わず顔を上げる。

玲琳は意を迎えるように、薄く微笑んだ。

「舐めてもらっては困ります。黄家の情はね、それはもう、重ーいのでございます」

「……はい？」

話が読めず、困惑を露（あらわ）にした莉莉の前に、玲琳は膝をついた。

「考えてもみてください。冬雪（とうせつ）に殿下……わたくしに情を持ってくださったばかりに、ちょっぴり迷惑なほど攻撃的になったあの二人は、どちらも黄家の血を引いています。そしてわたくしも、莉莉になにかがあれば、それはもう粘着質に怒り狂う予感を抱いております。つまり、黄家の血というのは、内側に入れた者のためならば、なんとしても戦う血なのですわ」

ふふ、と軽やかに笑われて、莉莉は反応に悩んだ。

筆頭女官も皇太子も、どちらかといえば玄家の血が強いのではないかと思ったが、たしかに黄家の血も引いている。なにより、実際、義憤に駆られた中元節の儀での玲琳には、なんとも言えない迫力があった。

「そ……う、かも、しれませんね……？」

「そして、あなたはもう、わたくしの内側の人間なのです、莉莉」

優しく告げられた言葉に、息を呑む。玲琳は跪いたまま、言い聞かせるように続けた。

「この縁をここで断ち切ったりなんてしませんし、あなたを処刑なんて絶対させません。わたくしは、わたくしの内側に入れた人間を、なんとしても、なにからも、守ってみせます。あなたも、冬雪も、皇后陛下も」

それから彼女は、ふふっと悪戯っぽく目を細めた。

「……あと、もうお一方も」

ちら、と視線を向けた塀の向こうには、おそらく黄 玲琳――いや、朱 慧月が立てこもっている室がある。

莉莉は嘆息し、呟いた。

「あんた、お人よしが過ぎますよ。それか、人を見る目が全然ない」

「莉莉。あなたやっぱり、遠慮がなくなりすぎではありませんか……？」

玲琳は悲しげに漏らしたが、次の瞬間には、目を見開いた。

莉莉が短く溜息を落とし、塀の近くに屈みこんだからである。

「まったく。あんたになら跪いてもいいって、そりゃ思いましたけど、まさか塀越えのために跪くことになるなんて、さすがに想定外ですよ」

ぼやきながらも、しっかりと膝と肘をついて四つん這いとなった姿勢に、躊躇いはない。

ほら、と、視線で促され、玲琳は花が綻ぶような笑みを見せた。

「ありがとうございます、莉莉」

「あたしの背骨、折らないでくださいよ」

「最善を尽くします」

玲琳は目で距離を測り、数歩後ろに下がった。

「一、二、三で踏みますから、堪えてくださいませね」

「はい」

「それと――藤黄色の衣に、ご興味はありますか？」

莉莉は砂利の散った大地を見つめたまま、小さく笑った。

「もちろん……」

笑ってみせたが、その後に小さく鼻をすすってしまったので、台無しだった。

「あるに、決まってるじゃないですか」

「では、それをお土産に、あなたに会いにまいりますね」

莉莉が涙をこらえるように、ぐっと唇を引き結ぶ。

玲琳は「一、二」と呟きながら、地面を蹴った。

「――三！」

と、と爪先で莉莉の背を弾き、軽やかに跳躍する。

まるで宙を舞う蝶のように、彼女は難なく、塀の向こうへと身を翻した。

一拍遅れて、たんっと、小気味よく着地する音が聞こえる。

「ありがとうございます、莉莉。どうか、あなたは蔵で休んでいてくださいね。必ず、会いにまいりますから！」

そしてすぐに、彼女は走り出したようだった。

黄麒宮の、かつての自室に。

朱 慧月と会って――おそらくは、己の体を取り戻すために。

足音が完全に消えるまで、じっと耳を澄ませていた莉莉は、やがて立ち上がり、呟いた。

「どうか……なにもかも、うまくいきますように」

こんなに真剣になにかを祈ったのは、初めてかもしれない。

黄麒宮から離れがたくて、無言で塀を見上げながらその場に留まる。塀の先に広がる空は、目に痛いほど青くて、黄麒宮から漂う張り詰めた空気と合わさって、ひどく不穏に見えた。

黄家の人間でない莉莉でさえ、心がざわつく。

後宮で、今、大変なことが起ころうとしている——その事実が、まるで手で触れられるほどずっしりと、横たわっている気がした。

(いや……、ここにいても仕方がない。黄麒宮には、あたしにできることなんてないんだ。それなら蔵に戻って、なにかがあったときに、朱駒宮側の人間として動けるようでなきゃ)

どれくらいそうしていただろうか。

少しだけ戻ってきた冷静さをつかみ取るように、莉莉はぐっと拳を握る。

黄麒宮を去ろうとしたが、ちょうどそのとき、玉砂利を蹴散らすようにして、勢いよくこちらへ駆けてくる人影を認め、莉莉は咄嗟に、塀のところどころに設けられている灯り台の陰に身を隠した。

そうっと首だけを巡らせ、相手の正体を理解して目を見開く。

門へと駆け寄り、必死に戸を叩きはじめたのは、尭明であった。

「開門せよ!」

「殿下! どうかおやめください。すでに黄麒宮には忌札が掛けられております。万が一御身に、病の気が移るようなことがあってはなりません。どうか、本宮へとお戻りを——」

「皇后陛下は俺の母だ。病身の母を息子が見舞うことの、なにが悪い!」

おろおろと側仕えの宦官たちが諫めるが、尭明は聞き入れない。

「で、ですが……そう、殿下は絹秀様のご令息である以上に、皇太子でいらっしゃるのです。病人を見舞うよりも、皇太子殿下としてのご本分を果たしていただくほうが、天もよほど……」

「すでにそれは済ませた。各宮への通達も、医官の招集も、一連の病を追跡する者たちの指名も、緘口令の準備もだ。それでもまだ足りないか？　おまえたちは、これ以上、俺に皇太子たることを望むと？」

言い募った宦官を遮る尭明の声は、血を吐くかのようだった。

「すぐに駆けつけることはおろか、たった一目、大切な者に会いに行くことすら、許されないと？」

「殿下……」

「おまえたちは下がっていろ。皇太子としてではなく、非公式に、ほんの一瞬、様子を確かめに来ただけだ。今この宮の中には、母上と、そしておそらく——」

尭明はふいに言葉を切ると、切羽詰まった様子で再び扉を叩いた。

「開けてくれ。今すぐにだ！」

声には、哀願の響きさえある。

莉莉は、彼がこの場まで追いかけて来たこと以上に、その叫びの内容を聞いて、息を呑んだ。

「ここに向かったのだろう⁉　くそ……っ、待ってくれ……話を聞かせてくれ、玲琳！」

彼は、「黄麒宮の中にいる雛女」ではなく、「今、黄麒宮に向かった雛女」に対して、玲琳と呼びかけたのである。

どくり、と鼓動が跳ねる。

（嘘……）

莉莉は冷や汗を浮かべて、胸を押さえる。

（もう、いや、とうとう、入れ替わりが、知られてしまった……⁉）

玲琳本人の言葉からも、そして尭明の行動からも。

この夢のような日々がもうすぐ終わるのだと、容赦なく突きつけられたかのようだ。

「…………」

莉莉はきつく唇を噛み締める。やがて、意識的に息を吐き出し、心を定めた。

いくら実の息子とはいえ、皇太子の身分にある尭明を、病の続く黄麒宮が出迎えるとは思えない。

そうなれば、尭明が朱駒宮の蔵に引き返すこともあるだろう。そのときに、事態をごまかせる人間は、きっといたほうがいい。

莉莉は強く拳を握ると、そっと黄麒宮を離れた。

＊＊＊

久々に足を踏み入れた黄麒宮には、陰鬱な空気が立ち込めていた。

廊下は静まり返り、せっかく整えられた梨園(にわ)の樹々も、委縮したように佇んでいる。

(まずは、皇后陛下のご様子を確かめねば)

慧月と話し合って入れ替わりを解消し、玲琳の体で破魔の弓を引けばいいというのが、当初の考えだったが、慧月の体に収まったままでも、診察や処方はできる。ひとまず様子を見て、薬湯を手配し、それで凌(しの)いでもらっている間に慧月と話そうと思い直した。

途中で女官に会ったら張り倒してでも、強引に絹秀の室に押し入ってしまおうと決めていた玲琳であったが、結局、誰一人ともすれ違わず、最奥部分までやって来てしまう。

(女官たちは、なにをしているのです?)

眉を寄せたが、絹秀の寝室が近付いてきた頃、やっと状況を把握できた。

「陛下! 陛下、どうぞお気をたしかに!」

「誰か、盥(たらい)を!」

「風で煽(あお)ぐのです」

「いえ、足を温めるのですわ」

黄麒宮の女官たちは、この室に黒山の人だかりとなって、右往左往していたのである。

見れば、慌てているのは主に、絹秀付きの年かさの女官たち。普段剛健で、風邪ひとつ引かない絹秀が、突如として重篤な症状を呈したことに動揺しているらしい。ろくな動きができていない。

それを、冬雪以下、駆り出されたらしい玲琳付きの女官たちが必死に諌めているが——なにしろ彼女たちは看病に慣れている——、とにかく人数が多すぎて、喧噪のひとつにしかなっていなかった。

通常なら、絹秀の一声でそうした動揺など薙ぎ払ってしまう。だが、肝心の彼女が、先ほどから寝床で呻いているため、事態は一向に収束を見せないようであった。

「落ち着きなさいませ。大地を司る黄麒宮の者が、そのように浮ついてはなりません」

見かねた玲琳が、無礼を承知で割って入ると、女官たちは一斉に振り向き、ざわめいた。

「朱 慧月様……!?」

「他家の雛女が、なぜ黄麒宮に?」

「『封』の忌札は貼ったのでしょうね」

素早く囁き合う彼女たちは、強い緊張からか、苛立っているようだ。まるで水に墨を落としたかのようにさっと警戒が広がり、それが敵意と転じてこちらに向くのが、まざまざと感じ取れるかのようだった。

「朱 慧月様。なぜこの場に？ 他家の領分を冒した廉で、鷲官に突き出しますよ」

「お待ちください、皆さま」

だがそれを、低めの声が遮る。

「そのようなことがあってはなりませぬ。そのお方は――」

声の持ち主は、冬雪だった。

朱 慧月の体の中に、大切な主人が収まっていると理解している彼女は、まるで縋るような目つきでこちらを見た。

玲琳が視線で、「入れ替わりについては言及してくれるな」と訴えると、冬雪は軽く唇を噛み、言葉を選ぶ。

「大切な、雛女君なのですから。この方の献身は、一昨夜の破魔の弓でも明らかなこと。今この場にも、陛下の急を知って、堪らず駆けつけてくださったのでしょう」

強引な説明だが、冬雪の淡々とした低い声で言われると、それらしく聞こえる。

女官たちが一瞬「そういうものだろうか」と気勢が削がれたその機を逃さず、玲琳は声を張った。

「さあ、皆さま。この室は人数が多すぎます。それに、空気が籠もりすぎています」

つかつかと室を突っ切り、下ろされた蔀に手を掛ける。

それを半開にして風を入れると、彼女はくるりと振り返った。

「臥せっている床のそばで騒がれても、陛下がお休みになれないでしょう。藤黄より下位の女官は、一度おさがりなさいませ。看病の代わりに、宮中の換気と、消毒をお願いいたします。立て続けに病人が出たのですもの、伝染病を疑い、内心で不安に思っている女官も多いはず。自身の心を立て直すためにも、過剰なほどの換気と消毒が行われるべきです」

玲琳はこれが呪いだと知っているが、それでも万一の可能性を考えて、換気と消毒は欠かせない。実際、不安に思っていた者もいたのか、きっぱり指示すると、隅に控えていた女官たちがほっと胸を撫でおろすのが見えた。

「皇后陛下のご様子はいかがです？　薬師殿のお見立ては？」

おずおずと室を退きはじめた女官たちを横目に、玲琳は、衝立の向こうの皇后の寝台へと近付く。

絹秀本人はきつく目を閉じ、呻くばかりで、すでに意識も朦朧としているようだった。

「薬師殿は、このように高い、しかも急激な熱は見たことがないと、早々に匙を投げてしまいました。ご覧の通り、ひどい熱で、薬どころか水も飲めない状態です。ときどきえずかれるので、嘔吐を和らげるのが精いっぱいで。呼吸も乱れておいでです」

「まずは症状を緩めるのが先決ですね。嘔吐物を詰まらせぬよう、体を横向きに。嘔吐は体力の持つ限りさせてしまってください。呼気は……音がよくないですね。薬で空気の道を広げてあげたほうがよいでしょう」

「ですが、粉薬など飲めぬご様子で」

「経皮で効くものがあります。厨の氷室に置かせてもらっている、五十三番の軟膏を、胸と背に塗ってください」

冬雪の説明に、玲琳はてきぱきと指示を飛ばしてゆく。

「熱は、あまりに高いと体力を奪います。外部からも適度に下げねば。当て布がぬるくなっていますよ。取り換えて差し上げてください」

「はい」

「嘔吐があまりに続くようなら、脱水症状の対策を講じなければ。塩と砂糖を混ぜた水を綿に浸して、少しずつ口を湿らせてください。ほかの藤黄たちには、あなたが分担を指示してくださいますか」

「はい……ですが、わたくしはあくまで、玲琳様付きの女官でございます。皇后陛下のお体に直接触れるような内容を、わたくしが指図したところで、従っていただけるものかどうか」

雛女とは雛宮においては最上の主人でも、妃たちの宮においては、あくまで被後見人の身分でしかないのである。越権を懸念する有能な女官に、玲琳は勇気づけるように微笑んだ。

「大丈夫。責任云々については、必ずわたくしが、あとでなんとかしますから。あなたの主人の名前を盛大に使って、やっておしまいなさいませ。あなたのその迫力なら、必ずできます」

堂々と言ってのけると、冬雪は感じ入ったように黙り込む。

それから、ぽつりと、こう呟いた。

「雛女様」

「なんでしょう」

「あなた様が戻ってきてくださって……本当によかった」

押し殺したような声だった。

見れば、冬雪の切れ長の瞳の下には、濃い隈が浮かんでいる。一昨日の夜から、主人の正体が異なる人物だったという真相を突きつけられ、玲琳のために夜を徹して奔走し、しかもこの明け方からは皇后の看病にまで巻き込まれているのである。疲労は極限まで達しているのだろう。

本来なら、黄麒宮二番目の地位にある「黄 玲琳」が指揮を執るべき場面だったろうに、中にいる慧月は自室に閉じこもり、しかも実際に病み上がりの身でもあるので、頼ることもできない。

玲琳は苦い笑みを浮かべて、乱れた冬雪の髪を耳にかけてやった。

「不便をおかけしましたね。ごめんなさい、冬雪」

本当に、と胸の内で思う。

自分はなんて、傲慢で、独りよがりの人間だったのだろう、と。

(わたくしは、こんなにも多くの人から、頼られ、求められていたのですね)

体を入れ替えられてしまっても、さして焦らず、それどころか呑気に健康な体を喜べてしまったのは、自身がこれほど他者と関わっていると、気付いていなかったからだ。

だから、少し罵られたのを言い訳に、黄麒宮にも近付かず、皇后に訴え出る努力もしなかった。その時が来たら、なるようになるだろうと、ゆったり構えていたのだ。

実際には、周囲はこれほど自分のために気を揉むことになったし、自分の不在によって、これほど動揺する羽目になったというのに。

(夢のようだった入れ替わり生活は、もうおしまい)

玲琳は一度だけ目を閉じて、心の中でそう唱えた。

慧月の意向を優先する、というのを口実に、入れ替わり解消を彼女任せにしてしまうのは、もうやめるときだ。彼女が泣き叫んでも、たとえ相手の胸倉を掴み上げてでも、体を戻す。そして彼女ごと、この事態をすべて丸く収めてみせる。

玲琳は最後に、呻く皇后の耳元にそっと顔を寄せた。

「皇后陛下。わたくしの声が聞こえますか」

「うぅ……、あ……」

高熱があるというのに、絹秀の顔は青白い。ひどくうなされ、呼びかけに答えることもできないようだった。

常に泰然とし、揺るぎない、母とも慕う皇后。そんな彼女の弱った姿を、玲琳は初めて見た。

「……必ず、お助けいたします。わたくしの、なにを懸けてでも」

心が、ざわめく。蠱毒を操ったという朱貴妃を思うと、息苦しくなるほどであった。

「――……」

玲琳が強く唇を噛み締めたそのとき、絹秀がふと、薄く目を開いた。

意識が完全に戻ったわけではないのだろう。よろりとした素振りで、なにかを探すように、腕をさまよわせる。玲琳は咄嗟に、その手を両手で包み込んだ。

「陛下！　陛下。聞こえますか？」

「…………」

返事は、なかった。

ただ、一度だけ、強く手を握り返された。

鍛錬を愛する女にふさわしい、強い力。まるで、励ますような。共闘を誓うような。

（大丈夫……）

目に、思わず涙が滲む。

玲琳はそれを、瞬きすることで慌てて散らした。

やはり、朱　慧月の体に収まっているからなのだろうか。入れ替わってからどうも、感情の起伏が激しい。

（大丈夫。大丈夫。絶対に、大丈夫）

ぎゅ、と握り返してから、ひとつ息を吐き出して、玲琳はそっと手を離した。

今は、感傷に浸っている場合などではない。

「皇后陛下は、忍耐強く病魔と闘っておいでです。どうか藤黄の皆様も、陛下を信じ、それぞれの本分を果たしますよう。冬雪――雛女付き筆頭女官殿。看病にあたり気を付けるべき点を伝えます。部外者のわたくしは立ち去りますので、あとは、あなたがよく取り計らうように」

「は」

玲琳は冬雪に看病時の注意点をいくつか告げると、素早く踵（きびす）を返した。いよいよ、自室――慧月の立てこもる室へと向かうのだ。

「あの、冬雪様……」

颯爽とした背中、そして数分前とは打って変わり、士気をみなぎらせはじめた冬雪の姿を見て、残された女官たちは、恐る恐る尋ねた。

「あの方は、いったい誰なのでございましょう」

問いには、驚きや感嘆よりも、「もしや」という、恐れのような色が含まれていた。

まるで気心の知れた女官に対するような態度で、冬雪に接した「朱 慧月」。

勝手知ったる態度で蔀を開け、指示を飛ばし、黄麒宮の住人にしか知りえぬ軟膏の場所まで把握していた彼女。

「もしや……」

「今は、皇后陛下のことです」

強張った表情で身を乗り出す同僚を、冬雪は低く遮った。

彼女とて、大切な主人がこれまでに遭った不遇については、声を大にして訴えたい。だが、当の本人が、それをしてくれるなと言うのだ。

冬雪にできるのは、玲琳の望むまま、皇后絹秀を全力で支えることだけだった。

＊＊＊

さてなんと声を掛けていいものかと悩んだのは、自室の扉の前までやって来たときだった。

「慧月様」だとか、「玲琳でございます」とは、どうも喉が音を紡いでくれない。いまだ口封じの術が続いているのを不便に感じつつ、玲琳はわずかに悩んだ末、「雛女様」と扉越しに呼び掛けた。

「わたくしでございます。扉をお開けくださいませ。黄麒宮の状況はもうご存じでいらっしゃいますでしょう？　至急、お話し合いがしたいのです」

幸い、女官たちは皆、絹秀の室のほうへと集まっていたので、周囲に人気はない。

少々声を張って告げれば、扉の向こうでたちまち物音がした。

「――あなたなの？　ほかには誰かいて？」

「いいえ。わたくしひとりでございます」

きっぱり申告すると、わずかな間のあと、そろりと扉が開く。

そこにいたのは、すっかりやつれきった黄 玲琳――いや、朱 慧月だった。

玲琳と慧月は、乞巧節(たなばた)の儀から九日ぶりに、直接互いと向かい合った。

（いいえ。それとも、考えてみれば、こうして慧月様と正面から視線を交わすのは、これが初めてでしょうか）

不思議なもので、自分の姿をしているというのに、中に納まる魂が異なるだけで、鏡を見ているような感じはしない。自信なさげに揺れる瞳や、緊張を抑えて戸口を握る白い指先などを見るにつけ、今の自分は、朱 慧月と向き合っているのだという奇妙な実感があった。

おそらくそれは、相手も同様だったのだろう。

息を呑み、圧倒されたように顎を引くと、慧月はやりとりもなく、玲琳のことを室に引き入れた。

そのまま、なんと切り出したものか悩むような、沈黙が続く。

先に口を開いたのは、やはり玲琳のほうだった。

「挨拶や前置きに時間を割いている状況ではございません。単刀直入に申し上げます」

「え……ええ」

「入れ替わりを、今、解消してくださいませ」

怯んだように唇を噛む慧月に、玲琳は言い募った。

「なにを躊躇う理由がございましょう。すでに冬雪が知った。莉莉も知った。鷲官長も何事か不審に思いはじめているご様子。殿下は先ほどごまかしましたが、それもいつまでもつかわかりません。この入れ替わりは、すでに綻んでいるのでございます」

「…………」

「それでも穏便に、慧月様の望む限り時間をかけて、とも先ほどまでは思っていましたが、状況が変わりました。皇后陛下が蟲毒でお倒れになったのです。わたくしは、『黄 玲琳』に急ぎ戻って、それを救わねば」

やはり、慧月との会話ならば、自身の名も相手の名も口にできる。それとも、慧月と同じ空間にいたらということなのだろうか。頭の片隅で、道術の不思議を再確認していた玲琳だったが、慧月はそんなことよりも、もたらされた情報に大きく動揺したようだった。

「皇后陛下が？　蟲毒で、お倒れに？」

「女官たちは、扉越しに報告するくらいはしなかったのですか？　昨日からお苦しみで……この室に女官たちが寄らなくなったのは、そちらの世話にかかりきりだったからでございます。もちろん、冬雪が人払いをしていたからというのもあるでしょうけれど。黄麒宮の最奥は大騒ぎでございます」

「寝台で布団にくるまっていたから、知らなかったわ……」

　慧月は呆然としたまま、呟いた。

「ではやはり……貴妃様の目的は、そういうことだったのね」

　それで玲琳は、慧月と自分が同じ結論に至っているのだということを理解した。

「ええ。本当ならわたくしを殺してから、次の標的に、ということだったのかもしれませんが、破魔の弓で『黄 玲琳』から呪を撥ね除けてしまったがために、早々に陛下の身へと移ったのかもしれません。その仮説は、道術的にありえますか？」

「そうね。きっと貴妃様の術は、『黄麒宮の高貴な女』、というくらいまでしか限定できていないのでしょう。呪いとは基本的に弱った獲物から襲うもの。だからこそ、蠱毒は真っ先にあなた——というかわたくしの下に送られてきたし、撥ね返されるや、次の獲物に向かったのだわ」

　日頃はあまり理知的でなく、冴えない印象の朱 慧月だが、道術を語らせればずいぶんと頼もしい。

　玲琳は頷くと、身を乗り出した。

「なのでわたくしは、今一度破魔の弓を引いて、その呪いを祓いたいのです。ですが、殿下は、わたくし……と言いますか、これまでの『朱 慧月』を信用できないと仰り、弓を貸してくださらない。なので、今すぐ黄 玲琳に戻りたいのでございます。そうすれば、少なくとも陛下の姪として、弓も快く貸していただけるでしょうから」

熱心に告げる玲琳を、慧月は見つめ返す。そうして、その掌に、濡れた布が巻き付けられているのを認めて目を見開いた。布はところどころ血で染まっている。

「あなた……なんなの、その血は！」

「え？　ああ、少しばかり、弓を引きすぎたようで……。慧月様の体を傷付けてしまって申し訳ございません。でもなんというか、その、擦り傷のようなものですわ」

「ただの擦り傷でそんなに流血はしないわよ！」

「えっ、そうでしょうか……？　ですが、支障なく日常生活を送れますし、皆さまが、少々過剰に反応しすぎのような気もするのですが」

困惑したように小首を傾げる玲琳を前に、慧月はふと思った。

悪女に破魔の弓は貸せないと言い放ったという尭明。だが本当は、この傷のことを、単純に心配しただけなのではなかろうか。

（でも、殿下が、「朱 慧月」のことを心配……？　そんなことって、ありえるかしら）

尭明の「黄 玲琳」への入れ込みぶりを見ていると、ほかの雛女を案じることなどないようにも思うし、いや、だからこそ、その魂の片鱗を感じ取って、「朱 慧月」にすら惹かれるということはありえる気もする。

いずれにせよ、この状態でさらに弓を引こうとする玲琳の根性ぶりに、慧月は顔を引き攣らせた。

「わざわざあなたが引く必要はないではないの。そんなの武官か宦官にやらせればいいでしょう。たしか神器は玄家の管轄だし、鷲官長も玄家の血筋。彼あたりに引いてもらったほうが、よほど弦音も冴えるのではなくて？　べつに、あなたじゃなきゃ引けないというわけじゃないのだから」

けれどこういうところが、魂の清らかさの差なのだろうかと、自己嫌悪を覚えつつ吐き捨てると、玲琳は衝撃を受けたような表情で、

「慧月様……」

と呟いた。

「なによ。どうせ怠慢な発想よ、悪かったわね――」

「その通りですね。まったく気付きませんでした」

呆然とした様子でそう漏らすので、慧月は思わず、「は？」と声を上げてしまった。

「わたくし、なにやらこう、自分がなんとかせねばと強く思い込んでいて……。居ても立ってもいられないと言いますか、とにかく、全部わたくしが解決してみせると意気込んでいて……」

玲琳は頬を両手で挟み、みるみる意気消沈してゆく。

「わたくし、そんな思い込みのもと、殿下に啖呵を切ってしまったのですね……莉莉にも格好をつけて……塀越え……踏みつけ……こ、これがいわゆる、空回りというものですか……？　過剰に体力があるというのは、なんと恐ろしい……」

呟く中に、ちらほらと不穏な言葉が交ざっているのが気になったが、それ以上に、急にがくりと落ち込みはじめた相手に、慧月は動揺してしまった。

「な、なによ、急に」

「申し訳ございません、慧月様。漲る体力と感情に突き動かされ、まったく頓珍漢な行動を取っていた自身を振り返り、人生最大規模の羞恥心で身動きが取れずにいるところでございます……」

「あなた、変なところでびっくりするほど打たれ弱いわね⁉」

思わず叫ぶと、玲琳が「うぅ」といよいよ目を潤ませはじめたので、慧月はばつの悪さを覚えて、ふいと視線を逸らした。

「だいたい、対処の仕方が生ぬるいのよ。呪われたから、呪いを散らすために弓を引きますって、なに？　そんなの、蚊が飛んでいるのに潰しもせず、手で一時的に追い払うのと一緒じゃない。結局、なんの解決にもなっていないわ」

「そう……そうですよね……」

「しょせんあなたは、虫も殺せぬお雛女様ってことね。呪われたなら、呪い返さなきゃ」

「慧月様も相当臆病な方とお見受けするのですが、変なところでびっくりするほど逞しいですね」

玲琳は驚きのままに突っ込み、それから、おずおずと付け加えた。

「呪い返すだなんて……この場合、朱貴妃様を呪え、と言っていることになるのですよ」

「……呪いというのは、そういうものよ」

慧月は一瞬の沈黙の後、肩を竦めた。

おそらく、自分が身を浸してきたのは、そういう世界だったのだ。

憎んで、憎まれる。傷付け、傷付けられる。負の感情は、そうやって反復を繰り返しながら、増幅していく。呪った者は、呪われる。

けれど玲琳は、その輪に加わらなかった。彼女は慧月がどれだけ憎んでみせても、穏やかに微笑んで受け止めるばかりだった。だから今、慧月の感情は行き場を失って、途方に暮れているのだ。

あの黄 玲琳と、穏やかに会話をしている。そんな状況が不思議で、かつ、妙に尻の据わりが悪くて、慧月は特に話したいわけでもなかった蠱毒の話題を続けた。

「とはいえ、毒をもって毒を制すならば、まず蠱毒を作るための虫の採集から始めなくてはならないのだけど。蠱毒が成るのを待っている内に、数日かかってしまうわね。結局、呪い返しなんて言っても、そう簡単には――」

「…………!」

だが、慧月が自嘲気味に実現不可能性を説明していると、なぜだか玲琳は、俯かせていた顔をぱっと持ち上げる。

「……『あんた、蠱毒でも作るのかよ』……」

「は？」

まったく不似合いな、まるで下町の娘が操るような口調で、ぽつんと呟く。

聞き取りそびれた慧月が眉を寄せると、彼女はぐいと、胸倉を掴みそうな勢いで顔を寄せた。

「共食いを生き残った虫さんがあれば、即座に呪いは返せるのですか？」

「え……？　ええ。でも、貴妃様の蠱毒は蜘蛛のようだったから、蜘蛛を捕食できるような大型の虫でなくてはならないけれど」

「蜘蛛さんを捕食できる、虫さん……」

勢いに圧されながら、慧月がおずおずと言い添えると、玲琳はきらりと目を輝かせはじめた。

「慧月様！」

「なによ」

「参りましょう！」

挙げ句、慧月の腕をがっと掴み、勢いよく扉に突進しはじめたのである。

慧月は目を白黒させた。

「な、なんなの!?」

「ご説明は道々差し上げます！　裏口から突破しますよ。さあ、お急ぎを！」

そうして慧月は、攫われるようにして、立てこもっていた黄麒宮から、無理やりに引き離されたのである――。

6. 玲琳、戦う

玲琳が早々に黄麒宮を抜け出してしまったそのころ、正門では尭明がいまだに扉を叩いていた。

「開門せよ！」

王者らしく張りのある声にも、今は焦燥が色濃く滲む。

整った目元にふと影が差し、怪訝に思って空を見上げた尭明は、そこで静かに息を呑んだ。

先ほどまで目に痛いほどだった青空が、少しずつ暗雲に覆われようとしていた。

「気が、乱れている……」

自身が龍気をまとうからこそ、今この場の気の乱れが、手に取るようにわかった。

怯えている。動揺している。皇后・絹秀――国の母であり、大地を司る黄家の女が、弱々しく命を揺らしていることを、自然が恐れているかのようだった。

（これに、呑まれてはならない）

不安に駆られそうになるところを、踏みとどまる。

心配することと、不安がることは違う。そして、皇太子である自分には、母が危篤になったからといって、狼狽えることは許されないのだ。

(皇太子……)

昏が苦く歪む。

「殿下。ご、ご覧ください。禍々しい暗雲が……！　早く本宮へと戻りましょう。ここは不吉です」

「そうです。殿下は次代の詠国を担う尊い御身。禍いに触れてはなりません」

「後宮はあくまで女の園。皇太子として、本来あるべき場所に、一刻も早くお戻りを。殿下の強い龍気に照らされれば、陛下も、本宮の者どもも、心強く思いましょう」

側仕えたちが口々に言い募る。彼らは、開門せよと言い続ける尭明の姿に困惑しきりで、ずっとこの調子であった。

世継ぎを忌に触れさせてはならない、と固く信じているし、それ以上に、強い陽の気を持つ尭明を、自陣に置いて安心したいのだろう。

真面目に政務をこなし、何についてもすかさず指示を与えてくれて、強い龍気で守護してくれる存在。それが、尭明という名の「皇太子」に求められる役割だ。

(皇太子、皇太子、皇太子)

公平であれ、有能であれ。それは、尭明が自身に課した指針だ。

けれど、それを守る限り、彼は病の身内に会いに行くことも、重大な過ちを犯してしまった相手に、すぐに詫びに行くこともできない。

「殿下、暗雲が――」

「祈禱師を呼べ」

縋るように身を乗り出してきた側仕えに、尭明は低く切り出した。

「祈禱を未の刻に始めるよう、すでに手配してある。それをもう半刻早めさせて、かつ、早めたことを周知しろ。対策が素早く講じられているとわかれば、それだけで宮中の人心は和らぐ」

「は……」

「医官たちには改めて緘口令を徹底せよ。たいてい、薬の出入りから病状が漏れる。各門の門番を、口の堅い者に替えさせろ。門番の目星は、鷲官長にすでに付けさせている。詰所に一覧をもらいに行け。各宮の雛女たちには、中元節の儀の慰労品として上等な絹を贈れ。関心を逸らせるし、刺繡に興じればおのずと宮に籠もる」

「は、はい」

「皇帝陛下にはすでに直接奏上書を送ってある。本宮にはこれ以上、皇后陛下の病状のことは触れ回らなくていい。むしろ、症状が軽微であるかのように振る舞え。俺の見舞いを受け入れられるほどには、余裕があると」

矢継ぎ早に指示を飛ばすと、宦官たちは急いで頷く。

ただし、

「それを吹聴するために、おまえたちは笑みを浮かべて、先に本宮に戻れ」

尭明がそう言い渡すと、彼らは「ですが……」と不安そうな表情を浮かべた。

「四半刻だ」

わずかに目を伏せ、告げる。

「それ以上の時間は、かけない。だから、この場に残らせてくれ」

声に滲む迫力に気おされたのか、宦官たちは顔を見合わせると、すごすごと引き揚げていった。

尭明は今一度、固く閉ざされた門扉を見上げる。

もう声を荒らげることなく、そっと扉に手を触れた。

「……開けてくれ」

この門の向こうに、大切な者がいる。

尊敬すべき母と、愛おしさのなんたるかを教えてくれた女性が。

絹秀も、玲琳も、黄家の女だ。守られることを望まないとは知っている。特に絹秀は、尭明が心配して駆け寄ってみせたところで、「そんな暇があるなら、ほかの者を守るために動け」とでも鼻を鳴らすだろう。

だが、玲琳。

我が胡蝶と思い定めた彼女のことは、やはりどうしても、心配せずにはいられないのだ。

「ここに向かったのだろう、玲琳?」

一度として振り返ることなく、蔵を去っていった後姿を思い出す。玲琳が、たおやかでありながら、芯が強く、時に驚くほど頑固な一面を見せることを、彼は知っていた。儚げに微笑みながら、その実、こちらの肝がつぶれそうなほどの無茶をしでかすことも。

皇后の命を救うためなら、彼女は命だって懸けるのだろう。朱家の雛女の姿のまま黄麒宮に飛び込み、病の気に触れることも厭わず看病をし、敵意を持った朱慧月とだって、躊躇いなく対峙するに違いない。もし皇后を救う手立てが見つかったなら、手の皮が破けようと、昏倒しようと、成し遂げようとする。それがわかっているからこそ、彼は心配で堪(たま)らなかった。

「玲琳。話を、聞かせてくれ……っ」

そして、それ以上に尭明は、彼女になんとしても、詫びたかった。

あの淡々とした声、なにも期待しないと言い放った静かな顔が、何度も脳裏に蘇る。

大切な、大切な存在だった。

欄干から落ちた彼女を見て、初めて朱慧月(おんな)を殺したいと思った。そっと身を預けてきた体温に喜び、初めて見せた涙に心を震わせ、違和感や周囲の諫言(かんげん)から目を逸らしてでも、彼女から憂いを取り除くと誓った。だというのに、自分のその行動こそが、玲琳を傷付けていたなど。

「頼む……！」

きつく握りしめた拳を、最後に一度だけ門扉に押し付ける。

すると、

「何事でございますか。黄麒宮はご覧の通り、病魔を広めぬよう、『封』の忌札を施しております。火急の用でしたら、この場で用件のみお伺いいたします」

初めて、扉の向こうから答えがあった。

厳しい女の声だ。

来客を一存で追い払えるほどの権威を持つ女官。となれば、やって来たのは、藤黄(とうおう)、その中でも筆頭女官の部類であろう。皇后付きの筆頭女官は今頃看病にかかりきりであろうから、相手は、雛女付き筆頭女官の冬雪（とうせつ）であろうと思われた。

　尭明は素早く、扉に向かって身を乗り出した。

「冬雪。冬雪だな。ここに、玲琳は……いや、朱 慧月は来たか」

「…………！」

　門の向こうで、息を呑む気配があった。

　それで尭明は確信する。

　――冬雪は、知っている。

「開門せよ」

「…………」

「黄 冬雪。皇太子の命が聞けぬか。開門せよ」

　声を低めて凄めば、やがて、門はおずおずと開かれた。

　膝を折り、深く頭を垂れたのは、やはり筆頭女官・冬雪であった。

「……皇太子殿下に、ご挨拶申し上げます」

「事は急を要するので、礼は不要だ。立て。皇后陛下の看病の邪魔をするつもりもないゆえ、端的に答えろ。ここに、朱 慧月は来たのか」

「…………」

　日頃、人形のように表情のない冬雪の顔が、強張っている。

　長い逡巡の後、「はい」と小さく答えた冬雪の肩を、思わず尭明は揺さぶった。

「おまえは……知っているのだな？」

「……………」

「答えよ、冬雪」

氷の女官とあだ名される冬雪も、尭明の苛烈な怒りに触れ、その顔を青褪（あおざ）めさせている。

しかし彼女は、一度だけ唇を引き結ぶと、視線を逸らして答えた。

「……申し上げられませぬ」

目的語もない問いに対し、そう応じた彼女の態度こそが、答えだった。

かっとなった尭明は、声を荒らげた。

「なぜだ。なぜ答えられぬ。玲琳は、朱 慧月と入れ替わったのだろう？　あの女に、体を奪われたのではないのか。主人を蹂躙（じゅうりん）されておきながら、なぜおまえは、それを俺に訴え出ることもしない！」

「それが罰だからでございます！」

思わず、といった様子で、冬雪が叫ぶ。

切れ長の瞳が、珍しく揺れていた。

「わたくしは、誰より大切な主人の危機に気付けぬばかりか、一層追い詰めた。真実を訴える声も聞き取れず、主人の危機に手を差し伸べられなかったわたくしだからこそ、今、なんとしても手を差し出したい状況に、手出しをこらえることで、己を罰しているのでございます」

「なんだと……？」

「殿下は、玲琳様のご意志を超えて、状況を一変させてしまえるお方。殿下にだけは、ことの次第をお話しするわけには、まいりませぬ。今、宮にお通しすることもです」

答える冬雪もまた、激情を押し殺すように、声を震わせている。自身に言い聞かせるようなその口調で、尭明は理解した。

彼女も、本当は話したがっている。玲琳の体を奪い、死の危機に陥れた朱 慧月を罰したくて仕方ないのに、それを、主人（れいりん）からの命と、己の罪悪感とで、なんとか踏みとどまっているのだと。

「……玲琳に、言い含められたのだな」

「…………」

「忠義に厚いおまえのことだ。そうなれば、皇太子の勅命であっても、口を割ることはあるまい」

玲琳に陰日向なく尽くす、この筆頭女官の性質は、尭明もよく知っている。頑固な土の血筋と、特定の相手にだけ感情を荒ぶらせる水の血筋とを併せ持つ、敵に回せば誰より厄介な女だ。皇太子としての権威を振りかざしたところで、自害してでも、沈黙を守るだろう。

「俺が、状況を一変させてしまうから、話せぬと言ったな？」

「…………」

「権力を持つから？　朱 慧月を、玲琳の意思に反して罰してしまえるからということだな？」

確認するうちに、自嘲が漏れる。

（皇太子、皇太子）

つくづく、己の身の上が滑稽だった。

雛宮の主として強大な権力を持つ、皇太子。危機にあった玲琳を、誰より簡単に救えたはずなのに、その機会を自ら手放した。それればかりか、主としての責務に負われ、詫びひとつ即座には入れられず、しまいには、権力を理由に手出しも断られるとは。

込み上げるのは、焦りと怒り、なにより惨めさだ。突き上げる衝動のまま、尭明は冠に手を差し入れ、それを頭上から抜き取った。

「殿下……!?」

「通してくれ、冬雪。頼む」

髻すらも、乱暴に崩す。皇太子として隙なく整えられていた髪は、たちまちのうちにほどけ、風に煽られて肩を打った。

今、この場に立っているのは、完璧に身支度を整えられた皇太子などではない。愛しい女を案じ、罪の意識に髪まで乱した、ただの男であった。

「殿下、なにを……!」

「いたずらに権力を振りかざしたりしないと誓う。だから、どうか、玲琳に会わせてくれ」

誇り高き皇太子に、冠まで外させてしまった冬雪は、さすがに怯んだ顔つきになった。

それでなくても、尭明の激情は、肌を刺すかのような切実さで伝わってくる。

「この通りだ」

「………………」

やがて冬雪は、ひとつ息を吐き出すと、おもむろに一歩、後ろに下がった。

ぎい、と音を立てて、重い門扉を完全に、内に開く。

「………！　感謝する、冬雪」

「もとより、皇太子殿下を一女官が退けられる道理など、ございませぬゆえ」

門を開くと同時に、冬雪もまた、覚悟を決めた。

黙秘をもって罰となす、と言いつけた主。できることなら、今度こそはその命を守りたかった。

だが同じくらい痛切に、やはり、主を陥れた女への罰を、願わずにはいられないのだ。さらに言えば、この自分への罰も。

（玲琳様。あなた様は、お優しすぎる。あの女にも、このわたくしにも、もっと苛烈な処罰が必要です）

優しすぎる玲琳に代わって、誰かが秩序を正し、彼女を守らなくてはならないのだ。目の前の男ならば、玲琳に代わって鉄槌を下すことも躊躇わないだろう。権力を振りかざしはしないと言っても、彼こそは、龍気さえ帯びた皇太子なのだから。

「どうぞ、こちらへ」

開いた門から、尭明を招き入れる。その途端、抑えていた感情が堰を切るのを自覚しながら、冬雪は口を開いた。

「道々、わたくしの知る限りのことをお話しいたします」

一度荒ぶってしまえば、理性の綱さえ引きちぎらずにはいられない。

己の持つ水の性質をまざまざと突きつけられた気がして、冬雪はほんのわずか、唇を歪めた。

＊＊＊

「長官ー。長官ったらー。まずいですよお、いくら長官が玄家筋の鷲官長だからといって、一役人が、勝手に国宝の破魔の弓なんて持ち出しちゃあ。いいですか、世の中には手続きってもんがあるんです。まずは、関係各所にお伺いの文書を送ってですね、この持ち出しが正当であるとのお墨付きを得たうえで――」

「うるさい」

袖に縋りついてえぐえぐと泣き言を漏らす文昂を、辰宇は仏頂面で遮った。

射場へと続く、回廊での会話である。

屋根越しに見える空には、分厚い雲が広がっている。夏の午後だというのに、ひやりと冷たい風まで吹きはじめたのに気付き、辰宇は整った眉を寄せた。

――後宮の気配が、いよいよおかしい。

だというのに呑気にも「うるさいって、ひどいですよお！」と進路に立ちふさがってきた部下のことを、辰宇は煩わしげに押しのけた。

「皇后陛下の危篤は、国家の有事だ。おまえは、戦場で敵に矢をつがえるのに、いちいち周囲の許可を取るというのか？」

「ええ、ええ、取りますねえ。なんといっても僕の敵の正体とは、横暴な上司だったり、無茶ぶりをする権力者だったりするものですから、こちらの身の安全を確保しないことには、矢もつがえられないんですねえ」

「減らず口め」

つかつかと射場に踏み入ってから、辰宇はようやく文昴と視線を合わせた。

「これから俺がすることは、すべて独断であり、鷲官たちには一切の咎は及ばない。おまえが弓の持ち出しを制止したことも記録してやるから、さっさとその口をつぐめ」

「あ、記録してくれるんです？　わかりました、それなら黙ります」

現金な部下は、涙を浮かべていたはずの目を途端にからっと乾かすと、さっさと道を譲る。

さらには、射場の一隅に置いてあった椅子をさっさと引き寄せると、休憩とばかりに腰を下ろした。

「今度は、皇后陛下快癒祈願のために、長官が破魔の弓を引くわけですか？　正直、長官はそうした呪いや迷信の類を信じない方だと思っていたので、意外です」

「本来、俺はその手の話を信じる部類ではない。だが、たしかに朱慧月が弓を引くにつれ、黄玲琳殿の病は退いたのだ。古くから伝わる名器には、なんらかの霊験が籠もることもあるのだろう」

辰宇は、ずらりと並ぶ的を見つめて射位を定めながら、「それに」と続けた。

「雛宮一の悪女とて、皇后陛下のために弓を引きたがったというのに、鷲官長である俺が、手をこまぬいているわけにはいかない」

淡々とした口調だが、そこには強い意思が滲む。

彼の脳裏に浮かぶのは、尭明に縋って弓を求めた、朱家の雛女の姿であった。

――後生でございます。破魔の弓を。

獣を前に、ろくな命乞いすらしなかった女が、血相を変えていた。あれほどまでに他人の、それも他家の人間の無事を願い、力を求めようとする人間というのを、辰宇は初めて見たように思う。

(殿下も、あれほど突き放すこともなかったろうに)

ついで辰宇は、そんなことを思った。

いや、本当のところ、尭明が朱 慧月の身を案じただけというのは、辰宇とて理解できる。今こうして手にする弓は、武芸に秀でる辰宇ですらずしりと重みを感じるほどのもの。手の皮を破り、昏倒までした女に再び引かせるような代物では、間違ってもないだろう。

(だが……それは、殿下が、朱 慧月を認めはじめたということか?)

朱 慧月を嫌い抜いていたはずの尭明。だが、中元節の儀で、彼の瞳にははっきりと称賛の色が浮かぶのを、辰宇は見た。そして、血の滲む包帯を前に、痛ましげに眉を寄せたところも。

確実に、異母兄の朱 慧月に対する態度は軟化している。

朱 慧月が啖呵を切ったのを諫めもせず、その場から立ち去るのも許したほどだ。

(……いや? 先ほどの殿下は、なにかに驚いていたような)

胸を違和感が掠めるが、すぐに振り払う。皇太子の感情を推し量ることは、彼の職務ではない。

辰宇――鷲官長の役目とは、この雛宮、そして後宮の風紀を正し、憂いを取り除くことだ。

(雛女に任せきりになど、しておけるものか。武器を取り、敵と禍いを退けるのは、鷲官(おれ)の役目だ)

ぎしり、と、手の中の大弓を握り直す。

先ほどまで、朱 慧月が破魔の弓を奪いにかかると踏み、鷲官所で待機していたのだったが、意外にも彼女がやって来ることはなかった。どうやら、皇后を救うための、ほかの手立てを講じようとしているらしい。

それで結構、と、辰宇は胸の内でひとりごちた。

べつに朱 慧月が、掟を破り、尭明の怒りを買ってまで弓を引く必要などないのだ。

皇帝の血を引き、玄家——水の加護厚き血を持つ辰宇が扱った方が、破魔の弓はよほど効果を増す。

空にとうとう暗雲が立ち込めはじめたのを見て、ならば自分が、破魔の弓を鳴らしてみようと彼は思い立ったのであった。

(互いに本分を果たそうではないか。……おまえに遅れを、取るものか)

一度、目を閉じると、瞼(まぶた)の裏に、凛とした女の顔がよぎった。

媚(こ)びも、縋りもせず、真っすぐにこちらを射抜く女。いいや、見つめてきたかと思えば、すぐに視線はこちらをすり抜け、颯爽と立ち去ってしまう。

その捉えどころのなさが、かえって辰宇の心を掴んで離さない。

風に遊ぶ胡蝶に、無意識に手を伸ばしてしまう少年のような心を、辰宇は不意に自覚した。

「確信を持てるまで、追及しろと言ったな」

血が、騒ぐ。

戦地で、獲物を前にしたときの高揚感だ。

(待っていろよ、朱 慧月)

湧き上がる戦闘心をそのまま弓に乗せ、辰宇はおもむろに構えを取った。

弓は、得意だ。長身と強い膂力、そして玄家の者特有の好戦性をもってすれば、この世に操れぬ武器など存在しない。戦地では、百の矢をつがえれば即ち千の敵を屠るとまで言われた辰宇である。何十回でも何百回でも的を射て、病魔とやらを討ち払うなど、造作もない。

そうして——さっさとよそ事を片付けて、じっくりと朱 慧月を追い詰めるのだ。

す、と静かな挙措で矢をつがえ、口割りに引いてゆく。女にはそれだけで汗を掻くほどの力を要する動作が、辰宇にかかれば、舞踊のように滑らかであった。

弓は、まるで辰宇の腕に甘えるようにしなる。しっくりと手になじむ感触。これこそが、玄家直系の者たちが持つ才能だ。

まるで呼吸するように、武器に寄り添える——。

「——……！」

だがそこで、辰宇ははっと目を見開いた。

本能が、危機の気配を察知したのだ。

ビ……ンッ！

はたして、破魔の弓は、唐突に弦切れを起こした。咄嗟に構えを解いた辰宇の頬を掠めるほどの勢いである。

宙をしなった弦は、へたりと垂れ、辰宇の腕に絡みつく。まるで、力尽きたと表現したくなるような、無残な姿であった。

「ええええっ!?　は、破魔の弓が、壊れた!?」

「………」

背後で文昴が腰を浮かし、辰宇もまた、険しい顔で弦を摘む。

「ど、どうするんですか！　どうするんですか、長官！　こ、国宝を破壊したとか、処刑ですよ！

ほらあ、もう、そんな馬鹿力で弓なんて引くからあ！」

「いや」

頭を抱えて叫ぶ部下をよそに、辰宇は答えた。

「国宝と謳われるほどの強弓が、膂力に押し負けたりなどするものか。この破魔の弓は、数百年前に
弦を張られてからというもの、一度も弦切れを起こさなかったんだぞ。それどころか、生半可な力で
引けば、引いた者の指を刻むと言われたほどの頑丈さだ」

「じゃあ、なんだって、今に限って弦が切れちゃったんですか！」

「………」

辰宇はその問いには応じず、無言で弓を撫でた。

彼の手には、従順に収まる弓。構えたときには、まるで腕に甘えてくるようだった。

（いや。甘えるというよりは――）

縋るような。

力なく横たわる弓を見下ろして、辰宇は眉を顰める。

弓は、まるでなにかに怯えていたようだったと、そう感じるのはおかしなことだろうか。

馴染みある玄家の者の腕の中で、重圧から解放され、文字通り、緊張の糸が切れてしまったと――

そう感じるのは。

(破魔の弓が、圧倒されていた？)

我ながら荒唐無稽な発想に、呆れそうになる。だが、理屈ではない、勘としかいえないその思い付きは、意外な重みをもって辰宇の心にのしかかった。

(いったい、なにに？)

物言わぬ武器でありながら、誇り高さを感じさせるほどに、力強い破魔の弓。弦音で病魔を恐れさせ、的を射ればすなわち病魔を打ち砕くと言われる強弓が、まさか、黄 玲琳を襲った病魔に怯えたとは、考えにくい。

水と戦を司る玄家、その中でも生え抜きの職人がこしらえた破魔の弓は、いかなる敵をも穿ち、猛る炎さえ恐れない。

唯一、弓を凌駕するものがあるとしたなら、それは――

(……土の気？)

土剋水(どこくすい)。重き大地は、荒ぶる水さえ鎮める。

ふと、なにかが一本の線に繋がったような心地を覚え、辰宇はどくりと鼓動を高鳴らせた。

相性の悪いはずの破魔の弓を、三刻以上も引き続けた朱 慧月。

最初は掃き矢だらけだったのが、徐々に精度は向上し、最後にはとうとう的を射た。

まるで、弓を征服するかのように。抗う水の気を、土の気で剋(こく)するかのように。

「…………」

大きく目を見開き、辰宇は的を見つめた。

掃き矢が山と重なった盛土の上、堂々と中央に矢を受けた的を。

矢をつがえる彼女の姿は美しかった。背筋は伸びやかで、構える力に一切の無駄はなく、視線は揺れもしない。中元節での舞も同様だ。指先までぴんと芯が通っているようなのに、同時に、風に遊ぶ胡蝶のようなしなやかさがあった。

武官をも感服させる佇まい。

けれどそれを、自分は、これまでに接したいくつもの儀で、舞で、目にしてきたのではなかったか。

「まさか……」

蔵で目にした「朱 慧月」の、頬に手を当てて笑う仕草を思い出す。

そのときに抱いた違和感の正体が、今、わかった。

あれは、「殿下の胡蝶」――黄 玲琳が、困ったときによくしていた仕草だ。

素行がよかったために、鷲官長の自分とはさして交流もなかった、皇太子の寵姫。だが、そう、あのおっとりとした挙措と、穏やかな口調、なにより、舞のたびに見せる、はっと息を呑むほどの美しい佇まいは、辰宇でさえありありと思い描ける。

――名君との呼び声高く、優しきお従兄様なら。

尭明のことを、ごく自然に「お従兄様」と呼んでいた彼女。

――噛まれる前から痛がっていては、体力が持ちませんでしょう？

死の恐怖に、やたらと慣れていた彼女。

乞巧節の夜を境に、外聞もなく寝込んで尭明に甘えるようになった「黄 玲琳」と、勤勉になり、鷲官や女官にまで慈愛深く微笑むようになった「朱 慧月」。

「そういう、ことか……！」

「長官!?」

突然弓を投げ出し、勢いよく身を翻した辰宇に、文昴は悲鳴のような声を上げた。

「ちょ、ちょっと、どこに行くんですか!? というか、どうするんですか!? ぼ、僕はこの件に関与してないって、ちゃんと記録してくれるんですよね!?」

「朱駒宮に戻る」

「え……っ」

そのまま、射場を走り去った辰宇の背に、青褪めた文昴は呼びかけた。

「き……っ、記録ううう！」

＊＊＊

その頃、朱駒宮の裏門には、身を折り曲げて息を荒らげる女と、それを支える女の姿があった。

「慧月様、しっかり！ 吸うより、吐くほうが肝心ですわ。ひっ、ひっ、ふー！ の要領です」

「はぁ……っ！ はぁ……っ！ ちょ、っと、あなたね、わたくし、病み上がりなのよ……!?」

「気合いの力を信じてくださいませ。呼吸法さえ工夫すれば、その体とて、病後でも走れますのよ。わたくしが保証します」

玲琳は励ましながらも、歩調をまったく緩めない。慧月は完全に息が上がり、非難すらままならなかった。

あの慌ただしい会話の後、黄麒宮の境壁にある、裏門ですらない小さな抜け穴から脱走させられたのだ。その後は「こちらが近道です」と茂みを突っ切るような道行きで、とても道中に事情を聞くどころではない。

いったいなにに巻き込まれようとしているのかわからぬまま、慧月は朱駒宮の最奥――「朱慧月」が追放された蔵へとやって来た。

「雛女様！」

美しく整備された梨園に足を踏み入れると、蔵の扉の前でそわそわと佇んでいた莉莉が、ぱっと青褪めた顔を上げる。

彼女は、連れ立った二人を見ると驚いた顔になり、それから、困惑した様子で玲琳たちを見比べた。

「入れ替わりの解消は、無事に……？」

「莉莉、ごめんなさい！　その話は一度おきましょう。今はそれより大事なことがあるのです！」

「ちょっとあなた！　ぼうっと立っていないで、この、暴走女を、止めなさい！」

「あ、まだ解消してないんですね」

そして、凛々しく猪突猛進する「朱慧月」と、青褪めて悲鳴を上げる「黄玲琳」の姿を見て、素早く現状を把握した。

顔を引き攣らせる莉莉をよそに、玲琳は梨園を突っ切り、その奥にひっそりと置かれていた小ぶりの壺を取り上げる。

それから顔に喜色を浮かべ、素早くこちらを振り向いた。

「あります！　ありますわ、慧月様！　ほら、ここに、共食いを勝ち残ったムカデさんが！」

「なんでそんなものがあるのよ⁉」

「え……っ？　いえまあ、それは、そのう」

絶叫のような慧月の突っ込みに、玲琳は気まずげに頬に手を当てる。

その説明するところによれば、かつて莉莉が嫌がらせで仕込んできた虫をネズミの餌にしようとしたものの、慧月の私物を使ってもいけないだろうと考え、唯一手元にあった油壺にまとめて放り込んでいたところ、数日のうちにムカデが蜘蛛を含むすべての虫を食べてしまい、一匹しか残らなかったということだった。

「実はこれまで、ムカデさんは飼ったことがなくて……。大きさを見る限り、蜘蛛さんとなら食い合いはしないのかなと思っていたのですが、大失敗してしまいまして。しかも、ネズミさんがあまりムカデさんを好きでなかったようで、全然食べようとしなかったため、結果的にこのムカデさんが生き残ったのですよね」

「あんた……遠慮の果てに、まじで蠱毒作っちゃったんですか……」

これには、かつて虫を仕込んだ莉莉もびっくりである。

さらに彼女は玲琳から、皇后の病は呪いが原因であること、そしてその蠱毒の呪いは、朱貴妃が仕掛けたものであることを聞くと、一層驚いた顔になって、黙り込んだ。

「貴妃様は、皇后陛下からわたくしを引き離したくて、慧月様にわたくしと体を入れ替えるよう、そそのかしていらっしゃったようです。かつ、入れ替わり後は金家の清佳様の差し金と見せかけて、慧月様を口封じに殺す手はずも整えていたようですね」

「金家を装って？　じゃあもしかして、あたしを使って、あんたに嫌がらせをするように命じたのも」

「おそらく、貴妃様でしょうね。わたくしが獣尋の儀で死ななかったものだから、恨みを持つ女官を利用して、追い詰め、殺そうとお考えになったのでしょう。まあ、それも失敗したわけですが」

玲琳は頰に手を当てて、「だって、あんなかわいらしい嫌がらせでは、猫の仔だって殺せませんわよねぇ？」と苦笑を向けてきたが、莉莉は肯定も否定もせず、引き攣った笑みを浮かべるに留めた。

本来の朱　慧月であれば、蔵に追いやられただけで野垂れ死んでいただろうし、些細な嫌がらせを受けただけで精神を参らせていたであろう。というか、むしろそちらが普通で、こうしてしれっと、かつ生き生きと過ごしている玲琳のほうがおかしいのだ。

（胡蝶って……もっと儚くて優雅な存在の比喩じゃなかったっけ……）

やたら生命力にあふれた玲琳を見て、莉莉は遠い目になった。傲岸不遜が代名詞だったはずの、本来の朱　慧月も、今や玲琳の体に収まっているからなのか大人しく、まるで恐ろしいものを前にしたかのような表情で、隣の雛女を見つめている。

「とにかく、それで、蠱毒の壺なんて発掘していたわけですね」

莉莉はようやく状況を飲み込みながらも、改めて事態の恐ろしさを思った。

(白練の女官の正体は、貴妃様だった……。この入れ替わりを誘導したのも貴妃様、玲琳様を害そうとしたのも、朱 慧月を見捨てようとしたのも、すべて貴妃様。この一連の事件を、裏で糸を引いていたのが、あの方だったなんて)

自分の属する家の長が、皇后殺しの大罪を犯そうとしていたと思うと、背筋が凍る。

玲琳だからこそ、なんでもないことのように語っているが、朱貴妃は黄 玲琳の命をも執拗に狙っていたのだ。その罪の深さを思えば、朱家断絶という未来が示されてもおかしくなかった。

「本当に、貴妃様は、なんてことを……」

「残念ですが莉莉、衝撃を受けている時間はありません。一刻も早く、蠱毒返しを完成させ、陛下をお救いしなくては」

青褪めた莉莉に、玲琳が落ち着いた声で、しかしきっぱりと告げる。

「そう、そうですね――」

それで我に返った莉莉だが、彼女は、あることを思い出しはっと顔を上げた。

「というか、待ってください。あんたたち、ここに来るまでの間に、殿下にはお会いにならなかったんですか？」

「え？ なぜ殿下？」

玲琳が目を瞬かせると、莉莉は焦った様子で答えた。

「実はあんたが塀越えしてしばらくして、殿下が黄麒宮にやってきたんですよ。『封』の札が貼られているというのに、門扉をどんどん叩いて、『開けてくれ！』とお叫びになってて……」

彼女は少しためらうと、覚悟を決めたように付け足した。

「『待ってくれ、玲琳！』と仰(おっしゃ)っていました。『黄 玲琳』様は中にいるのではなく、つい先ほど、黄麒宮に飛び込んでいったのだと、そう確信なさっているご様子でした」

玲琳と慧月は息を呑んで互いを見つめた。

「それは……」

「ば、ばれてしまったのよ。殿下に、とうとう……！」

「そんな。つい先ほどまでは、見破られていないと思いましたのに……」

玲琳は困惑に眉を寄せる。

莉莉は肩身が狭そうに俯いた。

「側仕えの者たちに止められていましたし、黄麒宮もそれどころではないでしょうから、もしかしたら、殿下はそのまま引き返されたかもしれません。万が一その後こちらに足を向けることがあったら、事態をごまかせる人間がいたほうがいいと思い、私は最後まで見届けることなくここに戻ってきてしまいました。すみません」

「十分ですわ、莉莉。顔を上げてください。あなたが気に病むことなど、なにもありません」

玲琳はきっぱりと言い渡しつつも、困り果てて頬に手を当てた。

なにが敗因だったのかはわからないが、とにかく尭明は入れ替わりを悟ってしまったのだ。今自分たちは何ごともなくこの場にいるように思っていたが、それは玲琳が強引に塀を越え、その後すぐに慧月を黄麒宮から連れ出したために、すんでのところで彼の追跡を躱していただけにすぎないのだろう。

莉莉の言う通り、室が空と見たら、彼はすぐに、こちらへと引き返してくるのかもしれない。おそらくは怒り狂っているであろう彼に、被害者であるはずの玲琳までもが、暗澹たる心持ちになった。

「慧月様……。やはり、先に入れ替わりを解消したほうが、よいかもしれません……」

やがて、おずおずと切り出す。

だが、慧月は悩むように一度だけ拳を握ると、やがて固い声で答えた。

「――解消は、しないわ」

それを聞いて声を荒らげたのは、玲琳ではなく、二人の会話を見守っていた莉莉だった。

「あんた、いい加減にしなよ。なにが『しないわ』だよ。そんなこと言える立場のわけがないだろ⁉」

どうやら、本物の朱 慧月へ、溜めに溜めつづけていた恨みが、ここにきて一気に爆発してしまったらしい。彼女はきっとまなじりを吊り上げ、辛うじて残っていた敬語も取って相手を罵った。

「冴えないどぶネズミみたいなあんたが、甘言に乗せられたかなんだか知らないけど、分不相応にも『殿下の胡蝶』と入れ替わってさ。なにやってんの？　言っとくけど、あんたに被害者面する権利なんてないからね。あんたがこんなことしなきゃ、朱貴妃の企みは夢物語で終わった話なんだから」

「……うるさいわね、下級女官ごときが」

「おあいにく様、今は銀朱だ。あたしだってさんざんこの方に迷惑をかけたけど、心を入れ替えて、今は誠心誠意仕えようとしてるよ。引き換えあんたはどう？　玲琳様に命まで救われておいてさ、少しは人の心ってもんがないの？　さっさと入れ替わりを解消して、相手に迷惑をかけまくったクソみたいな所業を、少しでも自分で雪ごうとする姿勢くらい――」

「うるさいわね！」

だがそれは、より大きな叫び声に圧し負けて、中断された。

慧月は、せっかくの黄 玲琳の儚げな美貌を台無しにするような、険しい形相で、莉莉のことを睨み付けた。

「あるわよ！」

「は？」

「自分で自分の責任を持とうとする気概くらい、わたくしにだってあるわよ！　だから、入れ替わりは解消できないと言っているんでしょう!?」

あまりにも意外な言葉に、莉莉が目を見開いて口をつぐむ。

代わりに玲琳が「どういうことです？」と尋ねると、慧月はふいと視線を逸らした。

「入れ替わりの解消も、蠱毒の形成も、大きく気を使うわ。同日に両方はできない。……ここでわたくしが入れ替わり解消のほうに気を使ったら、蠱毒は発動できなくなる。だから、できないわ」

つまり、入れ替わりの解消よりも蠱毒の形成を――保身よりも玲琳の戦いを、優先してくれるということである。

驚いた玲琳が身を乗り出すと、慧月は先手を打つように「勘違いしないでちょうだい」と叫んだ。

「べつに、あなたのためじゃないわ。わたくしをどこまでも馬鹿にした相手に、今すぐ、目にもの見せてやりたいだけよ」

「えっ、ですが今さっき、わたくしに迷惑をかけた責任を取ろうとしていると――」

「うるさいわね、うるさいわね！　責任というのは……つまりそれは……朱家の人間として、朱家の妃が犯した罪を正そうとしているという、そういう意味よ！」

慧月はほかにも、皇后に恩を売っておけば入れ替わり解消後の酌量に有利だとか、これは道士としての矜持なのだとか喚いていたが、やたら言葉を噛んでいる時点で、それが本音かどうかは疑わしい。

莉莉が呆気に取られている横で、玲琳はとうとう、温かな微笑みを浮かべはじめてしまった。

「ねえ、莉莉。やはり慧月様というのは、お可愛らしい方ですね」

「いや……。どう、でしょうねぇ……？」

それ以外にどんな相槌が打てただろうか。

とにかく、今は蠱毒を優先すべしと方針を定めたわけなので、彼女たちは早々に、その準備に着手することにした。いつなんどき、怒り狂った尭明がやってくるとも限らないからである。

莉莉は念のため見張りとして梨園（にわ）の端に立ち、玲琳と慧月は、蔵から短刀と墨を持ってきて、扉のすぐそばに座り込んだ。慧月によれば、呪いとは対象を定義し、気を練って祈りを込め、最後に贄（にえ）を捧げることによって発動するらしい。

「まずは、呪いたい相手のことを、依り代に――今回の場合はこの油壺ね――定義するわ。血を混ぜた墨で、なるべく詳細に相手のことを記述する。詳細にすればするほど、必要となる気も増えるから、あの人は『貴人在黄宮――黄麒宮にいる貴人』としか書けなかったのでしょう。でも、わたくしならこう書くわ」

慧月は、玲琳の、いや「朱 慧月」の血と、菰角(こもづの)の墨を混ぜたものを爪に塗ると、ムカデを収めた壺の側面にこう刻み付けた。

侵蝕黄麒宮貴人之蜘蛛――黄麒宮の貴人を侵蝕(おそ)う蜘蛛

朱貴妃本人ではなく、彼女が使役する蜘蛛を狙うということだ。

「こうすれば、対象は限局なものとなり、矛先が集中することによって呪いの威力は増す」

「心情としても、人を狙うよりは、呪いそのものを呪い返すほうが、いくらかやりやすいですものね」

「……結局、呪いは破れた時点で、術者に跳ね返ってくるから、同じことだけれどね」

玲琳の相槌に対して、慧月はそっけなく肩を竦める。

気まずげに口をつぐんだ玲琳をよそに、慧月は滑らかに、呪文を唱えていった。

「開闢(かいびゃく)より定められし理(ことわり)のもと、我が言を聞き届けたまえ――」

すぐそばに屈(かが)んだ玲琳は、ともに油壺を支えながら、じっとその声に耳を澄ます。

気の利いた詩を紡ぐのは苦手と見える朱 慧月だが、彼女が紡ぐ呪いの言葉は、不思議な抑揚が利いて、ほの暗い美を感じさせた。

どうやら、陰陽の理を称えつつ、その陰の気を少しばかりわけてくれと頼む内容であるようだ。

ところどころ言葉を繰り返しながら、慧月は対象を定義し、ムカデが蜘蛛を食い殺すさまを描き、呪文を完成させてゆく。

最後に、

「この趣旨を心得て、急ぎ急ぎ律令(りつりょう)のごとく行え」

と呟くと、血墨で書かれた文字がまるで声に応じるかのように、ぶわりと炎を滲ませ、そして溶け消えていった。

「すごいです……」

「あとは、贄(にえ)を——このムカデを殺すだけよ」

息を呑む玲琳の前で、慧月はそっと油壺の蓋をずらす。

「贄の殺害をもって術は完成し、殺された怨嗟が術を陰のものにならしめる。ただ……ひっ」

カサリ……と乾いた音を聞いて、慧月は壺を取り落としそうになった。

「こ、このムカデ自体にも毒はあるし……なにより、ああ、本当に、おぞましい姿だこと！」

「慧月様。ならばそれは、わたくしがいたしましょうか？」

虫が嫌いらしい慧月を見かねて、玲琳がおずおずと申し出る。

蔵から持ち出していた短刀——かつて莉莉が白練の女から授けられたものだ——の柄に手を伸ばしまでしたが、慧月は舌打ちすると、それを奪い取った。

「わたくしがやるわよ！　虫も殺せぬと噂のあなたに、そんなの任せられるわけないでしょう」

「いえ、こう見えて、意外とわたくし——」

「素人は黙って見ていなさい」

玲琳は粘るものの、慧月は取り合わない。

顔を強張らせ、お守りのように短刀を握りしめる彼女を、玲琳はしばし、じっと見つめた。

「慧月様」

「なによ。ちょっと、黙っていて」

慧月は顎を引きながら、蓋をずらそうと震える指を伸ばす。

小刻みに震える指を、玲琳はそっと両手で包み込んだ。

「もしやとは思いますが、おひとりで呪いを背負って……死ぬおつもりではございませんよね？」

慧月が弾かれたように振り返る。

玲琳は、そんな彼女を、射抜くように見つめた。

「呪いは破れると、術者に返って来ると、先ほど慧月様は仰いました。贄の殺害をもって術は完成する……つまり、殺害した者が、術者として定義されるということですよね？　では、万が一この術が失敗したら、贄を殺した慧月様が、その犠牲になるということではございませんか？」

「…………」

「お教えください、慧月様。術者とは、肉体によって定義されるのですか？　それとも魂によって？　わたくしの体をしたあなた様が贄を殺したら、術者としての責任は、どちらが負うことになるのです？」

呼吸三つ分ほどは、無言で見つめ合っただろうか。

やがて慧月は、諦めたように短い溜息を漏らした。

「あなたって、へらへらしているのに、妙なところで聡いのね」

「お答えを頂いておりません、慧月様。どちらなのです？」

「……魂よ。気は魂から紡がれるものだから。わたくしがムカデを殺せば、術が失敗したときには、わたくしに返って来るわ。たとえそのとき、わたくしがあなたの体にいようが、いまいがね」

つまり、慧月は皇后を救うために、命を落とす危険をも引き受けてみせるということだ。

なぜ、と口を開きかけた玲琳を遮るように、慧月は壺に視線を落とした。

「……これしか、わからないのよ」

「え？」

「あなたに詫びる方法。けじめを付ける方法。それから……期待に応える、方法」

ぐっと一度唇を引き結んでから、慧月は勢いよくこちらを振り返った。

その目は玲琳を睨み付けてはいたけれど、まるで、途方に暮れた子どものようだった。

「誰もわたくしに機会を与えなかった。誇りを教えはしなかった。期待を向けもしなかった。だから、わからないのよ。わからない、わからない、けど……なにかがしたいの！」

言葉は、さながら、噛みつくかのよう。

「あなたがわたくしを、星などと言うから！　ずっと泥をさすらっていたわたくしでも、一度くらい……小さくていい、なにか輝かしいことを、誇れることを、したいと思ってしまったの！　悪い!?」

まさに金切り声と言っていい口調だったが、不思議と、耳に心地よい叫びだった。

「慧月様」

やがて、玲琳がぽつりと、口を開く。

「ほうき星の力というのは……凄まじいものなのですね」

「は？」

「わたくしね」

朱慧月の顔をした彼女は、懐かしそうに目を細め、一度だけちらりと、空を見た。

今は真っ青に澄み渡る夏の空。九日前には、白く光る星々を湛えていた空を。

「ほうき星に、二つ願い事をしたと、申し上げましたでしょう？　ひとつは、健康。そしてもうひとつは――」

宙に溶けるような声で、彼女は囁いた。

友が、欲しかったのです。

驚いて黙り込む慧月に軽く笑いかけて、玲琳は続けた。

「わたくし、これでも、自分が相当恵まれた環境にあるということは、理解していたつもりです」

栄えある黄家の娘として生まれ、世話好きな女官や使用人たちからだけでなく、伯母の皇后、従兄の皇太子からも、過保護なほどに接せられてきた。

体こそ病がちではあったが、けれどだからこそ、周囲は玲琳を優先した。

なにをしても許容され、褒められて。こちらが望むよりも先に、すべてを差し出された。周りには、彼女のことを優しく見下ろす大人か、眩しそうに見上げる使用人しかいなかった。まるで揺り籠のような、温かで、柔らかな世界。

「ただね、わたくしはやはり、黄家の者なのです。大事に抱えて運ばれるのではなく、地を踏み締めて歩きたい。慈しまれるのではなく、わたくしが慈しめる相手がほしかった」

殿下の胡蝶、ともてはやされていることを、玲琳は知っていた。過分な肩書に恐縮したし、それほど発明に大切にされていると思えば面映ゆくもあったが、それ以上に、もどかしさを覚えた。

胡蝶ではない。自分はそんな、眩しげに見つめられるような、高みの存在ではない。

(わたくしはむしろ……土になりたかった)

玲琳はふと、片方の手を伸ばして、土に触れてみた。

陽光を浴び、ぬくもった大地。しっとりと水分を湛えた豊かな土は、指先には柔らかな感触を伝えてくるのに、胸に迫るほど堅牢だ。

揺るぎなくて、ただそこにある。人はそれを踏みつけにして、見向きもしないのに、けれどその上に立つあらゆる命を、土は支えてみせる。

そんなふうに、玲琳は誰かを愛してみたいのだ。育み、慈しむことをしたい。

大切に保護されるのではなく、玲琳が誰かを守りたい。せめて、対等でありたい。

(この蔵で過ごした、輝かしい日々のように)

瞬きをするほどのわずかな間にも、鮮やかな日々の断片が次々と蘇る。

遠慮なく向けられる鋭い感情。初めてした煮炊き。誰にも止められることなく没頭する趣味の時間。

誰かのための怒り。体調をごまかすためではなく、心から浮かべた笑み——。

睨まれたのも、誰かのために奔走したのも、こんなに感情を乱したのも、すべて初めてのことだったといったら、目の前の彼女は、どんな顔をするのだろうか。

「わたくしはずっと、支える相手が欲しかったのです。対等に接してくれる友が。わたくしのことを叱り、柔らかでない感情をぶつけてくれる相手が」

そこで玲琳は、まっすぐに慧月のことを見た。

控えめでありながら凛とした微笑は、朱 慧月の顔に浮かんでいるにもかかわらず、いかにも彼女らしい表情に見えた。

「慧月様。あなた様は、初めてわたくしに、生々しい感情をぶつけてくれた方です。たやすく心を揺らし、苛烈な想いを持て余し、憎んだ女に詫びるとなったら、突然命まで懸けてしまう純粋な方。わたくしにはないものを、たくさん持っているお方」

そうして彼女は、まさに胡蝶のように、人心を掴んで離さない、魅惑的な笑みを刻んだ。

「わたくしと、友だちになっていただけませんか？」

「な……っ」

「まあ、嫌だと言われても、勝手に友誼を結んでしまうのですが」

「は!?」

目を白黒させている間に、短刀を握る慧月の手を、上からぎゅっと包みなおす。

「短刀を振り下ろすなら、ともに。呪いも半分こ、いたしましょう？」

だって、わたくしたちは、友人なのだから。

悪戯っぽく付け足された言葉に、慧月は口をぱくぱくさせた。

「あ……あなたね……！」

「はい」

「あなたね……！」

少し離れた場所から、莉莉がちらちらと視線を寄越してくる。

心配、というよりは、「また手当たり次第にたぶらかして」といった呆れを滲ませた視線だった。

だが、それで我に返った慧月が、慌てて短刀を握る手に力を込めた、その時だ。

「――おやめなさい」

梨園の先、朱駒宮に繋がる壁の陰から突然声が響き、三人は一斉に振り返った。

「わたくしに断りもなく、なにをしようとしているのです、慧月？」

低く押し殺したような声の主は、この宮で最も高貴な朱色をまとった女性。

垂れた目と白い肌が優しさを感じさせる、朱貴妃であった。

「貴妃様……！」

最も朱貴妃の近くにいた莉莉は、全身をさっと警戒に強張らせる。

咄嗟に身構え、じり、と踵を引いた女官をちらりと見て、朱貴妃は冷ややかに吐き捨てた。

「頭が高いですわよ、異国の娘風情が」

彼女がいつも描写される雰囲気――おっとりと控えめで、物静かな様子は、そこにはない。

語尾には、優雅の白粉では隠しきれない侮蔑が滲み、その口調がそのまま、相手をネズミと罵り突き飛ばした白練の女に重なった。

「だ、れか……っ、鷲官様！　女官たちは、なにをしてるんだ……！」

「無駄よ」

狼狽しながら、咄嗟に朱駒宮の本宮を振り返った莉莉に、朱貴妃は小さく笑みを浮かべる。

「今は皇后陛下の――あの忌々しい女の一大事。鷲官たちは黄麒宮の動向を必死に見守っているし、女たちは禍いを恐れて、宮の奥深くに籠もっていますわ。誰も、ここには、来ない」

まるで呪うように、一語一語を区切る彼女の、その禍々しい声音に、莉莉はぞくりと背筋を凍らせた。

いや。その隙を突き、朱貴妃はさっさと横を通り過ぎていった。

いや。歩みはわずかに、ぎこちないだろうか。朱貴妃は胸元をきつく押さえ、かつ、わずかに右足を引きずっている。

「心の臓と、右足……。ねえ、破魔の弓は、的のどこを射たの？」

「中央が一回と、右端を何度かでございます」

掠れ声での慧月の問いに、玲琳はすぐに意図を察して応じた。

二人は口を引き結んだまま、無言で視線を交わす。

やはり――朱貴妃だったのだ。

「あ……あんた……、いったい自分が、なにをしたかわかってんのか……っ!?」

と、莉莉が我に返って口を開く。

はっきりとした性格で、しかも忠誠心の強い彼女には、朱貴妃の悪行が受け入れがたかったらしい。

首を振り、口調も乱したままで、莉莉は叫んだ。

「なぜ呪いなんかに手を出した⁉　この後宮で、皇后陛下の次に尊い女性の地位を得ながら、なぜ、そんな大それたことを……！」

「いけません、莉莉！」

詰るばかりか、腕を伸ばして朱貴妃の肩を掴もうとした莉莉に、はっと顔を上げた玲琳が叫んだ。

「よけて――！」

呼びかけるのみならず、素早く身を翻し、莉莉のもとへと駆け寄る。

手加減なく体を突き飛ばした、そのすぐ横の空間を、びゅっという鋭い音とともに刀身が駆け抜けていった。朱貴妃が、懐から取り出した短刀を揮ったのだ。

「いけません、莉莉、刃物を持った相手を挑発しては――、…………っ」

なんとか凶刃を躱させて、玲琳がほっと胸を撫でおろしたのも束の間、彼女はすぐに悲鳴を呑み込む羽目になる。

莉莉を案じるあまり隙ができたところを、髪ごと掴まれ、無理やり体を引き寄せられたのだ。

ぐいと喉を反らされると、そこに、ぎらりと光る刃先を突きつけられた。

「玲琳様！」

「黄 玲琳！」

莉莉と慧月が堪らず叫ぶと、朱貴妃は、くつくつと静かに笑い声を立てた。

「おやまあ。十日もせぬうちに、ずいぶんと正体が広まってしまったことね、慧月？　しょせん、ど

ぶネズミには、胡蝶の真似事など無理だったということかしら。予想できたこととはいえ……ああ。なんと使えない娘ですこと」

皮肉気に細められた瞳は、刃を突きつけた相手ではなく、慧月――黄 玲琳の顔をした彼女のことを見ている。やはり朱貴妃は、入れ替わりのことも、なにもかも把握しているのだ。

慧月は、やんわりとした口調で放たれる毒に心を侵されぬよう、必死に己を奮い立てた。

「ええ、遅ればせながら、ようやくあなたの愚かな野望に気付いたところですわ、貴妃様。そして、今まさにそれを打ち砕こうとしているところです。命が惜しいなら、刀を置いた方がよいかと思いますわ」

「逆です。あなたが置きなさい、慧月」

朱貴妃は、くいと刃先を、玲琳の喉に食い込ませてみせた。

「蠱毒返しはまだ完成していないのでしょう？　仲よく刀を握ったりなんかして、時間を無駄にしたからですわね。せっかくできた『お友達』の命が惜しいならば……そして、あなたの体が惜しいならば、その壺と、刀を置きなさい、慧月」

ぷつりと、破られた皮膚から血の珠が滲む。壺の中を逃げ回るだろうムカデを貫くよりも、喉元に突きつけた刃に力を込めるほうが、明らかに容易に見えた。

「お願い……」

捕らわれた玲琳よりも、莉莉がまず、震える声を上げた。

「お願いです、慧月様。刀を、置いてください……」

「いいえ」

だが、すぐに凛とした声がそれを遮る。

「わたくしにはどうぞ構わず、ことをなさってくださいませ――んっ」

気丈に告げた玲琳だったが、一層強く髪を引っ張られ、喉にも刃先をするりと滑らされて、呻きを堪えるため口を噤まざるをえなかった。

「やかましい胡蝶ですこと」

「………」

慧月はぐっと唇を引き結ぶ。

強く短刀を握りしめたまま、無言でこちらを睨む雛女を、朱貴妃は頑固な子どもを見るような目で見つめた。苦笑と、呆れと――蔑みだ。

「おやまあ、ずいぶんといい子ぶること。ねえ、皇后陛下の呪殺を防ぎたいの？　あなたはそんなに、正義感のある人間だったかしら？　いったいなにが、あなたにそんな行動を取らせているの？」

口調だけはゆっくりと繕っているが、語尾の端々に苛立ちが滲む。

壺を抱えて立ち尽くす慧月を、どう揺さぶってやろうかと考えたのだろう。

やがて朱貴妃は、優しげに眉を下げ、垂れた目を和ませてそっと口を開いた。

「可哀そうに、混乱しているのですね、慧月。わたくしの大切な雛女。いいわ、教えてあげます。あなたがここで蠱毒を完成させたら、いったいなにが起こるか」

おそらくは、そうした口調を取り繕うのに慣れているのだろう。しとやかな声、そして控えめな抑揚は、耳に優しく染み込んでいくかのようだった。

「あなたが蠱毒を返したら、わたくしはきっと、死んでしまうでしょう。あなたは、母代わりの妃を殺したことになるのですよ。しかも結局、あなたも謀反を企てた朱家の一員として、けっして刑からは逃れられない。だってこの入れ替わりは、すでにちらほらと知られてしまっているのだから。あなたは結局、朱 慧月に戻らざるを得ないのですよ。元の惨めな、どぶネズミにね」

ぐ、と唇を噛み締めた慧月に、朱貴妃は笑みばかりは優しく語り続ける。

「それどころか、あなたには黄 玲琳と体を入れ替えた罪まで加わる。刑は、さぞや苛烈を極めるでしょう。どぶネズミの本性を知った周囲は、そんなあなたに、手を差し伸べやしない。つらいことですわね？　では逆に」

そこで、彼女は、媚びるように小首を傾げてみせた。

「もしあなたがここで短刀を置いたら？　そうしたら、わたくしはあなたを丁重に遇するでしょう。いいえ、そのときにはわたくしが皇后へ成り代わるのだもの、今以上の待遇を約束できてよ。あるいは、その体が気に入ったなら、あなたは黄 玲琳となったままでもいい。わたくしは秘密を守ると誓いましょう。今刃を突きつけている、この朱 慧月の元の体と黄 玲琳の魂は、べつに生かしてもいいですわ。言葉なり意識なりを奪ってしまえばね」

いかにも鷹揚に告げて、朱貴妃は見せつけるように、刃先を再度玲琳の喉に滑らせる。

つ、と血が垂れたのを見て、慧月が顔を強張らせた。

「やめて……」

「早くなさい、慧月。刀が重くて、うっかり手を滑らせてしまってよ」

猫なで声での脅しに、慧月はとうとう屈した。

そろりと膝を折り、壺と短刀を地面に置いたのである。

「そう、それでいいのですよ。あなたは、なにも考えなくていいの。ふふ、元からそんな頭などないのだから。——さあ、蓋をずらして」

朱貴妃は目を細め、命じる。

「おやめください、慧月様——」

「お黙り」

玲琳の制止を無視し、震える手で蓋をずらすと、ムカデはカサカサと壺の中を動き回り、やがて外へと這い出てゆく。

梨園（にわ）の草陰に消えていく虫を、慧月はぼんやりと見守った。

大ぶりの、毒々しいムカデ。けれどそれが、彼女にとって最初で最後の、良心であり、誇りだったのに。

「あははは！　いい子ね、慧月。そう、それでいいのですよ。無能で、臆病で、みすぼらしいどぶネズミ！」

その場に座り込む慧月を前に、朱貴妃は哄笑した。

「でもね、あなたはそれでいいの。そんなあなたを、わたくしだけが守ってあげられるのよ。せいぜいあなたは、これからも、わたくしの手の内で大人しく——」

「えいっ」

だが、勝利の笑いは中断された。

なぜなら、刃を突きつけて大人しくさせていたはずの玲琳が、場にそぐわぬ可憐な掛け声とともに、だんっとその場で足踏みし、なにかを踏み潰したからである。

その拍子に刃先が喉に食い込みそうになったが、彼女はついと顎を逸らしてそれを逃れ、

「隙あり！」

のみならず、素早く朱貴妃のみぞおちに肘鉄を入れた。両手を組んで軌道を安定させる、妙に手慣れた動きである。

「ぐっ⁉」

堪らずその場に崩れ落ちた朱貴妃の手を、今度は鋭く蹴り上げる。握られていた短刀が弾き飛ばされ、それを見届けると、玲琳はその場に屈み、先ほど踏み潰したものを拾い上げた。

素早く掌の中のそれに視線を走らせ、ひとつ頷く。

ついで彼女は、満面の笑みで慧月を振り返った。

「仕留めました！」

「は⁉」

いったいその場の何人が、状況を理解できていただろうか。

朱貴妃も含め、呆然と視線を向ける中で、玲琳は少々照れたように首を傾げ、「ほら」と、それを慧月たちの前に掲げてみせた。

「ごめんなさい、慧月様。うっかり、わたくし一人で仕留めてしまいました」

「…………!?」

ぶらりと摘み上げられたそれは、ひしゃげたムカデである。

絶句する慧月をどう受け止めたか、玲琳は気まずそうに眉を下げる。

「あ……やっぱり、さっきああ申し上げたその口で、わたくしひとりが、というのも、なんですよね。まだ少しぴくぴくしていますし、よければ慧月様も、ムカデさんを引きちぎったり、します……?」

「まったく不要な気遣いよ！　近付けないで！」

おずおずと鼻先までムカデを寄せられた慧月は、咄嗟に叫んだが、それ以外にいったいなんと叫べばよかったのか。

呆然とする三人の前で、玲琳はぽとりとムカデの遺骸を落とし、言い訳をするように頬に手を当てた。

「ともに短刀を握ろうと誘った、その舌の根も乾かぬうちに一人でことを進めてしまったのは申し訳ございませんせん。ですが、ちょうどムカデさんがこちらに近付いてきたものだから……」

「だからって普通、躊躇いもなく、しかも的確にムカデって踏み潰せるものなの!?」

「ほら、申し上げたではございませんか。わたくし、虫の扱いは得意な方だと」

そう。玲琳からすれば、ムカデなどべつに素手で殺したっていいし、短刀を突きつけられたくらいで、血相を変えて計画変更などしてくれなくてもよかったのである。だって、冬雪に仕込まれた護身術を用いれば、隙を突いて応戦することは、十分に可能なのだから。

「朱貴妃様ったら、おしゃべりに夢中で、胴ががら空きだったものですから、つい……」

つい隙を見逃さず反撃に転じてしまったという玲琳に、慧月は引き攣った顔でなにごとか言いかけたが、それよりも早く、

「ひ……っ」

朱貴妃が上擦った悲鳴を上げたのを聞き、振り向いた。

見れば彼女は、そこになにかが浮いているとでも言うように、尻餅をついたまま、青褪めた顔で宙を見つめている。

「こ……っ、来ないで……っ」

彼女はめちゃくちゃに腕を振り、なにかを追い払うような仕草をした。

「……蠱毒が返ったのね」

慧月はそれが見えるとでも言うのか、眉を寄せて呟く。畏れを感じさせる声だった。

「来ないで！　来ないで！　いや!!」

やがて朱貴妃は、既に痛めていたと見える右足を引きずり、這ってその場を逃げはじめる。振り回した腕が、たまたま蹴り飛ばした短刀に触れ、彼女は鬼気迫った表情でそれを取ると、今度はそれを袈裟斬りするように振りかざした。

「あっちへお行き！　あの憎き皇后を食い殺すのよ！　わたくしの皇子を奪ったあの女を……！　ちくしょう……っ」

恐怖でか、憎しみでか。朱貴妃はすっかり正気を失った様子で刀を振り続け、ふと、血走った目が

玲琳を捉えた。朱 慧月の顔をした女のことをだ。

「この、役立たず……」

憎悪を煮詰めたような声は、間違いなく、「朱 慧月」に向けられたもの。

もはや、入れ替わった事実すら頭から抜け落ち、顔に本能的に反応しているだけなのだとわかった。

「せっかく、おまえを雛女にしてやったのに。輝かんばかりに生まれたはずの、わたくしの皇子の代わりに、おまえなんかを育ててやったのに……！　皇后呪殺を妨げるばかりか、このわたくしを、呪い返すなど！」

血を吐くように叫び、彼女は、玲琳に向かって大きく短刀を振り上げた。

「この、どぶネズミ――――！」

――ガッ！

鈍い音が響き渡る。

だがそれは、刃が肉を貫く音ではなく、朱貴妃の体が武器ごと勢いよく撥ね飛ばされる音だった。

同時に玲琳は、凶刃から身を庇うように、誰かから強く抱きしめられたのを理解し、目を瞬かせる。

「無事か！」

朱貴妃を押し倒すようにして拘束したのは、鷲官長・辰宇で、

「無事か、玲琳！」

息苦しいほどに胸に抱きしめたのは、皇太子・尭明であった。

「お……殿下」

なぜこの場にと、玲琳は言葉を詰まらせる。

咄嗟に「お従兄様」ではなく「殿下」と言い換えたが、はたしてそれにどれだけ意味があったろう。

だって彼は、

(今、わたくしを、玲琳と呼びました、よね……)

どうやら、本当に入れ替わりの事実に気付いてしまったようだから。

玲琳はこっそり、ごくりと喉を鳴らした。

これはむしろ、朱貴妃による攻撃など目ではないくらいの危機的状況である。なにしろ、憎しみで手元の狂った凶刃など簡単に躱せるが、愛情と正義に我を忘れ、ひしと抱きしめてくる強い腕は、なかなか振りほどけるものではない。

ここはひとつ、朱貴妃が皇后を呪殺しようとしていたという大事件を提示し、関心を逸らそうとした玲琳だったが、

「貴妃・朱 雅媚よ。おまえが皇后の呪殺を企み、雛女に阻止されたとの叫びは、俺と殿下の耳にてたしかに捉えた。さては、皇子を死産したことの逆恨みか? これからしかと問い詰めてやるから、覚悟しろ」

(ああ……っ)

有能な鷲官長によって、捕縛どころか真相解明までなされているのに気付き、眩暈を覚えた。

「無事か、玲琳。玲琳だな。おまえが、玲琳なんだな」

尭明は切羽詰まった様子で、玲琳の首の傷を検め、さらには頬に手を添え、顔を上げようとしてく

る。明らかに不穏なことを叫んでいた朱貴妃すら放置して、玲琳とのやり取りを優先するあたりから
も、彼の切迫度合いが窺えた。
おそらく、慈しんでいた従妹の入れ替わりに気付けなかったばかりか、獣刑に追いやり、幾度とな
く罵ったことは、苛烈極まりない罪悪感を彼にもたらしているのであろう。
「こうして見れば、明らかだったな……。ああ、俺はなぜ気付かなかったんだ。おまえは、入れ替
わっていたんだな……！」
「な、なんのことでしょう。わたくしは――」
慧月に話しかける内容ではなかったためか、「朱 慧月でございます」の言葉は、紡がれることなく
喉の奥に消えてゆく。口をはく、とさせた途端、尭明がますます剣呑に目を細めたのに気付き、玲琳
はいよいよ冷や汗を浮かべた。
（こ、これはもしや、冬雪の荒ぶる懺悔の二の舞になるのでは……っ）
精悍な容貌に必死さを滲ませ、縋るようにしてこちらを覗き込む尭明に、つい一昨日の冬雪の謝罪
ぶりが重なる。
いや、責任感が強いのは結構なことなのだが、この入れ替わりによって玲琳はさしたる実害を受け
たわけでもないのに、それをあまりに激しく嘆かれ詫びられると、こちらとしても立つ瀬がないのだ。
こんなに焦燥されてしまうと、なんだかこちらが相手をいじめているようで申し訳ないし、追い詰
められた様子を見せられると、反射的に庇護欲をくすぐられてしまう。玲琳は自覚していなかったが、
黄家直系の女は、えてしてだめな男に弱いという悪癖があった。

どうしたものか、と、ちらりと視線を泳がせてみれば、完全に諦念を浮かべた莉莉が見える。鷲官長にも驚いた素振りなどなく、むしろ逃がさないとばかりにこちらを凝視しており、慧月に至っては、青褪めて空を見上げていた。

(空?)

つられて視線を向けてみて、驚く。

先ほどまではたしかに青空が広がっていたはずの場所に、凄まじい勢いで、暗雲が立ち込めようとしていた。

(えっ?)

もしやこれは、蠱毒成就の影響だろうか、などとも思ったが、どうにも様子が違う。どす黒い雲は、辰宇に引き立てられている朱貴妃ではなく、尭明の上空に集まりはじめていた。

「頼む、玲琳。俺の目を見てくれ。なにか言ってくれ。やはり……俺を、許せはしないか?」

暗雲は、玲琳の肩を掴む尭明の手の力と比例して、どんどん濃さを増してゆく。

ところどころ、稲光まで走り出したのを見て、背後の慧月は震える声で呟いた。

「なんということなの、こんな凄まじい龍気が……こうも、乱れ……」

どうやら、尭明の心の乱れが、そのまま龍気の乱れとなり、空を攪乱させているようである。

(まあ……お従兄様にそのような機能が)

過去、龍気の強い始祖は天候を操れたと聞く。ただ、近年でそれほど強い龍気を帯びた皇族はおらず、てっきりそうした能力というのは伝説の一種なのかと思っていたが、まさか、それを目の当たりにする日が来るなんて。

稲光は豊作の予兆ともいうから、農村部でこれを発揮してもらったら、かなり喜ばれそうである。

驚きつつも、ちらりとそんな感想を抱いてしまった玲琳とは裏腹に、慧月は口を押さえ、がくがくと激しく震えている。どうもその瞳には、それはおどろおどろしい光景が見えているようだ。

龍気が感じ取れるとは難儀なことだ、などと気の毒に思った玲琳だが、莉莉はへたりと腰を抜かし、辰宇までも息を呑んでいるので、もしかしたら、道術どうこうではなく、自分の生存本能が磨耗しすぎているだけなのかもしれない。玲琳の感性は、美しい詩を紡ぐことはできても、恐怖や警戒という点については、すこぶる鈍いのである。

「玲琳……っ、頼む、なにか、言ってくれ……！」

とうとう、暗雲から地上に一筋、閃光と雷鳴が轟いたのを見て、慧月がひいっと悲鳴を上げ、上擦った声で叫んだ。

「お、お願い！　なんでもいいから、早く話して！　封じの術も今解いたから、どうにかして殿下を宥(なだ)めてちょうだい……！」

「えっ」

打ち合わせもないのに、そんな無茶な。

唐突に重大な任務を託されてしまった玲琳は、しどろもどろに、尭明の関心を逸らそうとした。

「あのう……その話題よりも、もっと気にすべきことが、あるのではないでしょうか。その、朱貴妃様の陰謀ですとか……」

「先ほど朱貴妃が叫んだ内容で、すべて察せられる。彼女が呪いを仕込んだ。それで母上は病状を呈し、それをおまえが、呪いを撥ね返すことによって妨げたということだな。経緯はおおよそ理解した。彼女は辰宇が取り押さえている。ならば今は、おまえとの話を優先すべきだ」

従兄の理解力の高さに、玲琳はたじたじとなった。

「で、では皇后陛下のご容体は？　殿下、あなた様のお母君が、今まさにお苦しみなのですよ。ここでわたくしとの会話に勤しむよりも、一刻も早く、黄麒宮に向かわなくては。解呪できたとはいえ、心配ですもの。駆けつけなくてはなりませんわ、ええ、今すぐ！」

「あの母上が、臥せったところに駆けつけられて喜ぶと？　おまえに詫びを入れることもなく、母上の見舞いに行ったところで、彼女なら激怒するだろう」

淡々と返され、玲琳は内心でこう叫んだ。

（たしかに！）

どうも尭明は、母親の性質というのを、やはり玲琳以上に理解しているようである。

「それに、先ほど黄麒宮に向かった時点で、すでに冬雪が筆頭となって盤石の看護態勢を敷いていた。呪いが解けた以上、冬雪がおめおめと、母上の命を危機にさらすこともあるまい」

「た、たしかに、冬雪が指揮を執りはじめたら、ものすごい安心感がありますよね……ええ」

「冬雪は、一度覚悟を決めるや、それはもう勢いよく事態の経緯を語ってくれた。朱 慧月がおまえに嫉妬して体を入れ替えたことも、おまえがそれを知ってなお、彼女を庇おうとしていることも、な」

（冬雪……！）

思わず玲琳は天を見上げそうになった。

やはり彼女は、慧月への怒りをまったく解いてなどいなかったのだ。

（あとでお説教ですからね！）

「かつ、冬雪は、入れ替わりを見抜けなかったことを心底悔いているようだった。母上の容態が落ち着いたら、指を落とすなり刺青を入れるなりして落とし前を付けたいと涙ぐんでいてな。……気持ちは、よくわかる」

「………」

玲琳はふと心配になった。

お説教よりも、心理療法を優先したほうがよいかもしれない。

「そう、よくわかる。おまえへの罪悪感で心の臓が裂けてしまいそうで、この荒れ狂う感情をどうにか吐き出さねば、息もできないのだ」

とそこで、尭明は、玲琳の首元に指先を伸ばした。

先ほど朱貴妃に傷付けられ、薄く血を滲ませているあたりにだ。

「俺は……取り返しのつかない過ちを犯してしまった」

彼は、指先で血を掬い取ると、痛みをこらえるように眉根を寄せた。

「おまえを、傷付けた」

血をまとわせた指先は、微かに震えていた。

（ああ、そうか……）

そのとき、玲琳は不意に理解した。

彼の龍気をここまで乱している感情とは、怒りではない。悲しみなのだ。

尭明は、すべての責任を負おうとしている。正体を見抜けなかったこと、獣尋の刑に処したことはもちろん、玲琳が蔵でたった数日、ささやかな敵意に晒されたことも、予想外に陰謀に巻き込まれたことも、自分の意思で弓を引き続けたことも、油断して朱貴妃に切りつけられたことも、すべてをだ。

一瞬触れた肌からは、そんな彼の深い悲しみと罪悪感が、流れ込むかのようだった。

そう思えば、空を覆う暗雲も、苛烈な怒りの象徴というより、なんだか泣き出すのを堪えた涙雲のように見える。

「どうしたらいい。俺は、どう詫びればいい。向こう何年跪こうと、大陸中の財宝を差し出そうと、おまえの命を消しかけた罪は消えない。元凶の朱 慧月を、おまえを傷付けた朱貴妃を、八つ裂きにすればいいのか……!?」

「それはだめです」

ぴかりと空に稲光が走ったのを見て、玲琳は大慌てで叫んだ。慧月など可哀そうに、すっかり気迫に呑まれて、身じろぎひとつできないでいる。

一拍遅れて轟音を響かせる雷。耳を塞ぐように、玲琳は尭明の顔を両手で掴み、顔を寄せた。

「落ち着いてくださいませ、殿下」

そっと、話しかける。

少しだけ薄い色をした瞳が、真っすぐに自分を捕らえたことに安堵しながら、玲琳はじっと彼の顔を見つめ返した。

(優しい、お方)

彼は、優しいのだ。

玲琳のことを何者からも守ろうとして、かすり傷さえ負わさないように、大切に大切に、掌に閉じ込めようとしている。同時に、自分の手が玲琳を押し潰してはしまわないかと、気を揉みながら。

尭明は、雛宮で絶対の権力を持つ皇太子。気に入らない雛女など罰していいし、すべての罪を慧月に押し付け、無断で罰を下したって、誰に非難されるわけでもない。なのにそれをしないのは、彼の責任感が強いからだし、また、強権を揮って玲琳の望まぬ結果になることを、彼が避けてくれているからだ。

「英明なる殿下ですもの。この地を混乱させることは、本意ではないはず。ご覧ください、ここにいらっしゃる皆さまはもちろん、木や草までも怯えてしまっています。わたくしも、殿下がずっと気を乱していらしたら、怖くなってしまいますわ」

「…………」

最後の一言で、尭明を取り囲む空気が緩む。

頭上に広がる暗雲が、如実に薄らいだ。

「殿下。わたくしは無事です。たしかに慧月様は入れ替わりの術を行使しましたが、結果、わたくしは健康な体を得て、友にも恵まれました」

そこで玲琳は尭明の片方の手を取り、自らの首へと導いてみせた。

傷に触れてしまうのを恐れるように、彼が手を強張らせるが、しっかりと両手で覆い、首に押し付ける。

「ほら。びっくりするくらい、元気な鼓動でしょう？」

「玲琳……」

戸惑うように呟いた尭明に、玲琳は優しく微笑む。

「わたくし、本当に幸せでした」

「だが……、おまえの優しさに付け込むわけにはいかない。俺は償わねば」

「そうですわねえ……」

稲光は、もう見えなくなった。冷たく吹き荒れていた風も、徐々に静まりはじめている。

落ち着きを取り戻しつつも、やはり頑なな尭明に、玲琳は思考を巡らせた。

（きっと、何事もなく許されるというのも、受け入れがたいのでしょうね）

苦笑してしまいそうだが、もし自分が逆の立場だったら、その気持ちもよくわかる。

そのときふと、頭に閃くものがあり、玲琳は悪戯っぽく口の端を持ち上げた。

「では、償っていただきましょうか」

そうして、少しだけ目を細め、意地悪く尭明のことを見上げる。

視線一つ、言葉一つで、男を翻弄する、悪女のように。

「殿下。わたくし、そう言えばたしかに、言い分をなにひとつ聞いていただけず、悲しゅうございま

したわ。もう、殿下のことを気安く『お従兄様』などとは、とても呼べぬほどに」

「玲琳。本当にすまないことをしたと思っている」

「そう。殿下はまた、以前のような信頼関係を、取り戻したいとお考えですのね？」

「もちろんだ」

即座に頷いた尭明に、玲琳は「それならば」と、声に力を込めた。

「まず、この入れ替わりに関して、朱 慧月様を罰することはおやめくださいませ。元をただせば、朱貴妃様に唆されてのことでございます。罰されるべきは朱貴妃様お一人。操られ、しかも結果わたくしを幸せにしてしまった慧月様は見逃すべきです」

「だが、それではなんの償いにもならない――」

「お黙りくださいませ」

尭明が口を開くが、その唇に人差し指を押し当てて、封じる。

目を見開いた彼に向かって、玲琳は再び、顔を近付けた。

「反論は許しません。なにしろ、わたくし、殿下には『この悪女め』と罵られた身の上ですもの。殿下は大人しく、悪女の言うなりにならなくてはなりませんわ」

にこりと笑って、そう要求してくる玲琳に、尭明は絶句した。

それは、体の持ち主である卑屈な朱 慧月とは異なり、また、もとの儚げな雰囲気を持つ黄 玲琳ともまた少し異なり、彼女が初めて尭明に見せる、ふてぶてしさのようなものだった。そう、まさにあの皇后の姪であると、納得させるような。

だが不思議なことに、繊細優美なはずの胡蝶が見せた、意外に力強い羽ばたきは、尭明に不快さではなく、新鮮な驚きだけを与えた。

「――……ああ」

尭明は、無意識に、口元を手で覆う。細い指の感触を辿るかのように。

蘇るのは、中元節の儀。力強く、凛とした舞いで、彼の目を奪った「彼女」の姿だ。

それは朱 慧月であって、朱 慧月ではない。黄 玲琳であって、しかしまた、彼がこれまでに知っていた黄 玲琳とも、少し違う。

――同じ女に、二度にわたって惚れるということは、あるのだろうか。

そんな思いを噛み締めつつ、尭明は頷いたのだった。

「……わかった。朱 慧月への罰については、おまえの意向をすべて叶えよう」

「ありがとうございます。では二つ目。朱貴妃様への罰も、皇后陛下のご意向を優先してくださらなくては嫌でございますわ」

願いを叶えられた玲琳は、しかしまったくそこで手を緩めず、ぐいぐいと攻めていく。

「なにせ、当事者は皇后陛下。それに……朱貴妃様もすでに、罰を受けつつありますもの」

そこでちらりと、梨園(にわ)の隅に一瞥をくれた。

辰宇に取り押さえられていたはずの朱貴妃は、もはや捕縛の必要もないほどぐったりとその場に崩れ落ち、息を荒らげはじめていた。おそらく、返された蠱毒の呪いに、蝕(むしば)まれつつあるのだろう。

「いや……いやよ……、いや……っ、来ないで……」

彼女が虚空に見るのは、己が放った蜘蛛か、はたまた大ムカデか。

どんな人物であれ、苦しむ姿を目の当たりにするのは、つらい。玲琳は静かに視線を逸らした。

誰かが破魔の弓を鳴らせば、病魔は一時的とはいえ祓われるし、的を射れば、病魔は弱まる。玲琳がそうしてきたように、薬湯などの力を使って、物理的に症状を和らげることとて、可能のはずだ。

ただ――そうしてくれる存在が現れるかどうかは、彼女のこれまでの行いにかかっている、というだけで。

（心が……揺れるものですね）

大切な存在を傷付けた人間を絶対に許してはならぬ、と断じる決意とは裏腹に、ほんの一筋、他者を傷付けているという引き攣れるような罪悪感が胸に兆す。これはおそらく、玲琳がただ玲琳であったときには、わからなかった感覚だ。

朱貴妃にも、事情があったのかもしれない。罪人であれ、誰かを苦しめるべきではないのかもしれない。憐憫、怯え、本当にこれでいいのかと、何度も振り返りたくなるような、不安。かつて玲琳が手放したはずのそれらの感情は、ひどく、生々しい。

（ですが、これがきっと、生きるということ）

玲琳は自分に言い聞かせた。

たとえ呪いに手を染めてでも、やはり自分は、守りたい人を守らずにはいられない。それが悪行だというのなら、自分は微笑んで、その誹りを受け止めてみせよう。

（あら、それって、まさに悪女のよう）

ふと、悪行の果てににやりと笑っている自分の姿を思い浮かべて、玲琳は目を瞬かせた。

あまり上手に悪女めいた言動を取れないなと自省していたが、思いのほか、自分には素質があるのかもしれない。

「わかった。たしかにその判断は、母上自身か、さもなくば皇帝陛下に仰ぐべきだな。受け入れよう。……玲琳、これでまた以前のように、『お従兄様』と呼んでくれるようになるのか」

目の前では、寛容に頷いた尭明が、かすかな緊張をはらんでこちらを見つめてくる。

玲琳は雛女で、いずれ彼の妻となるべき女だが、彼女が望みさえすれば、ほかの黄家の女に簡単にその座を押し付けてしまえることを、彼は知っているからだろう。そして、いざとなれば、権力欲を持ち合わせぬ玲琳が、あっさりとそれを成してしまえることも。

息まで殺し、こちらを窺う男を、玲琳は静かに見返す。

雛宮の主、至上の身分の男相手に、懇願などさせるべきではない——そう頭ではわかっていても、彼女は、あとひとつ、要求を重ねずにはいられなかった。

(だってわたくし、まだまだふつつかとはいえ……悪女ですもの)

悪女は微笑みひとつで男を跪かせ、わがままの限りを尽くすと、相場が決まっているのだから。

「そうですわねぇ。あともうひとつ、願いを叶えてくださったなら、お従兄様とお呼びしないこともないのですけれど」

「なんだ？　なんでも言え」

ちら、と視線を向けた先では、すっかりやり取りに圧倒された慧月や莉莉が、流れに身を任せると言わんばかりに静かにこちらを見ている。

玲琳は彼女たちに柔らかく微笑みかけると、ついで尭明に向き直った。

「では、遠慮なく。どうか――」

ほうき星にさえ二つ願を掛けた欲張りな少女は、こうして、未来の天子相手に、大胆にも三つ目の願いを口にしたのだった。

＊＊＊

罪人に堕ちた朱 雅媚は、貴妃の地位を剥奪され、後宮を追放されるまでの数日、雛宮の地下牢へと閉じ込められることとなった。

蟲毒が返ってから、すでに三日。

その間に、皇后絹秀自らを交えた査問が開かれ、朱 雅媚のみを流刑に処し、朱 慧月は後見人の陰謀を阻止できなかったかどで七日間の謹慎、それ以外の朱家の者は無罪とすることが決まっていた。

皇后に蟲毒を用い、雛女二人を窮地に陥れたにしては、破格に寛大な処遇である。

皇帝に縋り、朱家断絶を求めるべきだと主張した尭明を、絹秀は「後宮のことは、皇后である妾に一任されておる」の一言で退けた。玲琳との約束もあったからだろう、尭明はそれ以上口を挟むことはしなかったが、やはり皇太子として思うところはあったのか、顔色は晴れない。難色を示して眉を寄せた息子を前に、絹秀はただ、このように告げた。

「朱 雅媚の恨みは、子を失ったことより始まったと見える。正直なところ、妾とておまえを失ったなら、呪いに手を染め、誰かを責めなくては生きてゆけなかったかもわからぬ。なに、結果だけ見れば、性質の悪い風邪に一日二日、悩まされただけのことだ」

と。

査問の場に同席した玲琳——もちろん、このときには元の姿を取り戻していた——は、その言いざまに苦笑したものの、絹秀に同意した。慧月もまた、この慈悲深い処置に異論などあるはずもない。鷲官長として同席していた辰宇も、ちらりと視線を上げたが、無論、皇后の意向に逆らえるものではなかった。

こうして、朱 雅媚のみを追放するという、異様に寛大な結論は、あっさりと下されたのである。

刑の宣告時には、呪殺未遂の事実を明らかにしては五家の権力均衡を欠くとして、「皇后に重大な不敬を働いた罪」などという曖昧な罪状まで用意された。

返呪に蝕まれた雅媚は、もはや床から起き上がれもしない。地下牢に運ばれても、悪寒に青褪め、うめき声しか上げられない彼女のことを、絹秀は拘束の必要はなしと断じ、鉄格子を下ろさせもしなかった。以降、すえた臭いと熱気の充満した地下牢の暗闇には、雅媚のか細い呻吟の声だけが、延々と響いている。

と、その闇の中に、ゆらゆらと揺れる炎が現れた。

「——ここはひどい暑さだというのに、おまえは寒そうだな」

女にしては低い、静かな声。

燭台を手に現れたのは、皇后・絹秀その人であった。

「………」

「声もないか。まあ、こんな場所にいたのでは、無理もない」

はあ、はあ、と息を荒らげながら振り返った雅媚に、絹秀は呟く。

日頃は愉快そうに口の端を持ち上げていることの多い絹秀だったが、今、その顔には、なんの表情も浮かんではいなかった。

「……大胆、ですこと。皇后、陛下が、……供も連れず、……敵の前に、現れる、など」

途切れ途切れに雅媚が皮肉を贈れば、絹秀はようやく感情を露にする。

彼女は、くっと、喉の奥で笑ったようだった。

「ほら見ろ。普通の女なら数刻で正気を失う牢にあっても、嫌味を言える。おまえはまったく、苛烈な女だ」

「…………」

眉を寄せた雅媚の前で、燭台を置くと、絹秀は、運び込んでいた麻袋を引き寄せた。

大きな、大きな袋である。ただし、さほど重くはないようで、彼女は袋を音もなく地に下ろすと、そっと牢の壁に立てかけた。

しばし、横たわったままの雅媚を見下ろすと、やがて彼女は口を開いた。

「なあ。刺繍にせよ、暗殺の計画にせよ、おまえは本当に、手の込んだことが好きよなあ。妾への恨みを晴らすためだけに、いったいどれだけの年月と、労力を費やした」

「…………」

「朱 慧月を引き取ったのも、このためだったのだろう。……あれは、まったく未熟だが、根は素直な娘だ。その心を操り、命を奪ってまで、妾を殺したかったのか。妹の忘れ形見——妾の至宝である玲琳を蹂躙してまで、妾を苦しめたかったというのか」

始終あっけらかんとしていた査問の場とは異なり、二人きりのこの空間で、絹秀の声は、まるで激情を堪えるかのようだった。

黄家は、慈しまれるよりも、慈しむことを求める血。自身が追い詰められたことよりもよほど、雛女二人を蹂躙されたことを、絹秀は後宮の長として、怒っているのであった。

「…………」

雅媚は、静かな怒りを湛える絹秀のことを、ぼんやりと見上げる。それから、ゆっくりと口を、嘲笑の形に歪めた。彼女が、久々に浮かべることのできた、苦悶以外の表情であった。

「もちろん。慧月を、利用することに、躊躇いなど、ありませんでしたわ。あの子は……無様で、浅慮で……なんの、取り柄もなかった。わたくしの言うことを、……愚かにも、丸呑みにして。縋るように、わたくしを、信じて、信じて……」

だがそこで、雅媚はふと、遠くを見つめるように目を細めた。

「わたくしの、皇子が、もし生きていたなら……このように、一心に母を慕うのだろうかと、……何度か、思いは、しましたわ」

声には、ほんのわずかか、罪悪感が滲んでいただろうか。いいや、しかしそれ以上に、遠くを見つめる黒い瞳は、焦がれるようだった。なにかを求め、けれど手に入らず、癒えぬ渇きに苦しむ者の瞳だ。

それを見て、絹秀は思った。

この女の情は、深すぎるのだと。

十月に満たない期間、顔すら見られなかった子どものことを、二十年間思いつづけるほどに。恨みを晴らすためなら、己を慕う者だって利用できてしまうほどに。

牢に、再び息苦しいほどの沈黙が満ちる。

やがて切り出したのは、やはり、絹秀だった。

「……妾はなあ。恨みの炎は、猛々しい、朱色をしていると思っていたよ。邪道だろうが、それで暖を取り、生き延びられるなら、結構なことだと。そう思っていた」

「え……?」

「だが、違うのだなあ。恨みの炎は、きっと、青白いのだ。どれだけ猛々しかろうと、恨みの炎を燃やす心は、氷獄のように、寒々しいのだろう」

絹秀は、横たわる雅媚に向かって、そっと膝を折った。

「軟弱者のおまえに、そんな寒さを堪えられるはずがなかったのだ。妾はあのとき、恨みの炎で暖を取らせようとなどするのではなく……こうして」

そうして、相手を抱き起こすようにして、その肩を抱きしめた。

「おまえを抱きしめに行けば、よかったのだなあ」

「…………」

「なあ、雅媚よ」

大きく目を見開いた女のことを、絹秀は肩書ではなく、名で呼んだ。そうするのは、もう二十年ぶりのことだった。

「おまえ、本当に、金家の女狐の言うことなど信じたのか。妾がおまえを呪い、おまえの皇子の運気を奪って、尭明に龍気を帯びさせたと、本気で、信じたのか」

問うておきながら、答えを拒むように、強く強く、抱きしめる。

雅媚の、無力で、やせ細った小さな体が、たまらなく哀れだった。

「なあ。雅媚よ。そんなわけがなかろう。妾は、心底、おまえに幸せになってほしかった。なのにどうだ。恨みの炎を燃やさせてやったところで、おまえは寒そうにしてばかりではないか」

「…………」

雅媚の白い頬を、雫が伝った。

熱い涙は、絹秀の肩に落ち、じわりと染み込んでゆく。それを感じながら、絹秀は続けた。

「恨みの杖は、おまえの歩みを支えなどしなかった。雅媚よ、もう妾を恨むな。足を引きずってでも、ふらついてでもいい。一人で、歩くのだ」

「…………っ」

くしゃりと顔を歪めた雅媚から、身を引き離す。

絹秀は、おもむろに立てかけていた麻袋を掴み、そこから、あるものを取り出した。

出てきたのは、女の身の丈ほどもあろうかという、大弓。弦を張り直した、破魔の弓であった。

「これを、やる。弦を指ではじくだけでも、おまえに憑いた病魔は、いくらか怯えることだろう」

まじまじとこちらを見返した雅媚に、絹秀は弓を突き出した。

「心に刻め。今後、誰もおまえのために弓は引かぬ。おまえを救うのは、おまえだけだ」

恨みに縋りつくのではなく。誰かを踏み台にするのでもなく。

たった一人で、これからの道を歩め。

そう告げてみせた絹秀のことを、雅媚は眩しそうに見上げた。

口を開いては、また閉じ。皮肉の笑みを浮かべようとしたものの、唇がわななき、代わりに、再び涙が零れ落ちた。

「……なぜ、弓なのです。……敵意の、表れですか?」

――なぜ、武器しか選択肢がないのです。敵意の表れですか？

泣き笑いでの問いの意味を、絹秀はすぐに理解したようだった。

彼女もまた、口の端を引き上げると、こう答えた。

「馬鹿め。武器を授けることの意味がわからないのか?」

その瞳が、潤んでいるように見えたのは、気のせいだろうか。

「……わかります」

雅媚の声は、嗚咽と混じって、無様に震えてしまった。

――たとえすぐに駆けつけられぬほど離れてしまっても、おまえを想い、自分の代わりにこの武器でもって、守り続けてみせる。

「……よく、わかりますわ」

これから彼女を待ち受けるのは、流刑地での過酷な生活だ。頼る者はなく、それこそ一人で、身を立ててゆかねばならない。

たった一人で。

けれど、――見守られている。

雅媚はふらつく身を起こし、震える手で、弓を受け取った。

絹秀はそれを見届けると、後は言葉もなくその場を去った。

地下牢にはしばし、蝋燭の芯が焦げる音と、雅媚の息遣いとだけが、満ちた。

「…………」

ぐ、と歯を食いしばり、雅媚は弦を引いてみる。弱った女の腕では、もちろん弦はさしたる音を立てることもなかった。それでも、ほんのわずか、弦が震えただけで、雅媚は、体を蝕む病魔が、少しだけ勢いを弱めたのを感じた。

――ビ……ン。

ささやかな、まるで吐息のように頼りない音。

――ビ……ン。

だが、雅媚は、何度も何度も、弦を弾き続けた。

「…………」

やがて、彼女は余韻を味わうように、目を閉じる。

——妾は、心底、おまえに幸せになってほしかった。

「……わたくしは」

美しい形の唇のすぐ横を、透明な涙が流れ落ちていった。

「この二十年間……その言葉を、聞きたかっただけなのかもしれませんわ、絹秀様」

涙も、ぎこちない弦音も、しばらくやむことはなかった。

エピローグ

いよいよ日差しも極まる、盛夏のある日。

朱駒宮の外れ、蔵の前でせっせと草をむしる、少女の姿があった。

汗を滲ませた衣は、銀朱色。朱駒宮で上級女官の地位にあたる彼女は、莉莉であった。

蔵は初夏の頃よりずいぶんしっかりと補強され、梨園も美しく整備されている。莉莉は流れ落ちる汗を拭うと、満足げに立ち上がった。

「あらまあ、汗をだらだら流して、みっともないこと」

とそこに、本宮に繋がる方角から、意地悪そうな声が掛かる。

振り向けば、そこにいたのは、鮮やかな朱色の衣をまとい、裳にたっぷりと風を含ませた、朱家の雛女であった。

「もっと身なりに気を遣って、汗をこまめに拭いたらどうですの？　ほら、ぼうっと立ってないで、さっさと木陰に入りなさい。太い血管のそばを冷やすのよ。この氷水で絞った手ぬぐいで、その、ぼうっとした頭ごと冷やすことね」

悪名高き雛宮のどぶネズミ、「朱　慧月」は、莉莉に冷えた手ぬぐいを押し付けると、颯爽とした足取りで梨園を突っ切ってゆく。

すっかり美しくなった肌を惜しげもなく陽光にさらし、それからぱっとこちらを振り向いた。

「だいたいなんなの、この草のむしり方は。隙なく丁寧にむしり取られていて、主人の出る幕がないではございま……ないではないの。天才なの？　まったく、主人を立てることを知らない女官ね」

「……あの」

「おお、いやだ。反論なんて聞きたくないわ。あなたの仕事は、半刻ほどしっかり休むことよ。ほら、さっさと木陰に下がりなさいよ。きちんと水も飲むのですよ。塩と糖を少々加えるとなおいいわ」

「あの」

ご機嫌に言い切って、くるりと背を向けた雛女に、莉莉は溜息とともに切り出す。

「ばれればれですよ、玲琳様」

「えっ」

いそいそと土に屈みこんでいた相手は、びくっと肩を揺らして振り向いた。

「な……なぜです!?　今回は口調にも配慮しましたのに！」

「いやあ……口調っていうか、それ以前の問題っていうか……」

「ちゃ、ちゃんと、罵りましたでしょう？」

「うん、愛情しか感じられない忠告なら頂きましたかね」

生温かい微笑みを浮かべて指摘すると、朱 慧月――の体に収まった黄 玲琳は、この世の終わりのような顔をした。

「そんな……今回の入れ替わりに際して、あれほど念入りに想定問答集まで作りましたのに」

「そういう無駄な努力やめましょうよ。っていうか、いそいそ土いじりをする雛女っていう時点でおかしいんですって。ほら、ごく自然にだんご虫を掌で遊ばせたりしない！」

「はっ、つい」

落ち込みながらも無意識に畑に手を突っ込んでいた玲琳は、莉莉の鋭い指摘によって、慌てて腕を引っ込めた。

そんな主人の様子を見て、莉莉は再度溜息を落とす。

「今日は殿下、来ないといいですねぇ……」

「だ、大丈夫です、昨日は明け方近くまで他国との宴があったと聞いておりますもの。お疲れで、午前中はさすがに身動きも取れないはず」

「うわ、やめてくれません？　あんたの場合、そういうことを言うと、逆の事態に陥りそうで怖い」

「莉莉こそ、そんな怖いことを言わないでくださいませ。殿下は来ません。よって入れ替わりも見抜かれません。大丈夫ですったら！」

玲琳はむきになって言い募った。

そう。彼女は、尭明が入れ替わりを見抜けるかどうか、賭けをしているのである。

――どうか、これからもたびたびの入れ替わりをお許しくださいませ。もしわたくしが慧月様と入れ替わったとき、殿下が正体を見抜けたならば、そのときは「お従兄様」とお呼びして、あなた様の雛女でいつづけると、誓いますわ。

あのとき、玲琳はそう願い出た。そして尭明は、その内容に面食らった様子だったが、やがて小さく噴き出した。

そうして、いつもの、あの堂々とした様子を取り戻し、頷いてみせたのである。

——わかった。では、今度こそおまえを、俺の胡蝶を、捕まえてみせよう。

瞳は生気を取り戻し、唇の端には好戦的な笑みが滲む。

なにやら、彼の狩猟本能に火が付いた模様であった。

(ほんと、人を焚きつけるのが上手なんだから……いや、無意識なんだろうけど)

大丈夫、大丈夫と胸に手を当ててぶつぶつ呟く玲琳を前に、莉莉は淡く苦笑する。

尭明は相当本気と見え、あの日から今日にいたるまで、三日にあげず黄麒宮と朱駒宮にやってきては、入れ替わりを見極めようとしている。これまですでに二度、一日ずつ、彼の目を盗んで玲琳は体を入れ替えていたが、そのたびに慧月が震えあがって「お願いだからもうやめて、今度こそ絶対見抜かれるわよ」と叫んでいたのは記憶に新しい。

だが、慧月も強く断れないあたり、すっかりこの玲琳に籠絡されてしまっているのだ。

それに、尭明が「もしかして相手は玲琳かもしれない」との前提に立ち、穏やかに、かつ頻繁に朱駒宮を訪れるがゆえに、朱家の人間は他家からの攻撃を免れている。追放された朱貴妃の生家とはいえ、皇太子自身が丁重に遇するというなら、それに倣わざるをえないからである。

(玲琳様は、そこまで考えて提案したんだろうってことも、うっすら、わかるしな……)

結局、玲琳の底抜けの慈愛深さを前に、周囲はふらりと惹きつけられざるをえないのだ。

（いや、慈愛深さっていう点は、むしろ黄家全体の特徴かもしれないけど）

真相を知った皇后が、朱貴妃、いや、朱　雅媚のみを後宮から追放したことを思い出し、ふと莉莉は思った。あれだけおぞましい陰謀であったのに、皇后はその詳細を明らかにすることなく、重大な不敬があった、などという曖昧な罪状で、追放刑に処したのである。

ちなみに、入れ替わりの事実もまた、それを知っている人物たちの間だけで内々に秘され、朱　慧月は玲琳の体を奪った罰ではなく、朱家の不敬を防げなかった罰として、再び七日の謹慎を命じられた。かなり軽い処分と言えるが、これは、彼女が蠱毒の阻止に協力したことと、玲琳の執り成しがあってのことである。

その謹慎も無事に終え、朱　慧月は貴妃不在の朱駒宮における代表者として、諸々の手配に駆り出されることとなった。眠る間もないほど忙しいが、本人は存外楽しそうである。

もしかしたらそれは、これまでに彼女を蔑んできた女官たちが、その余裕もないほどに追い詰められているからかもしれないし、ときどき玲琳と入れ替わることの刺激に比べれば、大したことがないからかもしれない。

そう、入れ替わりのときには、慧月は黄麒宮で、冬雪に私怨まじりのしごきを受けているのである。

「こんなふうに、丸く収まることとって、あるんだなぁ……」

言いつけ通り木陰に落ち着き、莉莉はそこから梨園を眺める。

冬雪のせいで半ば「公共空間」と化し、玲琳が見境なく投資をするもので、すっかり手入れの行き届いたそこは、あちこちに花が咲き乱れ、野菜がたわわに実る、楽園のような場所になっていた。

泥をかぶり、震える手で短刀を握りしめたあの日には、想像もしなかった光景である。

「ほら！　ほら莉莉、見てください。今、だんご虫さんの集まる岩をすべてひっくり返してやりましたよ！　これはいわば住居破壊、国家転覆……ふっ、この恐れ知らずの悪行には、悪女の本家・慧月様も戦慄することでしょう……」

「はいはい、悪行ですねー。悪女ですねー」

陽光のさんさんと降り注ぐ梨園では、朱　慧月の顔をした玲琳が、ちょっと得意げな顔で岩を持ち上げている。どうやら、てんで悪女(けいげつ)らしくないとこき下ろされたのが不満だったらしい。

莉莉が極めて雑な拍手を贈ると、玲琳は拗(す)ねたように口を尖らせた。

「まあ、意地悪な莉莉ですこと」

「意地悪なんかじゃないですよ。こんなに健気な女官を捕まえて、なに言うんです」

「いいえ、意地悪です。ほら、今日だってまた銀朱の衣を着ている。わたくし、ずいぶん前に藤黄(とうおう)の衣を差し上げたと思うのですけど」

ちら、と衣に視線を向ける玲琳は、いつ莉莉が黄麒宮に来てくれるのかと、待ちわびてくれているようである。

「……いやぁ。そりゃあたしだって、着たいとは思ってるんですけど。今はまだ、朱駒宮もこんな有り様ですし。それに、こうして入れ替わるときに、朱駒宮側にも、事情を知る人間がいたほうが便利でしょう？」

ぼそぼそと言い訳を紡げば、玲琳は「それはそうですけど」と頬を膨らませつつも、素直に引き下がった。

「あっ、西瓜がいつの間にこんなに大きく！　早く収穫しなくては、実が割れてしまうではありませんか。あ、これ、紫龍泉の水で冷やしたら美味しいでしょうか……殿下に頼んでみましょうか……」

と、早くも梨園の実りに意識を奪われ、一番おいしい食べ方についてうんうん唸りはじめる。

「いや、禁域の泉を氷室扱いするの、やめましょうよ」

莉莉は呆れの嘆息を漏らしながらも、次の瞬間には、西瓜を抱え持って大はしゃぎする玲琳を、つい眩しそうに見つめるのだった。

（本当は……藤黄の衣を着ない理由は、ほかにあるんだけど）

胸の内で、そっとひとりごちる。

そう。彼女がなんだかんだと理由を付けて、朱駒宮に留まっているのは、この蔵にいれば、玲琳の「特別」でいられるからだった。

おそらく、玲琳との入れ替わりを承諾しつづける慧月も、同じことだろう。共通の秘密を持つ者同士、まるで親友のようでいられるから、不承不承を装いつつも、彼女は初めて手に入れた話し相手をけっして手放さない。何度となく黄麒宮や朱駒宮を訪れ、正体当てに躍起になる尭明もそう。詫びの代わりにと、一層忠実に玲琳に付きまとう冬雪もそう。仕事を装って、頻繁にこの蔵を訪れる辰宇もそう。

皆、黄 玲琳を――この、軽やかで優雅な胡蝶を、その手に掴みたいのだ。

「……ほんと、あんたは、たいした悪女ですよ」

夏の梨園は光に溢れ、青々とした草木は、力強く天を目指す。

その中心にあって、ほかのなににも負けぬほど、きらきらと瞳を輝かせる玲琳のことを——人の心を奪って離さない悪い女を、莉莉は飽かず見つめつづけた。

＊＊＊

「長官、先ほどから草陰に突っ立って、どうなさったんです？」

背後から文昴(ぶんこう)に呼び掛けられて、辰宇(しんう)は我に返った。

「いくら物理的には、この蔵は公共空間扱いとはいえ、やっぱりここは朱駒宮内なんですから、一つの家の宮に鷲官長(しゅうかんちょう)が入り浸るっていうのもよくないですよ。見回りを済ませたなら、さっさと立ち去りましょうよお」

この部下の事なかれ主義は、相変わらずだ。

だが、辰宇の背後からひょいと視線の先を覗き込んだ彼は、朱家の雛女と女官が楽しげに話し込んでいるのを見つけて、「おや」と目を瞬かせた。

「今日は朱　慧月も畑の世話に来たんですか。女官と親しげに話している姿、なんだか久しぶりに見かけましたね。最近は多少ましになったとはいえ、しょっちゅう女官たちとやり合っているのに」

「……まあな」

辰宇は曖昧に頷く。

この部下には、乞巧節からの十日ほど、朱 慧月と黄 玲琳が入れ替わっていたことを知らせていない。彼の中で朱 慧月は、「一時期様子がおかしかったものの、すぐに元に戻り、多少ましになったもののやはりわがままな性格の雛女」という認識であることは、想像に難くない。

「今日は機嫌がいいってことですか。朝餉が好物だったのかな？」

「さあな」

身を乗り出し、「それとも化粧がばっちり決まったとか？　なんか、今日はやけに美人に見えるような――」と詳しく観察しだした文昴を、辰宇は強引に遮った。

「行くぞ。朱駒宮は今日も異常なしだ」

「えっ？　でも、朱 慧月がいるのなら、もっとじっくり検分しておいたほうがいいんじゃないですか？　事情はよく知らないですが、殿下は黄 玲琳様に加え、最近は朱 慧月の動向にも、いつも注意を払っているご様子だし」

得点稼ぎに余念のない文昴は、慌てた素振りで言い返す。

「朱 慧月の様子がおかしければ、殿下のお耳に入れてあげたら、きっと喜ばれるのではないですか？」

「お忙しい殿下を、そんな些事で煩わせるな」

だがその申し出を、辰宇は淡々と切り捨て、さっさと踵を返した。

本当は、尭明がなによりその手の情報を待ち望んでいることは知っている。

だが、だからこそ耳に入れたくないのだ。

――もしわたくしが慧月様と入れ替わったとき、殿下が正体を見抜けたならば、あなた様の雛女でいつづけると、誓いますわ。

悪戯っぽい、誘うような声を思い出す。

不慣れにも悪女を装って、けれど実際のところ、それ以上の凶悪さで、尭明を翻弄してみせた黄玲琳。彼女が入れ替わっているところに尭明を踏み込ませてしまえば、とうとう憂いをなくした皇太子は、誰に憚ることなく玲琳をその手に閉じ込めてしまうのだろう。

ひらひらと舞い、人をひきつけてやまなかった蝶は、哀れ、永遠に籠の中だ。

（……べつに、鷲官長としての職務は怠っていない）

辰宇の本分とは、雛宮から外敵を排除し、秩序と治安を維持することだ。けっして、雛女の機嫌の良しあしをつぶさに観察することではないし、「今日は土に手を差し込みはしゃいでいました」「瓜を持ち上げる腰の入り方が堂に入っていました」などと、そんなくだらない情報を政務者に上申することではない。

（……差は、一刻だった）

おそらく、尭明はあの蔵で「朱 慧月」に啖呵を切られたとき、その正体が黄 玲琳であることに気付いた。破魔の弓の弦切れから、辰宇が彼女の正体に思い至ったのは、それから一刻も経たないときのことだ。

あと一刻、気付くのが早ければ。

自分は黄 玲琳に迫り、その正体を吐かせることができていたかもしれない。

長く時をともにしてきた従兄すら気付かなかった真実を見抜き、その魂に肉薄し。

あの澄んだ瞳に、自分の姿を刻み付けることが、できたのかもしれない――。

(……なぜ、俺は彼女に、こんなにも執着している?)

我ながら不思議で、辰宇はふと、草道を進む足を止める。

これまで、自分が興味を覚えてきたのは、戦闘行為か、せいぜい武器の手入れくらいのことで、誰かの面影が常に心を占めることなどなかった。

(だが……そうだ、これは、狩りに似ている)

しばし思考を巡らせ、辰宇は不意に、腑に落ちる答えを得た。

これは、狩りに似ているのだ。

心が高ぶり、集中力が研ぎ澄まされ、獲物のことしか視界に入らない。

その獲物が美しく、敏捷であるなら、なおさらのこと。必ず仕留めると、そう魂が叫んで、やまないのだ。

日頃感情を浮かべぬ唇の端が、ふいに持ち上がる。

今、辰宇は、心の奥底からふつふつと泡が湧きあがるような、奇妙な興奮を覚えていた。

(必ず、仕留める)

なぜなら自分は、鷲の役職名を戴いた、武官なのだから。

辰宇は、力強く輝く青空を一度だけ見上げると、次には、迷いのない足取りで朱駒宮の門をくぐろうとした。

「へえ。ここが朱駒宮かぁ。門構えからして派手だなァ」

「兄上、さすがに無断で踏み入っちゃまずいでしょ」

――不穏な発言を耳が拾ったのは、そのときのことだ。

広大な門の向こう側、ちょうど人目に付きにくい茂みの奥で、二人連れの男たちが言葉を交わしているのを、辰宇は見て取った。

「大丈夫大丈夫、塀をぐるっと回り込んで、ひょいっと飛び込めばいいだろ」

「いや、もっと悪いんだけど。万が一鷲官と鉢合わせして、殴り合いにでもなったら、せっかく最愛の妹に会いに来たっていうのに、その前に伯母上に八つ裂きにされちゃうよ」

距離があるからだろう、相手はこちらに気付いていない。辰宇と同じくらいと見える年頃の若い男たちだった。

簡素ではあるが、黄色を基調とした衣をまとっているところから、黄家の縁者とわかる。けっして雅とは言えない雰囲気。しかし、二人とも目鼻はすっきりと整い、清々しい。

辰宇が怪訝に思って眉を寄せる先で、「兄上」と呼ばれた大柄な男のほうが、にいと悪童のような笑みを浮かべた。

「でも、ちょっとくらい拝んでみたいもんじゃねえか。俺たちの可愛い可愛い玲琳を、高楼から突き落としたっていう悪女の顔をよ」

特別編

弓を競いて

「なんだと？　明日も妾と遊べぬと言うのか？」

夏も盛りを過ぎ、梨園を吹き渡る風もほんの少し涼しいものになってきた、夜のことである。

姪の室に足を伸ばしていた黄麒宮の主・絹秀は、大いに鼻白んだ声を上げた。

「明日、雛宮は休みではないか。せっかく朝から鍛錬ができると、楽しみにしていたのに」

「申し訳ございません、陛下。明日は、殿下から梨園を散策しないかとお誘いを受けておりまして」

相手――玲琳はといえば、伯母の茶を新しいものに替えてやりながら、残念そうに眉を下げる。

「陛下と素振りで始める休日というのは、大変魅力的なのですが、先に殿下からのお誘いを受けてしまいましたため……申し訳ございません」

「まったく尭明め、息子の分際で、二週連続で妾から玲琳を取り上げるなど。調子に乗りすぎではないか」

絹秀は皇后らしからぬ態度で毒づいたが、そんな態度にも慣れっこの玲琳は、悲しげに頬に手を当てるだけだった。

「いいえ、わたくしの悪女素養が高すぎたのがいけなかったのです。啖呵を切ってしまったこともありますし、次にわたくしがどんな悪事を働くのかと、殿下も気が気ではないのでしょう。それで、一刻とて監視を緩められないのです」

「お、おう」

茶器を口にしていた絹秀が、わずかに噎せる。

尭明が玲琳から片時たりとも目を離さないのは、間違いなく、今度こそ入れ替わりを見逃さないためだし、それ以上に玲琳との交流を願うためであったが、それが欠片も伝わっていない様子なのが、なんとも面白い――もとい、哀れだった。

ただ、こんなにも玲琳に振り回されている息子のことを、絹秀は好ましく思う。だいたい彼は、皇太子として隙なく振る舞おうと努力するあまり、ときどき可愛げがないのだ。たまには失敗のひとつもやらかして、しょんぼりと肩を落としているほうが、黄家の女としてはよほど親しみを覚えるものなのだが。

けれど尭明は、自身の失敗を餌に同情を買おうなど考えもしないし、入れ替わりを見抜けなかったことを悔やんでは、失点を取り返そうと奔走するのだろう。その健気さを思えば、それはそれで愛らしい気もする。

ちなみに絹秀はと言えば、玲琳の様子に違和感は抱いていたものの、入れ替わっていたとまでは思っていなかったので、後から玲琳に真実を告白されたときには、それなりに驚いたものだ。が、そこは皇后の貫禄、説明を平然と聞き入れたうえで「なるほどな」とだけ頷いてみせた。それで玲琳はすっかり、「さすが陛下は、事態を見通していらしたのですね」と感動し、目を潤ませていたものである。

絹秀はそれに軽く笑って、否定も肯定もしなかった。皇后の座にある女は、このくらいふてぶてしくてちょうどよいのだ。

口元に浮かぶ笑いをなんとか押し殺し、絹秀はひとつ咳払いをした。

「そうか。まあ、おまえ、悪女だものなあ、うん。尭明が目を離せぬのも無理はない。だがそう言えば、鷲官長も、このところやたら、おまえに張り付いていないか？」

そう指摘したのは、例の入れ替わり以降、辰宇が頻繁に黄麒宮や朱駒宮の蔵に顔を出し、玲琳と会話を持とうとしているからである。休日、玲琳が尭明と過ごす時だって、必要以上に辰宇が供をすることが多い。

明らかにその行動は、尭明の抜け駆けを監視する男のそれであったし、辰宇が玲琳に向ける視線には、ほかにはない熱が宿っているように見えたが、玲琳はこれにも、恥ずかしそうに目を伏せるだけであった。

「はい……。なにしろわたくし、国宝の破魔の弓を気合いのままに破壊してしまった大罪人でございますゆえ、武器を愛する玄家筋の鷲官長様には、相当警戒されているものと見えます」

「ぶっ……、おう」

そちらは、そう来たか。

絹秀はまたも噴き出しそうになったが、一拍後には、何食わぬ顔を取り繕った。息子の尭明ならともかく、なにもあの仏頂面の辰宇の好意を、わざわざ教えてやる必要もない。

「そうか。人助けのため動いた結果なのだし、あまり責めてくれるなと、妾からも言ったというのに。たかが国宝の一つを壊したくらいで、狭量な男よなあ」

「生半(なまなか)な職人に任せたのでは弓が嫌がるということで、結局、玄家筋の鷲官長様に弓を張り直していただきましたし、しかもその後、弓は国宝庫の目録からは外されてしまいましたし……。恨まれても致し方のないことだと反省しております」

しょんぼりと肩を落とす玲琳は、男たちがしきりと自分のもとにやってくるのは、警戒と監視のためと信じて疑わぬ様子である。せっかく、後宮の女なら誰もが焦がれる美男二人を両脇に侍らせているというのに、その顔はまったく晴れない。

それを見た絹秀は「ふむ」と頷くと、やがて膝を打ってこう切り出した。

「よし。では妾が、可哀想なおまえに、完全なる自由な休日を授けてやろうではないか」

「え？」

玲琳は目を瞬かせたが、絹秀は取り合わない。

すっくと椅子から立ち上がり、整頓された室内を楽しげに見回した。

「実は、尭明がこのところ激務続きなのが、母としては気になっていてなあ。あやつめ、こたびの陰謀騒ぎで国が動揺してはならぬと、皇太子として、必要以上に自分を追い詰めているようなのだ。しかも、せっかく捻出した自由時間はすべておまえの『監視』に割いているので、息抜きの暇もない。鴻才(こうさい)たち文官も心配しておる」

「まあ……心苦しい限りです」

「いやいや、あやつの要領が悪いのよ。気にするな」

むしろ、玲琳との逢瀬こそ、尭明が自分に許した唯一の息抜きだったのだが、そんな都合の悪い事実はさらりと無視して、絹秀は鷹揚に笑ってみせた。自分だって、可愛い姪と遊びたい。

「そして、鷲官長・辰宇。あやつ、武技に優れているのはいいが、自分自身が常軌を逸した体力の持ち主なだけに、稽古が厳しすぎてな。特に、炎天下の弓稽古については、一日でもいいから休ませてほしいと鷲官からの嘆願があった」

「まあ、そのような過酷な稽古を？」

「こらこら、ときめいた顔をするでない」

絹秀は、わずかに身を乗り出した姪を宥めつつ、棚に保管されていたあるものを摘み上げる。

それは、玲琳が刺繍の腕を鍛えるために縫い上げた、香袋であった。

「相変わらず見事な腕前だ。乞巧節に、尭明に渡さなかったのだな？」

「ええ。お渡ししたかったのですが、一連の騒動で、機を逃してしまいまして」

織姫にあやかり、刺繍の腕を競う乞巧節には、好いた男性に香袋を贈るのが詠国の流儀だ。雛女である玲琳は、当然尭明に向けて香袋を用意していたのだったが、入れ替わりのどたばたで、結局渡せずじまいだった。

「節句を過ぎた品を殿下にお渡しするのも失礼ですし……。大兄様が『誰にも香袋をもらえなかった』と嘆いていらっしゃったので、小兄様のぶんも作って一緒にお譲りしようかと」

「いやいや、あやつらには過ぎた品よ。これは、景品に使わせてもらおう」

「景品？」

首を傾げた玲琳の前で、絹秀はふっと口の端を引き上げてみせた。

「よいか、玲琳。邪魔な駒が二つあるなら、その駒同士を戦わせて、無力化するのだ。明日は伯母上が、正しい将棋の指し方というものを教えてやろう」

意味深に笑って、香袋に軽く口づけを落とす。それから、ご機嫌な様子で、玲琳に誘いかけた。

「というわけで、明日は朝から、妾と遊ぼうな」

＊＊＊

翌朝、眩しく光の射しこむ回廊を、足早に歩く男の姿があった。

今日も今日とて、髻（もとどり）を結った髪のひと筋まで凛とした、詠国の皇太子・尭明である。彼は、明け方から膨大な政務を片付け、やっと玲琳を訪ねる時間を確保したところであった。

「皇太子らしい悠然とした言動を旨となさっている殿下にしては、ずいぶんと急がれますね。こんな朝から忙しくされるくらいなら、休日のたびに玲琳殿を誘われるのを、控えられてはいかがですか」

回廊を急ぐ尭明の後には、同じ速度でぴたりと付いてくる、鷲官長・辰宇の姿がある。

「毎週のように殿下が黄麒宮にいらっしゃるので、鷲官たちに課している休日の弓稽古を、いつも中座せざるを得ません。それでなくても、用件なき雛女への訪問は、眉を顰（ひそ）められるべき行いかと」

「ふん。だから、おまえに随伴など頼んでいないだろうに、辰宇？」

淡々とした声で申し出る異母弟に、尭明は即座に言い返す。

彼は、すぐ後ろを歩く辰宇のことをちらりと振り返ると、片方の眉を上げた。

「べつに今日は、おまえに運ばせる土産もないし、随伴ならほかの鷲官で十分だ。おまえは今この瞬間にも稽古に戻り、鷲官長としての本分を果たしてくれても、一向に構わないが」

「それでは礼を欠きますゆえ」

だが辰宇も動じない。

彼は「今日も暑いですね」と述べるときくらいの無感動さで、尭明に鋭い皮肉を寄越した。

「毎週毎週、勢いよく玲琳殿めがけて突進なさる殿下をお止めするには、せめて私くらいの身分と体格がある者でないと。雛宮の秩序と雛女を守るのが、鷲官長の本分ですので」

「おまえ……人のことを、まるで肉をちらつかされた獣のように」

さすがの尭明も、これには顔を引き攣らせ、歩みを止める。だがここで、「まるで俺が雛女を攻撃しているかのような口ぶりではないか」とは言い返せなかった。

誰より愛おしいと思っている相手を、誤解の末に獣刑に処し、蔵に追いやったこと、そして相手の主張を三度に渡って受け入れなかったことを、痛烈に悔いているからだ。

もはや後がないほどに、今の自分は男として劣勢だと自覚していたし、獣に例えられてもおかしくないほどに、なりふり構っていないということもまた、理解していた。

だが、それはべつに、辰宇に指摘される筋合いのことでもないはずだ。

（だいたい、いつの間に、玲琳のことを「玲琳殿」などと呼ぶようになった）

少し前までは、どの雛女のことも、しゃちほこばって姓名すべてを呼んでいたはずだ。いや、朱慧月に至っては、ほとんど呼び捨てにしていたか。

それが、この入れ替わり騒動が落ち着くころには、すっかり「玲琳殿」呼びが定着してしまった。その程度のことを指摘するのも狭量のようで避けているが、本音を言うなら、辰宇にはぜひ「黄玲琳殿」と呼んでいたときの距離感まで戻ってほしい。

(気付いていないのか。玲琳の名を呼ぶとき、口元がわずかに綻んでいることを)

滅多に表情の動かない異母弟。その冷え冷えとした美貌に、人は威圧感を覚えることのほうが多いが、長く時をともにしている尭明だからこそ、そのわずかな差異がわかる。玲琳の名を呼ぶときの辰宇の声、玲琳を見つめるときの彼の瞳には、熱があった。肉をちらつかされた獣はどちらだと、そう言い返したいほどである。間違いなく、この入れ替わり騒動で玲琳の本質に触れ、引き寄せられてしまったのだろう。

特定の相手にだけ感情を昂ぶらせてしまう玄家の性質も、玲琳のような、こちらの意表を突く人間にどうしようもなく惹かれてしまう性質も、厄介なことに、尭明にはよく理解できてしまった。同類だからだ。

(だが、それを親切に教えてやる義理も、ないな)

辰宇はかわいい弟だ。死んだ魚のような目をしている彼が、もし女性に振り回されるようになったなら、ぜひとも応援してやろうと思っていた。が、競争相手となるなら、話は別だ。

有象無象の相手ならともかく、彼は、最下級妃なら娶ることも可能な、鷲官長なのだから。

尭明は苛立ちを押し殺し、その精悍な顔ににこりと笑みを浮かべた。

「おまえの職務への忠誠心は評価する。だが、忠誠心なら、ほかのところで発揮してもらって一向にかまわないと言っている。俺のために集められた雛女に近付こうなど、下心と取られてもおかしくないと思わないか？」

我ながら大人げない牽制だ。だが、たとえ異母弟相手に無様な姿を見せようと、絶対に奪われたくない存在があるのだから、そこはもう仕方がない。

辰宇は発言を受けると、さも不思議なことを言われたとばかりに目を瞬かせた。

「……私が、雛女に下心を持っていると？　殿下のために集められた、雛女に？」

どうやら、本当に自覚がなかったらしい。

尭明は、呆れたような、安堵したような心地になって、軽く肩を竦めた。

「もちろん、おまえにそんなつもりなどないと、知っているがな。そう見えることもあるという、これは一般論だ。おまえも少しは、そのあたりを意識して行動を――」

「下心、というのがどんなものかはわかりかねますが」

だが、尭明の執り成し、兼、念押しの言葉を、辰宇は淡々とした口調で遮った。

「鷲官長とは雛宮と雛女を守る者です。殿下が蔵に捨て置き、傷付けた胡蝶があるならば、それを守るのも本分のうちかと思っておりました」

「…………」

素直な表情から、単純に胸の内を告げただけとわかるが、下手な嫌味よりもよほど、過ちを犯した尭明の心を抉る発言である。

(だいたい、辰宇よ。本当に職務ゆえと言い張るならば、皇太子が退けた雛女など、鷲官長のおまえは処分すべきだろうに。矛盾に気付いていないのか?)

尭明と辰宇は、しばし、それぞれ笑顔と無表情で見つめ合った。

「……入れ替わりの間、自分は玲琳を守ったと言いたいわけか? そうだな、たしかにおまえは塩と軟膏を贈ったものな。それぞれ後宮の厨(くりや)と鷲官の詰め所から持ち出しただけの、特におまえが身銭を切ったわけでもない品だが、その価値は万金に値すると、俺に対してそう誇りたいわけだな」

「いいえ。結局のところ、私がかの雛女のためにできたことなど、なにもありませんでした。もっとも、かの雛女になにかをしでかしてしまうこともまた、特にありませんでしたが」

夏の回廊に、凍り付くような冷気が漂う。

両者はしばし見つめ合ったが、やがて尭明は前を向き、再び回廊を進みだした。辰宇もすぐあとに続く。

実際、彼ら二人とも、玲琳を守れなかったのはその通りだ。相手を追い詰めてしまったぶん尭明の分が悪いが、後宮を揺るがす陰謀に対して、真っ先に気付いたのも体を張ったのも玲琳で、彼らはその事後処理くらいしかしてあげられなかった。

(これからだ。過ちのぶんは必ず、取り返す)

尭明は自分に言い聞かせる。

大きな過ちを犯してしまった自分だからこそ、今度こそ間違えない。頑なさや照れを捨て、相手に誠意を尽くすのだ。あとは、もう少し、寛容さを心がけて。憎き敵だからと頭ごなしに対立しては、巡り巡ってまた自分の首を絞めることになるのかもしれない。そう考えれば、辰宇のことを徹底的にやり込めようとも、思いきれなかった。

「それで、本日はどのような言い訳……もとい、名目で、玲琳殿に接触するおつもりですか」

「まるで言い繕えていないぞ。今日はだな、最近朝晩が冷えるようになってきたというのに、玲琳が遅くまで刺繍に没頭していたとの証言を得たので、窘めに来た。ついでに梨園の東屋で、体を温める茶を振る舞う。雛女の体調を気遣うのは、皇太子の大切な務めだ」

「それはあまりに過保護なのでは。かの雛女ならば、一挙手一投足に口出しされるよりも、よほど伸び伸びと趣味に没頭する時間を望みそうなものですが」

「おまえに玲琳のなにがわかる？　あの体の弱さは折り紙付きだ。周囲の誰もが甘いからこそ、一人くらいは厳しく彼女に口出しをしなくてはならないだろう。巡り巡って本人のためだ」

たとえ、互いの主義が一向に折り合わなくてもだ。

尭明は「今度こそ傷付けない」と強く思い込むがゆえに、とにかく玲琳を厳重に保護しようとすることが多かったし、辰宇は逆に、蔵で伸び伸び暮らす玲琳の印象が強く残っているためか、もっと羽を伸ばさせてやってはと注進することが多かった。もっともそれは、玲琳が尭明の庇護から離れたほうが、辰宇が接触しやすくなるという、無意識の計算が働いているようにも見えるが。

今日とて二人は、静かな火花を散らしながら回廊を進んだが、黄麒宮まで差し掛かったとき、門の前に、一人の藤黄が佇んでいることに気付いて顔を見合わせた。

すっと伸びた背筋に、厳しい顔立ち。玲琳付き筆頭女官、冬雪である。

彼女は二人の姿に気付くと、美しい挙措で跪いた。

「殿下ならびに鷲官長様にご挨拶申し上げます」

「玲琳はどうした？　門前で迎えてくれる約束だったと思うが」

玲琳の姿が見えないことに嫌な予感を抱きつつ、問う。

案の定、冬雪は淡々と、一日の楽しみを台なしにする返答を寄越した。

「大変申し訳ございません。玲琳様は、本日ご体調が優れませぬゆえ、梨園の散策は難しいとのことです」

虚弱な玲琳ならありえることだが、なにしろ冬雪の背後、黄麒宮からは、「おおっ！　素晴らしい打ち込みだ玲琳！」といった絹秀の声や、「さすが玲琳様、輝く根性です！」といった女官たちの華やいだ歓声が聞こえる。

どう聞いても仮病でしかない主張に、

「さては母上だな……。二週連続で玲琳を奪われては敵わぬと、反撃に出たか」

尭明は口の端を引き攣らせた。ちなみに辰宇は、静かに視線を逸らしつつも、ふっと笑みを浮かべている。

意地の悪い異母弟に一瞥を送りつつ、尭明は咳払いすると、冬雪に向き直った。

「どいてもらおう、冬雪。悪いが、約束は俺のほうが先だ」

「ですが、ご体調が優れませぬゆえ、黄麒宮で養生するのが精いっぱいなのでございます」

「ならば見舞わせてくれ。見舞いくらいは受け入れられそうな体調のようだが？」

「皇后陛下の仰ることには」

すかさず言い返した尭明を封じるように、冬雪は皇后の言を持ち出した。

「『好いた女が病を得たとき、取り乱して駆けつける男になど用はない。大切な姪を託す相手は、破魔の弓でなくとも病魔を祓えるほど、武技に優れた男であってほしいものだなあ』と」

意表を突かれ、尭明は目を見開いた。後ろに控える辰宇もそれは同様だ。気になる相手の夫となる者の条件、そんなものを聞かされれば、反応してしまうのも当然である。

男たちが黙り込んだ、そのわずかな隙を突いて、冬雪は滔々と続けた。

「振り返ってみますれば、たしかに玲琳様のお兄君たちは、どちらも優れた弓の使い手であり、そんなお二方に育てられたと言っても過言ではない玲琳様にとって、弓の巧みさが、『頼れる男』の重大な条件であることは疑いようもございません」

「なんだと……」

「…………」

尭明、そして辰宇が言葉を詰まらせる。

今自分たちは、たしかな約束を得てこの場に赴いたはずだ。なのになぜ、絹秀から弓の腕前を審査されるような流れになっているのか。

「いや待て、冬雪。俺は今日、玲琳に体を温める茶を――」

「そう言えば、玲琳様も、病魔を力強く追い払ってくれるような弓の名手に、ぜひ香袋を贈りたいものだと、昨夜もせっせと刺繡に励まれていました」

冬雪はさも今思い出したと言わんばかりに、懐から恭しく香袋を取り出す。

丁寧な刺繡の施されたそれに、尭明の視線は釘付けになった。

愛おしい女がいるならば、誰もが欲しがる香袋。乞巧節は当然それどころではなく、今さらねだるつもりもなかったが、心の隅で気に掛かってはいた、それ。

背後の辰宇は、尭明ほどあからさまでないとはいえ、やはり気になるのか、無言で香袋に見入っている。あまり物欲のない彼が、久しぶりに「欲しい」という衝動を覚え、そんな自分に戸惑っているようでもあった。

「節句を過ぎてしまった以上、乞巧節の贈り物とするのは不敬ですが、たとえば弓の競い合いなどをし、勝者の健闘を称える品とするならば、体裁も整いましょう。あの精緻な刺繡を施された香袋が、ふさわしい殿方の手に渡ったならば、玲琳様も大層お喜びになることでしょうが……」

そこで冬雪はちらり、と男たちを見つめ、それから何食わぬ顔で続けた。

「この後宮には、雛女の体調不良に駆けつけてくださる殿方はいても、力強く病魔を払ってくださる殿方はいないようですので、それも無理な話ですね」

女官としては行き過ぎた発言であったが、それこそが、男たちの心に火をつけた。

尭明も、そして辰宇も、一連の騒動でなんら解決に役立てなかったことを、もどかしく思っているのだ。

本来有能な二人であるからこそ、蚊帳の外に置かれ、玲琳たち女手に体を張らせてしまったという事実は、痛恨の極みだったのである。

「……残念ながら玲琳は体調が優れぬようだし、そんな中、無理やり彼女を連れ出すのも忍びない。ここ最近、あまり体を動かしていなかったし、今日は鷲官たちと弓の競い合いでもするかな」

ややあって、尭明が微妙な棒読みでそう告げる。

するとすかさず、辰宇も言い添えた。

「射場を預かる鷲官長として、殿下のお相手は私がいたしましょう。並みの鷲官では、殿下のお相手には不足でしょうから」

「稽古の邪魔をされたくないのではなかったか？　べつに、おまえ自ら引かずともいいが」

「適切な休憩を挟み、手本となる射形を見て学ぶのも稽古の内です。お気遣いなく」

二人とも黄麒宮の門を見つめながら、薄ら笑いを浮かべて言葉を交わす。

やがて、さすが兄弟と言いたくなるほど同時に、くるりと踵を返した。

先ほど以上の速足で、射場へと向かう二人の後ろ姿を冬雪は深々と叩頭し、見送った。

＊＊＊

「……で、どうしてあなたは、こんな朝からいそいそと、他家の宮の蔵に入り浸っているのよ」

「もう辰の刻を過ぎて朝とは言えませんし、ここは朱駒宮敷地内ではなく、雛宮と同じ公共空間ですわ、慧月様」

尭明たちが射場へと向かった、しばし後。

陽光がさんさんと降り注ぐ畑に、上機嫌で手を突っ込んでいた玲琳は、呆れ顔の慧月にきりっとした様子で振り返った。

「農作物たちの様子は、いついかなる時でも気に掛かるもの。ご覧ください、慧月様。初春が旬のはずの油菜が、こんなにも青々と育っていますわ。まさに奇跡。茹でますか？　揚げますか？　ですが、油は菜種から絞るものなので、己の油で揚げられる油菜というのも、少々皮肉がすぎているというか、罪深い感もありますね。どうしましょう……」

「いいえ、野菜の気持ちを慮る前に、こちらの都合を慮ってほしいのだけど」

ぼそりと突っ込みを寄越しながらも、慧月は大樹の陰に移動し、そこに腰を落ち着けた。

口調は素っ気ないながらも、そんな態度が玲琳の訪問を歓迎している。

いくら入れ替わりによって奇妙な友情を結ぶに至ったとはいえ、雛宮ではやはり、他家の雛女同士。人目も多く、自由には言葉を交わせない。こうして、のんびりと他愛もない会話に耽るのを、もしかしたら慧月は、ずっと楽しみにしていたのかもしれなかった。

「あなた、今日は殿下と梨園を散策するのではなかったの？　毎週のようにあなたが誘われているのを見て、清佳様が歯嚙みしていたと思うけれど」

「それが……皇后陛下が、『妾との時間も大切にしてくれなくては嫌だ』と仰って、殿下を門前払いなさったのです。今頃殿下は、鷲官長様と弓でお遊びになっているかと」

「はあ!?」

慧月は驚いて叫んだ。

雛宮の女なら誰もが望む、皇太子・尭明との交流を、まさか皇后自らがそんな理由で妨害するなんて。

「たしかに、こと後宮において、皇后陛下は殿下を上回る権力者だけれど、なんだって殿下との逢瀬を邪魔するのよ。陛下は、あなたに雛女としての栄華を授けようとは思っていらっしゃらないの？」

「いえ、日頃はもちろん、わたくしをよき雛女たれと導いてくださいますし、殿下との時間も優先してくださるのですが――」

そこで玲琳は、ふと、やつれきった人のような笑みを浮かべた。

「黄麒宮で過ごすすべての時間に殿下がおいでになり、数刻ごとに文や見舞いの品を贈られ、しかも合間を縫って鷲官長様もお越しに、となると、たしかに最近、陛下をきちんと構えていなくて……」

「……あなたも大変ね」

本当なら、愛されすぎている他家の雛女に対して嫉妬を覚える場面なのだろうが、慧月は素直に同情を覚えた。

なにしろ、入れ替わりを通じて、このたおやかな雛女はほぼ常時体調不良なのだと、身をもって知っている。そんなところを、圧が強めな崇拝者に取り囲まれれば、なかなか身も心も休まらないだろう。

（愛は不足しすぎても渇き死ぬけれど、過剰でも溺れ死ぬということなのかしら）

慧月はふとそんなことを思い、まじまじと目の前の「友人」を見つめた。

いつだって愛を注がれ、そのくせ、周囲に無頓着に見えた黄 玲琳。

なんと傲慢な女だろうと憎んでいたが、最近では、あまりそうは思えない。

彼女はただ、日々を生きるのに精いっぱいなのだと、もう知ってしまったからだ。

「いえ……わたくしがあまりに頼りないし、そのくせ無茶をするから、皆さまが安心できないのだとは理解しております……。ここはやはり、筋力と体力を付けて、実績をもって皆さまにご安心いただくほかありません」

「ふうん」

慧月は雑に受け流した。

この女をもう憎んではいないが、べつに、情操教育を懇切丁寧に施してやる間柄でもない。

「それで、殿下を追い払いまでしたのに、なんだって蔵に来たのよ。皇后陛下とお茶でもするのではなかったの?」

「それが、まさに殿下たちが去られた瞬間に、皇帝陛下からお呼び出しがありまして。なんでも、お二人きりで話し合いたいことがあるとのことで……陛下は、入浴を嫌がる猫さんのような風情で本宮へ向かわれました」

「……両陛下も、お仲が睦まじいのだかそうでないのだか、不思議なご夫婦よね」

慧月は複雑な表情で呟く。雛女たちが皇太子との逢瀬を望むのと同じかそれ以上に、妃たちは皇帝との交流を望むものだ。だというのに、それを嫌がる素振りさえ見せる皇后・絹秀というのに、玲琳との血の繋がりを感じたのだった。

「まあ、いいわ。それで、わたくしのところに来たわけね？　冬雪はどうしたのよ」

「ふふ。まだ暑いので氷菓子が食べたいとおねだりしたら、いそいそと厨に向かいました。なので本日は、心ゆくまで菜園のお手入れができます」

「なかなか人の悪いことをするわね」

慧月は皮肉っぽく口元を歪めたが、内心で胸を撫でおろした。あの鬼か姑のような女官は、慧月を見るたびに私怨混じりでさまざまな「指導」を施してくるものだから、苦手なのだ。

同時に、慧月が冬雪を敬遠しているからこそ、玲琳はわざわざ彼女を置いてきたのだと思えば、不思議と胸が弾むような心地がした。

「冬雪にも休憩は必要ですもの。殿下と鷲官長様は弓遊びで心身をゆったりと寛がせ、冬雪はお菓子作りで気分転換をする。これでみんな幸せですわ」

「はいはい。それで、油菜がなんですって――」

「やっぱりここにいた、玲琳様！」

慧月が苦笑して畑に向かって身を乗り出したそのとき、ばたばたと足音を響かせて、一人の女官が飛び込んでくる。

それは、すっかり銀朱の衣が板についた、慧月付き上級女官、莉莉であった。

彼女はよほど急いできたらしく、その赤みの強い髪をしっとりと汗で濡らしていた。

「今、射場が大変なことになっています！　もう玲琳様がお越しにならないことには、どうにもなりません」

「大変なこと?」

「殿下と鷲官長様が弓の射ち合いをなさっていて、次々飛び出す超絶技巧に自信喪失した鷲官たちが死屍累々で、騒ぎに気付いた女官たちが殺到して熱気むんむんで、そこで汗を掻いたお二方が同時にもろ肌脱ぎしたものだから、もう阿鼻叫喚です!」

いろいろと詳細を端折(はしょ)っているわりには、情景がありありと浮かぶ報告である。

どうやら、色男二人の弓試合は、後宮を混乱と興奮のるつぼに叩き込んでいるようであった。

「……『弓遊びで心身をゆったりと寛がせ』?」

半眼になった慧月がぼそっと呟けば、玲琳は肩身が狭そうに、両手で頬を挟む。

「う……、さすがにこれは、想定外です……」

「お二方がやたらと張り合い、いつまでも射ち合いをやめない様子を見て、これはただごとではない――具体的には、なにかを賭けて争っているなと直感しました。そこで黄麒宮に赴き、冬雪様にお聞きしてみれば、なんとお二方は、玲琳様の香袋を争っているというではありませんか」

「すごいです、莉莉。なぜそこで、お二方の動機と黄麒宮を繋げましたの?」

「逆になんで繋げないと思うわけ!?」

莉莉は咄嗟に叫び返したが、そんな場合ではないと判じたのか、ごほんと咳払いをした。

「とにかく」

表情を真剣なものに戻し、玲琳を見つめる。

「このままでは、射場に集まった女たちが熱狂しすぎて、事故になりかねません。鷲官たちが止めても、お二方は『勝負がつくまで』と仰って弓を引き続ける……実力は拮抗しており、これはもう、玲琳様が勝敗を決してしまわないと、埒が明きません」

そうして、職務に忠実な莉莉は、玲琳の腕を掴み、慧月もろとも、射場へと連れ出したのである。

＊＊＊

静まり返った射場に、ギ……と弓を引く音が響く。

一拍ののち、

——ド……ッ！

重い音を立てて矢が的を射ると、観客は一斉に歓声を上げた。

「きゃあああ！　また的中だわ！」

「もう何連続だ!?　凄まじい集中力だな」

「そしてすごい体力だ。殿下も鷲官長様も、もうどれだけの時間、弓を引いているのか……」

射場に陣取り、弓を引き続ける尭明と辰宇に、周囲は圧倒されている。

「まあ。本当に、すごい人混みですわね……」

熱狂する観客を、玲琳たちは茂みの陰から窺った。射場を取り囲むようにして黒山の人だかりができている。莉莉の懸念通り、炎天下に大衆が押し寄せているためひどい熱気で、時折、押しのけられた女官がふらついたり、足を踏まれた鷲官同士が小競り合いを始めたりする姿も見かけられた。

試合を止めにかかるには、この人波を掻き分けなくてはならないというわけだ。

「これはなかなか難儀しそうです」

「でも……たしかに、これだけの人が集まる理由も、わかるわ……」

と、隣に立った慧月が、どこかぼうっとした様子で呟くのを聞き、玲琳は目を瞬かせた。

見れば慧月は、うっとりした様子で、口に両手を当てている。

「なんて凛々しいお姿なの」

彼女の視線の先を辿り、ようやく場内の二人を視界に入れた玲琳は、それはたしかに、とひとつ頷いた。

磨き抜かれた射場で、間隔を置いて佇む二人の男——尭明と辰宇。

それぞれ、高貴な美貌と、鋭さのある美貌に真剣な表情を浮かべ、弓を構えている。

暑さのため、すでに袖は抜かれ、鍛えられた胸や腕が露(あらわ)になり、まっすぐに的を見つめる眼差しにも、滴るような男の色気があった。薄く汗を滲ませた尭明の首筋、きりりと一つに結われた辰宇の黒髪、そんなものまでもが、見る者を魅了してやまない。

騒動を鎮めるようにと玲琳を連れ出した莉莉自身も、ちらちらと二人に見惚れては、目に毒なものを見てしまったといわんばかりに、のぼせた頬をぺちぺち叩いていた。

「お二人とも、頬が真っ赤になっていますが、大丈夫ですか？　こちらのほうが日陰でいくぶん涼しいですよ」

心配になった玲琳は、木陰に立っていた自分と二人の場所を入れ替えてやる。

「あの、先に、冷えた水を持ってまいりましょうか？　呼吸も浅くなっているようですから、お辛いようならしゃがんで――」

「そうじゃないわよ！　あなたはあのお姿を見て、まったく憧れもしないわけ!?」

しっかり木陰に移動しながらも、慧月が噛みついてきたので、玲琳は困惑して頬に手を当てた。

「それはもちろん、憧れているに決まっているではありませんか。わたくしも、叶うならお二人のように引き締まった筋肉が欲しい――」

「違う、そうじゃない」

慧月は顔を引き攣らせる。

「精悍な殿下たちの、艶めかしいお姿を見ても、胸はときめかないのかってことよ」

「裸のことを仰っているのなら、弓好きの兄たちが、しょっちゅうああして稽古をしていましたので……」

意外な男性耐性を披露しつつも、玲琳はふと、射場の二人を見つめ直した。

「……ですが、たしかに、眩しいものですね」

尭明と辰宇は、静かな火花が散りそうなほどの緊張感を湛えているが、その表情は、生き生きともして見える。

「楽しそうです」

玲琳はそっと微笑んだ。

尭明が日頃、皇太子としての重責を負いながら、激務をこなしていることを、知っている。彼は、自身の有能さをときに持て余しつつも、それゆえ皇太子たることに強い誇りと責任感を抱いている男だ。そんな彼が、皇太子としての職務から離れ、しかも本気で戦う相手に恵まれているのだと思うと、自然と笑みがこぼれた。

辰宇もまた、淡々とした佇まいの内に、なにかを諦めてしまったような風情のある人物である。そんな彼が、目を爛々と輝かせ、なにかに挑んでいる様子には、清々しさがあった。

尭明も、辰宇も、本気だ。真剣になにかを獲得しにかかる姿というのは、勇ましく、凛々しい。

――話を聞かせてくれ、玲琳！

――鷲は、獲物と見定めた対象は決して逃さないものだ。覚えておけよ。

ふと、二人がそれぞれ真剣な表情を浮かべ、自分に迫って来たときのことを思い出し、どきりとする。清々しいはずの、人が真剣になにかを望む姿。ただ、その視線の先にいるのが自分自身だとなると、その強い視線をどう受け止めてよいのか、わからなかった。

――艶めかしいお姿を見ても、胸はときめかないのかってことよ。

呆れたような慧月の問いを思い出し、玲琳は微かに眉を寄せた。

これまで、命を繋ぐのに精一杯だった彼女には、胸をときめかせるということが、いまいち理解できない。

いいや、厚意はわかるのだ。それは、溺れるほどに浴びせられてきたものだから。

温かで、柔らかで、こちらをただ包み込むような感情。それが厚意で、きっとそれが、愛。

（ですが……）

玲琳は思い出す。あのとき肩を掴んできた尭明の手、あるいは、腰に回された辰宇の腕を。

我ながらてんで的外れのようだが、あのとき胸に生じた思いを言葉にするなら、それはきっと、こんな素朴なものだった。

（……熱かった）

じかに触れた肌は、「温か」などという柔らかな感覚を通り越して、驚くほど熱かった。

その生々しさに、自分は一番驚いたのだと思う。

振り返ってみれば、あんなにも異性に接近されたのは、初めてだった。いいや、それとも、初めて他者を明確に認識したということなのだろうか。

入れ替わるまでずっと、誰にも剥き出しの感情をぶつけられたことがないと思っていたが、それはもしかしたら違うのかもしれない。生々しい感情というものがすでに存在していることを、入れ替わって初めて知った。それこそが真実なのかもしれない――そんなことを思った。

「信じられない！　またど真ん中よ！」

と、傍らの慧月が感極まったように叫ぶのを聞き、我に返る。

視線の先では、辰宇がまた矢を的中させたところであった。尭明はそれを愉快そうに見守り、ますます戦闘意欲を掻き立てられたかのように、次の矢をつがえている。

「……もう少し、観戦してみましょうか」

玲琳は唇に微笑みを残したまま、小さく呟いた。

「そう？　まあ、そうね。お二人は楽しんでいるようだし、観衆もそれなりの秩序を守っているようだし」

すっかり男たちの試合に夢中になっている慧月は、気もそぞろに相槌を打つ。玲琳はくすくす笑いながら、傍らの莉莉に話しかけた。

「莉莉、念のため尚食長に頼んで、大甕に果実水を用意しておいてくださいますか。弓が終わり次第、お二人はもちろん、観客の皆さまもすぐ水分を補給できるように」

「あ……はい！」

莉莉ははっとしたように振り向き、そんな自分を恥じるように、慌ててその場を飛び出してゆく。

働き者の女官の後ろ姿を見送ってから、玲琳は手で庇を作り、空を見上げた。

太陽はいよいよ天頂に近く、降り注ぐ光が矢のようだ。木陰は慧月に譲ってしまったので、少々息苦しいほどに、暑い。

（でも……楽しそうですもの）

このくらい、大丈夫。

滲みだした汗をこっそり拭って、玲琳は再び、射場に立つ二人を見つめた。

＊＊＊

（……殿下も、なかなか粘る）

次につがえる矢を選んでいる異母兄のことを、弓を下ろした辰宇は、ちらりと一瞥した。

武官である自分と、政務に忙しい皇太子では、勝負はすぐについてしまうかと思われていたが、意外に二人の実力は拮抗していた。西域の血がもたらした長身と、圧倒的な膂力（りょりょく）を誇る辰宇は、力強く弓を射るが、一方で、とびぬけた集中力と気真面目さを持った尭明は、巧みに弓を操る。

時折、尭明がどうしても捌（さば）かなくてはならない政務でもあるのか、小姓を呼び寄せてなにごとか指示を飛ばしたりしていたが、次に的に向かい合うとき、まったく集中が乱れていないというのはさすがであった。

「だいぶ残りの矢の数も減ってきました。殿下もお忙しいようですし、もう次で終えるというのはいかがです？」

辰宇はそう持ちかけてみる。

二人とも、一度たりとも矢を的から外したことはなく、あとはどれだけ円心に近いところを射たかの勝負になりつつある。ただ、矢の手数も多いので、すでに的に刺さった矢に新たな矢が刺さる、継ぎ矢と呼ばれる事態まで頻繁に起こるようになり、得点を集計する役割の鷲官も、すでに遠い目をして計算を投げ出していた。

こうなってしまっては、一本でも多く射た者が勝ち、という雰囲気である。

当然それを理解している尭明は、ふんと片方の眉を持ち上げて答えるだけだった。

「なぜ俺が先に終える必要がある？　おまえが手を引けば済む話だ」

「……私は、まだ体力の三分の一も使っておりませぬゆえ」

「奇遇だな。俺もだ」

言い返せば、尭明はにこりと微笑む。

互いに汗を掻き、袖まで抜いている時点で、それなりに体が疲弊していることは明白だったが、二人ともそんな気配はおくびにも出さなかった。

「いつもつまらなそうな、淡白なおまえが、香袋一つをずいぶん欲しがるものだな、辰宇。なぜ引かない」

辰宇が再び矢を選び出すと、尭明が口の端を持ち上げたままそう告げる。

（……たしかに）

手の中の矢を見下ろしたまま、辰宇は心の内で頷いた。

鷲官長と皇太子。一武官と次期天子。その身分を考えれば、最初の数本を射たところで、尭明に花を持たせてやるべきだ。いくら鷲官長としての体裁を繕わねばならないのだとしても、べつに、皇太子を打ち負かす必要はないのだから。

だが――なぜか、引きたくないのだ。

（そんなに香袋が欲しいのか？）

我ながら不思議で、ふと自身に問いかけてみる。

これまで女から贈り物を押し付けられることはたびたびあったが、面倒に思うだけだった。腹を満たせる食べ物ならともかく、香りがいいだけの小物など、何の役にも立たない。

（だが……欲しい）

それでも心は素直に、そう答えを出す。

だって、気になるではないか。

あの香袋からは、どんな香りがするのだろう。玲琳はどんな香りを心地よいと感じ、人に贈りたいと考えるのか。どんな布を選び、どんな手間をかけて刺繍を施したのか。そして――もし自分があの香袋を携えて彼女の前に現れたら、いったいどんな反応をするのだろうか。

(彼女の反応は、本当に読めないからな)

いつも尭明や黄麒宮が厳重に囲い込んでいる雛女の、素の姿に触れられたのは、あの入れ替わりの期間だけだ。近くで見る彼女は、目を輝かせて笑い、突拍子もないことをしでかし、ときに好戦的にこちらに挑む、とらえどころのない女だった。たおやかなだけと思っていた黄 玲琳は、実は意外性の塊で、つい次々と、その扉を開きたくなるのだ。

だが――入れ替わりを終えた後、鷲官長・辰宇と、皇后筆頭候補である彼女の間には、常に礼儀正しい距離が横たわっている。それを飛び越えるようなたしかな手触りが、手元に残るなにかが、欲しかった。

やり取りを切り上げ、弓を構える。意識を集中させると、ぐんと的が近付いてくるような感覚があった。そのまま手を離せば、矢は吸い込まれるように飛んで行き、やはり中心を穿つ。一拍を置いて、観衆が再びどっと沸いた。

「きゃああ！　素敵！」

「異国の奴隷の血も侮れぬなあ」

「殿下のお気に入りだし、鷲官長の役目を数年務めれば、いずれは軍師あたりに昇り詰めるかもしれないぞ」

飛び交う、媚びを含んだ歓声、蔑みの言葉、好奇の眼差し。相変わらず、後宮に渦巻くのはそんなものばかりだ。

「まあ。本当に、すごい人混みですわね……」

とそのとき、鈴を鳴らすような澄んだ声を遠くに聞き取り、辰宇はふと顔を上げた。

研ぎ澄まされた五感が、ざわめく群衆をすり抜けて、たった一人の人物を見つけ出す。

観客たちの輪から少し離れた茂みの陰に、黄 玲琳が立っていた。

隣の朱 慧月や、赤毛の女官と位置を入れ替え、少しだけ射場に近い日向へと歩み出る。

夏の日差しが、滑らかな頬を照らし出し、その姿を美しく輝かせていた。

「楽しそうです」

そっと微笑んで、何事かを女官に命じて、宮に走らせる。おそらくだが、なにか差し入れでも持ってこさせようというのだろう。彼女は、そうした女だから。

玲琳は、熱心にこの弓を観戦しているらしい。尭明と辰宇が、順に的の中心を射抜くたび、感嘆するような、羨むような顔をして手を握り合わせる姿が、ちらちらと視界の隅に入った。

(……そこで恍惚とするのではなく、唸るのだな)

うっとりとした視線を寄越す女たちの中で、ときに眉を寄せて真剣にこちらを見入る玲琳というのは、なんだか敵の品定めをする武将のようで、奇妙な愉快さが込み上げた。

弦の強度を確かめるふりをして、辰宇はあえて、射場の端に移動してみる。玲琳にしっかり視線を合わせながら、弦を指で摘み、おどけて放してみせたら、破魔の弓のことをからかわれたと理解したのだろう、玲琳がぱっと顔を赤らめた。

両手で頬を挟み、「うう……っ」とでも唸っていそうな様子に、思わず笑みがこぼれる。

「どうした。にやけているぞ」

唇に笑みの余韻を残したまま、持ち場へ戻った辰宇に、隣で弓を構えていた尭明が、ちらりと視線を寄越す。

「おまえもいい加減、集中が途切れてきたのではないか。いつやめてもいいんだぞ。ただし」

彼はそこで、居住まいを正すと、滑らかな挙措で美しい矢を射た。

――トッ……ッ！

的中だ。

「玲琳の香袋は、手に入らないがな」

そうして、振り向きざま、辰宇にふっと挑発的な笑みを浮かべる。

辰宇はそれを無言で受け止めながら、しばし思考を巡らせた。

こうした場面で、自分はどうすべきなのだろうかと。

(殿下は、玲琳殿の動向をなにより気にされている。鷲官長としては当然、彼女の来訪を告げるべきなのだろうな)

さらに言えば、勝利を譲るべきだ。

愛する雛女の前で、皇太子が凛々しい姿を見せられるように。

黄 玲琳の存在を知らせて尭明を喜ばせ、彼を勝たせ、自分は引き立て役に回る。それがきっと、異母弟としてあるべき姿だ。

(だが)

矢を選び、的に向かう。

これまで以上の集中力を漲らせはじめた辰宇に、傍らの尭明がわずかに息を呑んだ。

——ギ……ッ。

重い音を響かせて、矢をつがえる。

鷲のように鋭い瞳で、じっと的を見つめた。

ぐん、と、距離が縮まるような感覚。射抜くべき獲物が、目の前にある。

(……俺の、射抜くべき獲物)

皇帝の血を引きながら、奴隷の息子と蔑まれる我が身。生まれたときからずっと、扱いに悩まれ、持て余されてきた。周りを飛び交うのは、好奇の眼差しか、値踏みの視線か、そうでなければ媚びた笑み。多くを欲しがることは許されず、また、欲しがろうとも思えなかった。だから、なにもかもに恵まれた異母兄のことも、特に羨むでもなく、ただ眺めてきたのだ。

だが。

(欲しい)

これは、狩りなのだ。

目の前に魅力的な獲物があって、自らの手に武器があるならば、自然と手が伸びるもの。

その獲物が自分にとってどんな意味を持つのかなんて、仕留めた後に確かめればいいことだ。

(そう。狙った獲物は――)

長身を利用し、大きく弦を引き、鷲のように鋭い瞳で的を見据えた。

す、と手を離すと、矢は凄まじい速さで空を裂いてゆく。

――ド……ッ!

(必ず仕留める)

矢は、すでに円心を射ていた矢の羽に刺さり、鈍い音を立てた。

「鬼気迫る集中力だな」

またも継ぎ矢を起こした異母弟に、尭明は感心したような、呆れたような顔をする。

「おまえさては、夢中になるとそれ以外のことが視界に入らなくなる男だな。ゆめゆめ、鷲官長の務めをおろそかにするなよ」

「ご冗談を」

なぜだかむっとして、言い返す。

「少なくとも今、殿下よりは周囲が見えているかと。あの茂みの近くで、玲琳殿がずっと我々を見ていたこと、殿下はお気付きでしたか?」

「なんだと?」

指摘されると、尭明は弾かれたように射場の外を振り返った。

そうして、視線の先に、たしかに玲琳の姿を認めると、目を見開く。

「おい、辰宇。玲琳はいつからあの場で見ていたんだ」

「四半刻程でしょうか。ときどき手も叩かれていましたよ。殿下はまったく気付いていませんでしたがね」

「なんだと……」

尭明が眉を寄せる。

ここでますます気色ばみ、勢いよく辰宇を打ち負かしにかかるのかと思われたが、彼は意外な行動に出た。やれやれと、大きく溜息をついてみせたのだ。

「弓は終わりだ。香袋はおまえが取るといい」

さらには、こともなげに弓を小姓に預け、さっさと射場を出ていくではないか。

「殿下?」

驚いて呼び止めた辰宇に、尭明は衣を直しながら、一度だけ振り返った。

「阿呆め。相手は鷲官ではなく、虚弱な玲琳なのだぞ。炎天下に立たせ続ける道理があるか」

「…………!」

まるで、血気盛んな弟を嗜(たしな)める、兄のような口調。

そのまま、人波を割って茂みへと急ぐ彼の後ろ姿を、辰宇は言葉もなく見守った。

「あら? どうしたのかしら。殿下が突然弓を終えてしまったわ」

隣の慧月が首を傾げるのに相槌を打とうとし、玲琳は、自分の口の中が乾ききっていることに気付いた。

頭がぼんやりとし、眩暈がする。

（いけません……）

日差しは、自分が思っていた以上に強かったようだ。それとも、ここに来るまでに、少しとは言え、この体で土いじりをしてしまったから、それもよくなかったのかもしれない。

慣れた気絶の感覚が、すぐそこまで近付いているのを察し、玲琳は必死に体勢を立て直そうとした。ここで無様に倒れては、なんのためにやってきたのかわからない。莉莉はまたもや大騒ぎするだろうし、冬雪に伝わればさらにことだし、きっと慧月にも迷惑を掛けてしまう。

（最近ずっと調子がよかったから、調子に乗ってしまいました）

入れ替わりを経てからというもの、最近の玲琳は熱を出すことも少なく、おおむね元気でいられたのだ。それはもしかしたら、蠱毒が祓われる際に、ほかの邪気までが消えていったからかもしれないし、土の性を助けるという火性――つまり慧月の魂が、玲琳の体によい働きをしてくれたからかもしれない。いずれにせよ、それで少し、油断してしまっていたのだ。

（呼吸を……整えて……。少し、しゃがませていただこうかしら。落ち、着いて……）

自覚した途端にぐうっと膨れ上がる不快感に、思わず顔が強張る。

けれど玲琳は緊張を意識的に逃し、微笑みを浮かべてみせた。

自分は、黄 玲琳だ。揺るぎない大地を司る、黄家の雛女。繊細と称えられるこの佇まいも、一歩間違えば虚弱と非難されることはよく理解しているし、皆は優しいけれど、少しでも弱みを見せれば途端に引きずり落とされるのが、この雛宮という場所だと知っている。なにより、こうして頻繁に倒れることで、またも身近な人間を心配させてしまうことを、玲琳は恐れた。

「や、やだわ……っ、殿下がこちらに！」

慧月が興奮したように小声で叫んでいるが、脳内で言葉が意味を結ばない。

玲琳は、冷や汗を浮かべたまま、なんとかその場に立ち尽くしていた。

周囲のざわめきを感じるのに、喧騒が、遠い。

「――やあ。男の裸を盗み見に来たのか？　俺の胡蝶」

ふと、頭上から聞きなれた声が降ってきて、玲琳はぼんやりと顔を上げた。

ああ、すでに、視界も明滅して、顔が見えない。

「でん、か……」

「おまえには、刺激が強すぎるだろう。だいたい、雛女がほかの男の裸なんて見ていてはいけない」

切れ切れに呟く玲琳の目を、尭明はあくまでからかうように覆い、それからひょいと、その体を抱き上げる。

「大切な雛女に、ふしだらなものを見せてしまわないように、俺が攫ってしまおう」

そうして、すたすたと黄麒宮へと引き返しはじめた。

まるで、やきもち焼きのような皇太子の行動に、周囲は微笑ましいやら、羨ましいやら、といった様子で見入っている。

玲琳が、公衆の面前で気絶して醜態をさらすところだったと、気付いた者はいなかった。

「でん、か……申し訳、ございません。わたくし――」

「暑さで苦しいのだろう。まったく、なぜこの日差しの中、ずっと立っていた」

「殿下たちが……、とても、楽しそうで……ずっと、見ていたくて……」

「馬鹿め。あんなもの、いつでも見せてやるのに」

黄麒宮への道すがら、腕の中に納まった玲琳のことを、尭明は小声で叱るが、しかしその声は限りなく優しい。

「どのみち、母上との鍛錬に夢中になっていたら、おまえが体調を崩すのではないかと思っていた。黄麒宮に果実水と氷を届けるよう小姓に伝えておいたから、それを飲んで休め」

しかも、弓を引いている間に、そんな手配までしてくれていたようだ。

玲琳は肩身の狭さに、目を潤ませた。

「うう……何から何まで、申し訳ございません……」

恥ずかしさに、つい胸に頭をうずめていると、なぜだか頭上から、ふっと愉快そうな吐息が落ちてくる。

おずおずと見上げてみれば、尭明はくすぐったそうな顔で玲琳を見下ろしていた。

「気にするな。せめてこのくらいの世話は、焼かせてくれ」

「殿下……」

その柔らかな声に、張り詰めていた心が解（ほぐ）れていく。緊張を解くとともに、すうと、手足から力が抜けていくのがわかった。

――もう大丈夫。この腕の中なら。

「……殿下に、今、お伝えしたいのですが」

「ああ。なんだ」

「わたくし、気絶いたします」

「なんだと⁉」

ぎょっとする尭明の、腕の力を感じながら、玲琳はすうと、意識を闇に溶かしていった。

＊＊＊

黄麒宮の一室――品よく整えられた玲琳の居室に、大げさな溜息が響いた。

「やれやれ、結局、妾は遊べもせず、おまえは気絶とは。なんという一日だ」

声の持ち主は、絹秀である。

彼女はすっかりふてくされた顔で椅子から身を乗り出し、寝台に横たわる姪の頰を、つんつんと突いた。

「まったく、調子に乗るからだぞ」

拗ねた口調だが、その指先は、さりげなく玲琳の体温や、呼吸を確かめている。

どうやら熱は疲労から来る軽いもので、呼吸も落ち着き、ただ深く眠っているだけ――それを確認すると、彼女はどさりと椅子に背を預けた。

その態勢のまま、じっと姪の顔を見下ろす。

「……おまえは日々、美しくなるなぁ」

眠る玲琳は、絹秀の妹に、よく似ていた。

「静秀にそっくりだ。顔も、虚弱な体も、人を振り回す性格も。悪女の血だな」

くっと口元を歪め、視線を引きはがす。なんとなく首を巡らせた先には飾り棚があり、そこに、くだんの香袋が残ったままになっているのを認め、苦笑を深めた。

尭明の棄権により勝者となった辰宇が、受け取りを辞退したのだ。

ただし、わざわざ黄麒宮に香袋を返却しに来た彼は、これまでよりもよほど熱心な様子で、眠る玲琳を見つめていた。冷ややかであったはずの碧眼に浮かぶのは、悔恨と――そして、渇望。

「眠れる獅子を起こしてしまったかな。せっかく尭明のやつも甲斐性を見せたというのに、悪いことをしてしまった」

よいしょと立ち上がり、香袋に手を伸ばす。

精緻な刺繍が施されたそれからは、これまで玲琳が好んでいた繊細なものとは異なり、刺激的で、爽やかな香りがした。

「相変わらず品がいい。だが……少し趣味が、変わったな？」

呟き、香袋から顔を上げる。

それから彼女は、穏やかな寝息を立てる姪のことを、静かに見つめた。

入れ替わりを経て、少しずつ、己の殻を破ろうとしはじめている玲琳のことを。

「……なあ、玲琳。『黄 玲琳』として、公衆の面前で気絶しかけたのは、これが初めてだな。なぜ無理をした？　以前のおまえはもっと、思慮深かった」

香袋を握りしめたまま、ぎ、と寝台に手をついて、顔を寄せる。

もう片方の空いた手で、絹秀はそっと、玲琳の前髪を払ってやった。

「すべてを諦めていただろう。したいことをするよりも、体裁を繕うのに必死だった。誘われれば微笑んで応じるが、おまえからなにかに近付いたり、なにかを望んだりすることは、なかったはずだ」

いつも高みにあった黄 玲琳。

人々の手を蝶のようにすり抜け、遥か頭上でふわふわと漂っていたはずの雛女は、今、少しだけ地上に近付いてきたように思う。

生々しい感情に触れ、心を揺らし。焦り、時に怒り、そして少しだけ、欲張りになった。

彼女がおずおずとでも手を伸ばしはじめたら、周囲は今以上に、彼女を愛さずにはいられないだろう。そしてまた玲琳自身も、友情を知り、恋を知り――この生を、心から謳歌するはずだ。

「あまり、生き生きとしてくれるな、玲琳」

絹秀は目を細め、額を撫でていた手をそっとずらす。豪奢な指輪が嵌められた指が次に触れたのは、玲琳の細い首だった。

「さもなければ、妾は……」

手が、ゆっくりと首を覆うように広げられる。

だが、そこに力が籠められることはなく、絹秀はしばし無言で佇んだかと思うと、ふいに飽きたように手を離した。

椅子にどさりと腰を下ろし、だらしなく背もたれにのけぞる。握ったままになっていた香袋を眺めると、ひょいと宙に投げ、次には紐を掴んで受け止めた。そのまま、くるくると振り回す。

「香袋は結局、受取人不在となってしまったな。仕方ない、あの暑苦しい甥っ子どもに下げ渡すか。喜びすぎて、しばらく霊廟に飾りそうではあるが」

そのまま思考も一緒に巡らせて、絹秀は玲琳の兄たちに思いをはせた。過保護さと溺愛ぶりにかけて、ときに尭明をも上回ると言われる、暑苦しい甥っ子二人だ。

「今年の豊穣祭が、よりによって南領とは。玲琳の警護に、あやつらを付けるのが、吉と出るか凶と出るか……」

眉を寄せてぶつぶつと呟く。

先ほど皇帝に呼び出されたのは、まさにその豊穣祭に関する通達のためだったのだ。

（まったく、妾の計画を台なしにしおって）

指先に力が籠もり、ひゅ、と紐がすり抜け、香袋が飛んでゆく。

それを見て、絹秀は「おやまあ」と眉を上げた。

「――凶かな」

香袋は、刺繍面を下にして、くたりと床に広がっていた。

おまけ

倶理須益の思い出

「倶理須益、でございますか？」

冬も深まったある日、黄家の屋敷でのことである。

年明けには十一になる姪の顔を見に、皇后の身でありながらいそいそ実家へと足を運んだ絹秀は、きょとんと首を傾げる玲琳に対して、得意げに一枚の絵を見せつけた。

「そうとも。西域の国々ではな、大晦日より少し前に、そうした祭事を通じて、一年無事に過ごしたことへの感謝を天に捧げるそうなのだ。陛下に外遊土産として、倶理須益の様子を描いた絵を賜ってな。これが実に美しいので、そなたにも見せようとやってきたのだ」

「まあ、おばさま。ありがとうございます」

ほんの少しだけ幼さを残した口調で、玲琳はふうわりと笑う。そこに、佳人と知られた妹の面影を見て取った絹秀は、そっと目を細めた。

黄 玲琳は、黄家の至宝だ。幼いながらも完成された美貌を持ち、性格は穏やか。琴棋書画に優れた才能を見せる一方でそれをおごらず、常に努力と、愛らしい笑みを絶やさない。黄家の者は皆玲琳を溺愛しており、それは、皇后・絹秀とて例外ではない。後見人を自任する彼女は、時折こうして屋敷に足を伸ばしては、なにくれとなく贈り物をしたり、学を授(さず)けたりしているのであった。

「ほら、見てみろ。頂上に星を乗せた、大きな樹が描かれているだろう？　これは神力を持つ樹であるらしい。期間中はこれを室に飾って楽しむのだそうだ。真似たら楽しかろうと思って、おまえの室にも、帰郷土産に樹を手配したからな。あとで好きに飾るとよいぞ」

唸る財力を持ち合わせる絹秀は、土産の選び方も豪快だ。

「まあ！　ありがとうございます。ですがもしや、西域から樹をはこばせたので……？」

「いや。それでは間に合わぬのでな。とげとげした樹ならまあよかろうと思って、松にしておいた」

ただし、細部の気遣いも雑であった。

「飾りの類(たぐい)も、ひとまず紅白の丸餅を一緒に手配しておいたからな。それを刺すがいい」

「まあ。おめでたい感じがしてすてきですね。迎春の祝いにもぴったり。さすがはおばさまです」

絹秀の雑な配慮によって、樹(ツリー)の趣旨がだいぶ変わったが、玲琳は目を輝かせた。

「よいか、玲琳。今宵は、松の枝に白袜(くつした)をくくりつけ、早めに寝るのだぞ。そうすれば翌朝、よい子には嬉しい贈り物が届くのだからな」

「そうなのですか!?」

「ああ。なんといったかな、三太(さんた)……蔵(くら)、くろ……、とにかく、紅色の衣をまとった仙人がやってきてだな、子どもに贈り物を届けるそうなのだ。これも面白そうだと思い、妾がその紅紅老人(サンタクロース)に、秘密裏に連絡を付けておいた。鹿に乗って夜空を駆け、この屋敷にまで贈り物をしてくれるそうだぞ」

名前の記憶すら曖昧だが、子どもには夢を持たせてやろうと、絹秀なりに努力した模様である。

純真な玲琳は「まあ」と喜色を浮かべたが、ふと表情を曇らせると、おずおずと尋ねた。

「……よい子には贈り物が。ですがおばさま、悪い子にはなにが起こるのでしょう？」

「玲琳？」

「おばさまは常に、善と悪、陰と陽、禍と福は一体であり、切って離せぬものと言ってこられました。であれば、よい子が贈り物をもらう以上、悪い子にもなにかが起こるにちがいありません」

瞳に知性の光を宿し、真剣な顔で告げる玲琳に、基本的にノリのいい絹秀は、真顔で「そうだな」と頷き返した。自分の教えが着実に根付いていることが、嬉しくもあったのだ。

「きっと、『悪い子はいねがあ！』と叫びながら子どもを審査し、悪性を判じた場合にはたちまち仙人は悪鬼の姿へと転じて、その子どもを連れ去ってしまうのであろう」

紅紅老人に、なんだか東国鬼神の要素が加わった。

素直な玲琳は大きな瞳を恐怖に潤ませると、消え入りそうな声で申し出た。

「おばさま。でしたらわたくし、紅紅老人に連れ去られてしまうやもしれません……」

「なんだと？」

「実は……昨日、お兄様方が、集中力をみがくには投壺遊びが一番だとおっしゃって、やり方を教えてくださったのですが、これがほんとうに楽しくて。半刻だけという約束でしたのに、お兄様方が帰ったのちも、わたくし、こっそりと投壺遊びを続けていて……」

投壺とは、元々宴会の余興であり、離れた場所に置いた壺に矢を投げ入れ、入らなかった者は罰杯を飲むというものである。絹秀は、酒席での余興を妹に教える甥たちに内心で呆れの溜息を漏らしたが、地道な反復作業を好む玲琳は、これを鍛錬としていたく気に入ってしまったようだった。

「底の中央に当たると、矢じりがなんとも言えぬ美しい音を立てるのです。鏑矢(かぶらや)と征矢(そや)でもまた、立てる音に異なるおもむきがあり、夢中になって、気付けば夕暮れとなり……」

玲琳は恥じ入るように両袖で顔を覆った。

「ふと底をのぞきましたら、お父様よりたまわった大切な壺が、すっかりえぐれていて……」

「そなたやるな！」

絹秀は呆れよりなにより、感動で膝を叩いた。

黄家とは努力と根性を愛する一族。ひたすら矢を投げ続けて、固い壺の底を抉(えぐ)ったという姪には、もはや感銘しか受けぬのであった。

「はい。やってしまいました。お父様がわざわざ名陶に作らせた壺でしたのに、わたくしときたら、それに傷をつけてしまうなど……」

「なにを言う！　それは傷などではない。そなたの根性の証ぞ。そなたの根性が陶土を打ち破って、傷の形で具現化しただけだ。なんら気に病む必要などない」

絹秀は謎の理論に基づく熱弁をふるったが、玲琳が落ち込んだままなのを見て、擁護の方向性を変えることにした。

「だいたい、壺を少し引っかいたぐらい、なにが悪いのだ。それならおまえの兄たちはどうなる？　あやつらの幼い頃など、御簾(みす)を破き、寝台を割り、柱を倒しと、ずいぶんな悪童であった。紅紅老人が連れ去るとしたら、間違いなく、そなたの兄たちのほうだろうて」

「え……？」

玲琳がはっと息を呑む。

しかし、それによって少なくとも玲琳の顔が上がったため、絹秀はほっと胸を撫でおろした。

「とにかくだ。よい子のそなたには素敵な贈り物が届くだろう。いや、妾は中身を知らぬがな？　知らぬが、間違いない。心置きなく、今宵は早く寝るがよいぞ」

「………」

玲琳はなにやら考え込んでいた様子であるが、絹秀は半ば強引に話をまとめ、室を去ってしまったのであった。


さて、その夜更けのことである。

寒さ厳しい折だというのに、火のもてなしを受けることもなく、裏口からこそこそと黄家の屋敷に忍び込んだとある青年は、白い息を吐きながら母に問うた。

「――で、なぜ俺がその『紅紅老人』とやらに扮せねばならぬのです、母上」

「女が仙人を演じるのでは迫力がなかろうが」

絹秀によって無理やり紅色の衣をまとわされていたのは、幼き日の尭明であった。いや、この年明けには、十六となる彼は、すでに皇太子としての風格を備えた、威風堂々たる青年である。

年の瀬まで皇族としての公務に忙殺されていたのに、その合間に無理やり母親に「今夜だけ」と黄家に連れ去られ、正門をくぐることすらなく、屋敷の廊下に立たされているわけであった。

「こうした夜遊びは大切ぞ。どうせ数年後には雛宮が開き、五人の女に寵を与えねばならなくなる。好いた女に、心の欲するまま接せる機会を、無駄にしてはならぬぞ」

「好いた女……玲琳はまだ十ですよ」

「気に入っておるくせに」

ばつが悪そうに呟いた尭明に、絹秀はにやにやと返す。

この年の清明節、母とともに屋敷を訪れた尭明が、舞う玲琳に心を奪われたことを、黄家の人間で知らぬ者はいない。以降、尭明はなにくれとなく文や贈り物を寄越しているようだが、一向に仲が進展しないのを、絹秀なりに心配していたのである。

「玲琳は幼いし、愛らしいがな、なかなか弱さや甘えを外に出さぬ。あやつの素直な顔など、寝ているときくらいしか見られぬだろうて」

「………」

同時に、伯母として玲琳を想う様子を見せる絹秀に、尭明はちらりと一瞥を向けた。

やがて、ひとつ息をつくと、しっかりと赤い衣を体に巻き直して、廊下を歩きだす。音を立てぬよう沓を脱いだ足に、床からの冷気が染み込んだ。

「よいか。妾は衝立のこちら側に隠れておるから、おまえは松の樹に回り込み、白袜に頬紅を入れるのだぞ。ぐっすり眠りすぎているようなら、去り際に少しだけ指で突いて起こせ。すると、寝ぼけ眼（まなこ）に、おまえの赤い衣の端と、妾のこっそり鳴らす鈴の音がだな——」

「はいはい、もう十度は聞きましたので、黙っていてください、母上」

小声でこそこそと囁き続ける絹秀を、尭明はばっさりと遮る。

しっかりと黙らせたうえで、彼は慎重に、玲琳の眠るという寝室に足を踏み入れた。

(幼いとはいえ、女子の眠る室に忍び込むというのは、いかがなものなのか……)

内心では複雑な思いを抱きつつも、たしかに、玲琳の寝顔は気になる。

うっとりとこちらを見つめてくる女の顔しか知らない尭明にとって、いつも完璧に感情を制御している様子の玲琳というのは、興味深いと同時に、もどかしさを覚える存在であった。

聡明で、やけに大人びた笑みを浮かべている従妹。

眠っているときくらいは、年相応の素直な顔をしているのであろうか――。

「――おまちしておりました」

だが、寝台の人物が、横たわるどころか、正座しているのを見て取り、尭明はぎくりとした。

(起きている⁉)

いや、それどころか、なぜか胸の前でしっかりと匕首を握りしめている。

寝間着である白い衣、そして背後に置かれた松の巨木とあいまって、鬼気迫った感のある姿に、尭明は顔を強張らせた。

「紅紅老人様。松の樹を目印に、わたくしの兄たちを連れ去りにきたものとお見受けします。で、ですが、お兄様たちは、おわたしできません……っ!」

「いや、いらん!」

なぜそうなるのかわからず、思わず叫び返すと、玲琳はふと目を見開き、首を傾げた。

「……？　お従兄様……？」

どうやら、声から、そこにいるのが尭明であると悟った様子である。

『いかん、尭明！』

背後からの声に振り向いてみれば、衝立に隠れた絹秀が、ごくごく小声で鋭く命じてきた。

『ごまかせ！』

（どうしろと⁉）

いつだって母親というのは、無理難題を吹っかけてくる生き物である。

「お従兄様が、なぜ、ここに？」

玲琳が不思議そうに呟くのを聞き、尭明は咄嗟にこう答えた。

「わ――儂は、紅紅老人である。今は、この男の体を借りている」

『……ぐふっ！』

背後から、笑いの波を、歯を食いしばって耐えているようである絹秀の声が聞こえる。いや、こらえきれず震えているらしく、彼女の持つ鈴が、しゃらしゃらと小刻みな音を立てていた。

「さ、さようでございますか。あの、この鈴の音は……？」

「鹿だ。首に鈴がついている」

やけくそになって尭明が答えると、玲琳は納得したように頷いた。

「さようでございましたか。紅紅老人様が、肉体をうばう道術を操るとは驚きでしたが……たしかにこの屋敷にいらっしゃるには、他国のご老人の姿より、殿下のお姿のほうがやりやすいのかもしれません。家人に見つかっても、まず捕らえられることはございませんし」

納得の仕方が妙に現実的である。

だが玲琳はそこで眉を寄せると、心配そうに続けた。

「ですが、皇族の方のお体を操るなど、この国では重罪でございます。紅紅老人様のご流儀もおありかとは存じますが、どうぞ、一刻も早く、そのお体を離れていただきますよう」

「あ……ああ」

「お従兄様のお体は、詠国でも特別尊くていらっしゃる。このような寒い夜に出歩かされて、お風邪でも召しては大変でございます」

真剣にこちらの身を案じる玲琳の姿に、尭明は心を打たれた。すっかり紅紅老人を信じ込んでいるのがおかしいやら、罰や体調を案じる姿が愛らしいやらで、危うくにやけそうだ。

こうなったらもうやりきるしかない、と心を決めて、尭明は軽く咳払いをした。

「そうだな。ことを済ませ、早急にこの場を去るとしよう。黄 玲琳。おまえは日頃、品行方正にしてその気性は鮮美透涼。よってそれを讃え、紅紅老人よりここに褒美を賜る」

「い、いいえ。わたくしへの贈り物などよいのです。それより、お兄様たちは……？　紅紅老人様は、悪き行いをした者は、連れ去ってしまわれるのでしょう……？」

貝殻に収まった類紅には目もくれず、あくまで兄たちの行く末を懸念する玲琳が愛しいやらおかしいやら。尭明は噴き出すのをこらえるため、視線を逸らした。

「あやつらは救いようのない悪童であったが、近年はこの体の持ち主に尽くすなどして、見どころがある。これからも皇太子に忠義を尽くすことを条件に、今宵は罰を見送ろう」

「よかった……！　お言葉、しかと伝えます……！」

「うむ」

尭明は緩んでしまう口元を隠す意味も込めて、深く頷く。衝立からも、しゃらしゃらと小さな鈴音が響いている。とにかく、黄家に連なる者たちは、この愛らしい姫君のことが大好きであった。

「では、この体が風邪を引かぬうちに、儂は去るとしよう。ほら、黄 玲琳。よい子のおまえは、この頬紅を受け取るように」

「あの……ですがわたくし、このような贈り物をちょうだいできるような、身の上では……」

再度贈り物を突きつけると、玲琳はやはり遠慮する素振りを見せる。尭明は強引にその手を取って、小さな掌に貝殻を乗せた。

「黄 玲琳。おまえには、受け取る資格がある」

「ええと……」

「躊躇(ためら)うな。おまえはもっと、素直になったほうがいい。自分の感情を見せることについても、他者からの好意を受け入れることについてもだ」

ついでに、出会ってからずっと、この少女に対して思っていたことを告げてみる。

玲琳は、聡明だ。そして芯が強い。周囲に心配をかけまいと、笑顔を保ちつづけてしまうほどに。

だが、その脆さと背中合わせのような強さを見るにつけ、尭明たちは思わずにはいられないのだ。

もっと素直に。もっと躊躇いなく。弱いところも、みっともないところだって、見せてほしいと。

瞳を揺らした玲琳の、そのほっそりとした指に手を添え、貝殻を握らせる。

「受け取れ」

「ありがとう、ございます……」

おずおずと頬紅を引き寄せた相手に、満足の頷きを返すと、尭明は踵を返した。

「では」

「あの！」

だがそれを、身を乗り出した玲琳が呼び止める。

彼女は寝台下の櫃からあるものを取り出すと、それを尭明へと差し出した。

「よろしければ、こちらの品をお納めください」

「これは……首布か？」

「はい。夜にいらっしゃるとお聞きしていたので、お寒かろうと思い、懐柔……もとい、おもてなしのためにご用意しておりました」

兄の拉致を恐れた玲琳は、匕首で戦う策と、贈り物で懐柔する策の両方を講じていたらしい。

「暖を取るための炭や火種も、少量ながら袋に詰めましたので、お持ちください。あと、携帯しやすい干飯と、風邪予防に葛の根を煎じたものと、温石と、あと……」

紐で丁寧に色分けされた麻袋は、櫃から続々と出てくる。

「鹿さんにも、どうぞこの芋を」

「鹿にもあるのか」

将を射んと欲せばまず馬を射よ、の精神であろうか。鹿にもどっさりと芋の詰まった袋を用意してみせた従妹に、尭明は思わずぼそっと呟いた。

気付けば両手いっぱいに荷を抱えた尭明だが、それでも玲琳の前でふらつく姿など見せられるはずもない。持ちしげりのする大量の麻袋を抱き込むと、極力飄々とした足取りで、室を出て行った。

「早く寝るように」

「はい。紅紅老人様も、どうぞお帰りの道中、お気を付けくださいませ」

そんな返事を背後に聞きながら。


「『儂』……『この男の体を借りている』……くくっ」

「母上。いい加減に笑いやんでください」

客室に引き返しても、まだくつくつと肩を震わせている絹秀に、尭明は仏頂面になった。

「元はと言えば、母上の雑な進行が原因でしょうに、必死に立ち回った者の努力を笑うなど」

「だって、おまえ……いや、その通りよな。この母が悪かった。許せ」

絹秀は目尻の涙を拭い、ようやく笑いを収めた。

「それにしても、玲琳もよくこの短時間で、それだけの『賄（まいない）』を用意したものよなあ」

「よほど必死だったのでしょう。変にだまされやすいところと、いっぱしに策を巡らせているところとが合わさって、おかしいやらなにやらですが」

尭明は麻袋を床に置くと、頬を緩めてそれを見下ろす。

「芋や炭は厨に返しておくか。だが、聡明なあの子だもの。きっと芋の数も数えていて、そんなことをしたら、真相が露呈してしまいそうだなあ」

「そうですね……」

尭明は母に相槌を打ちつつ、山となった芋に目を留める。

それから少し考えると、おもむろにそのうちの一つを手に取った。

そして窓から覗く塀を一瞥すると、彼はなにを思ったか、生のままの芋に、がぶりと齧りついた。

「西の方角は、この塀か……」

「おい、尭明？　どうした？」

「彼女のことだ。明日には本当に紅紅老人が鹿を駆ってやってきたのか、痕跡を探ろうとするでしょう。くれぐれも、本人に屋根など上らせないように、家人に言いつけておいてくださいね」

そうして、窓からひょいと芋を投げたのである。

芋は見事に塀の瓦に引っ掛かり、あたかも、空を駆ける鹿が芋を食べこぼした跡のように見えた。

「残りの芋と炭は、俺が持ち帰ります」

尭明は片方の頬を上げ、苦笑した。

「残念だが、玲琳の前で首布は使えないな」

「おまえ……」

絹秀がしみじみと溜息を漏らす。

馬鹿にされる前に、尭明は素っ気ない声で牽制した。

「愚か者の行いとは承知しておりますゆえ、なにも言わないでください」

「いやいや。母は感動しておる」

絹秀は珍しく、息子に優しく笑いかけた。

「これも黄家の血なのかなあ。妾は、日頃のすかした小賢しいおまえより、今の愚かしいおまえのほうが、数段好ましく見えるぞ」

「……皇太子として隙なく振舞おうとする息子の努力を、さりげなく貶さないでいただけますか」

「はは、すまん、すまん」

上機嫌な絹秀の笑い声は、夜更けの空気にそっと溶けてゆく。

貝殻を胸に押し抱いて眠る玲琳の室にも、笑い合う絹秀たちの室にも、夜空に輝く冬の星が、細い光を注いでいた。

＊＊＊

「やっぱり、どう考えても、納得がいかない！」

朱駒宮の、外れにある蔵でのことである。

照り付ける陽光の下、汗をかきながら芋を収穫していた莉莉は、勢いよく背後の主を振り返った。

「雛女様。あんた、雛女なんですよ？　中元節の儀の前日っていう、ほかの宮なら肌の手入れにでも専念しているべきだろう時分に、なんであたしたちは、せっせと芋なんて掘ってるんですか？」

「まあまあ、莉莉。収穫を焦るほど糧に恵まれるなんて、このうえない幸運ではありませんか」

「いや、そうじゃなくて！　雛女や女官自らが、畑仕事してるのがおかしいって言ってんの！」

莉莉がそう叫ぶのも無理はない。

追放後の「朱　慧月」は、不便な蔵暮らし。女官も莉莉一人しかおらず、身支度どころか食料の世話まで、すべて自力で賄わなくてはならないのだから。

「すっかり順応しすぎて、いつの間にか突っ込むの忘れちゃってましたけど。これって明らかにおかしくありません？　過剰な制裁じゃありません？　殿下も絶対、内情を把握されてますよね。なのになぜ放置なさるのか。公明正大でお優しいとの評判は、実は嘘なんじゃないですか……!?」

「こらこら、莉莉、不敬ですわ」

感情が先立ちやすいのは、朱家の性である。怒りをそのまま不敬な言葉で発露させた女官のことを、朱　慧月――の顔をした玲琳は、おっとりと窘めた。

「殿下は皇太子として、この雛宮の雛女たちを公平に導かなくてはなりません。騒動を起こした雛女のことを、一時の同情で簡単に許すことがあってはならないのでしょう」

「ですが、いくら秩序を守るためとはいえ……あんまりです。秩序に厳格なお方なのは認めますが、冷酷なお方なのではないですか」

諭された莉莉は、語気は弱めつつも、やはり不満が残るのか唇を尖らせる。

だがそれを聞いた玲琳は、掌中の芋に視線を落とし、くすくすと笑った。

「いいえ、そんなことはありませんわ、莉莉」

そうしてなぜだか、愛おしそうに、泥の付いた芋を撫でる。

「殿下は皇太子としての責務を全うすべく、厳しくお心を引き締めていらっしゃるだけなのです。本当は、とてもお優しくて、情の深いお方ですわ」

「そう……なんですか？」

「ええ。――ああ、そうですわ、莉莉」

しぶしぶ、半ば疑問形で頷いた莉莉に、玲琳はふと尋ねてみる。

「芋って、生で齧（かじ）ったら美味しいでしょうか」

「はあ!? 馬や鹿じゃあるまいし、そんなことしませんよ。お腹を下すに決まってるでしょう！」

「……ですよねえ」

とうとう、両手で口を覆い、ふふっと笑いだしてしまった主人を、莉莉は怪訝そうに見つめた。

「なんなんです、いったい？」

「いいえ。殿下は本当にお優しいと、改めて思っただけですわ。わたくし、三年も信じましたのよ」

「はい？　さっぱり意味がわからないんですけど」

半眼になった女官を置いてけぼりにして、ほっかむりをした雛女はくすくすと笑うばかり。

星降る夜、絹秀の密やかな笑い声が夜空に溶けていったのと同じように、夏の梨園（にわ）に、鈴を転がすような軽やかな笑い声が、いつまでも響いていた。

あとがき

こんにちは、中村颯希です。このたびは、二巻を手に取ってくださりありがとうございます。

なにしろ一巻があの引き方でしたので、こちらとしても早くお届けしたいと気が急いておりました。入れ替わり一回目、「あの人」の陰謀は今巻で一度解決する形ですが、ご満足いただけたでしょうか。

そう、一回目。なんとこの「ふつつか」、おかげさまで三巻以降も続けられることとなりました。三巻以降は、Ｗｅｂでも公開したことのない完全なオリジナル展開。舞台も雛宮からさらに広げ、一層楽しく、深みのある物語をお届けする予定です。尭明も辰宇もちゃんと出番ありますよ！

……いえ、宣言しておかないと、玲琳の鋼メンタルに食われそうな感じがして。

ところで今回、担当さんから「ページの都合上、後書き十六ページ書けますよ！」と言われたのですが、いやあ、短編をもうひとつ収録したほうがよほど満足度が上がるのではと思い、実践させていただきました。「おまけ」は、Ｗｅｂに公開していたものを修正・再録したものですが、楽しんでいただければとても嬉しいです。

改めて、のびのびとやらせてくださる編集者様、いつもありがとうございます。

素敵なイラストを手掛けてくださるゆき哉先生、デザイナー様、魅惑的なコミカライズを進めてくださる尾羊英先生、そして読者様に特大の感謝を。どうか、三巻でまたお会いできますように。

二〇二一年六月　中村 颯希

初出……「ふつつかな悪女ではございますが」
小説投稿サイト「小説家になろう」で掲載

2021年6月5日　初版発行
2022年2月21日　第5刷発行

著者　中村颯希

イラスト　ゆき哉

発行者：野内雅宏

発行所：株式会社一迅社
〒160-0022　東京都新宿区新宿3-1-13　京王新宿追分ビル5F
電話　03-5312-7432（編集）
電話　03-5312-6150（販売）
発売元：株式会社講談社（講談社・一迅社）

印刷・製本：大日本印刷株式会社

DTP：株式会社三協美術

装丁：伸童舎

ISBN 978-4-7580-9370-5

おたよりの宛先
〒160-0022　東京都新宿区新宿3-1-13　京王新宿追分ビル5F
株式会社一迅社　ノベル編集部
中村颯希先生・ゆき哉先生

ふつつかな悪女ではございますが
～雛宮蝶鼠とりかえ伝～
2